EM ALGUM LUGAR LÁ FORA

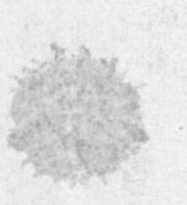

Direção Editorial: **Silvio Testa**

Coordenação Editorial: **Carla Fortino**
Revisão: **Fabiana Medina** e **Laila Guilherme**
Capa: **Fabiana Yoshikawa**
Ilustrações: **Vítor Bravin**
Diagramação: **Estúdio Dito e Feito**

1ª Edição: 2023

Dados Internacionais de Catalogação na Publicação (CIP)
(Angélica Ilacqua CRB-8/7057)

Asim, Jabari.
Em algum lugar lá fora / Jabari Asim ; tradução de Rogerio W. Galindo. — 1. ed. — São Paulo : Editora Instante, 2023.

ISBN 978-65-87342-48-1
Título original: Yonder

1. Ficção norte-americana I. Título
II. Galindo, Rogerio W.

CDD 813
23-3628 CDU 82-3(73)

Índices para catálogo sistemático:
1. Ficção norte-americana

Texto fixado conforme o Acordo Ortográfico da Língua Portuguesa de 1990, em vigor no Brasil a partir de 2009.

www.editorainstante.com.br
facebook.com/editorainstante
instagram.com/editorainstante

Em algum lugar lá fora é uma publicação da Editora Instante.

Este livro foi composto com as fontes Montserrat e Arnhem e impresso sobre papel Pólen Natural 70g/m² em Gráfica Ipsis.

instante

EM ALGUM LUGAR LÁ FORA

JABARI ASIM

ROMANCE

TRADUÇÃO
Rogerio W. Galindo

Para meus pais,
por me mostrarem as
possibilidades do amor.

Para Liana, que é a
personificação dessas
possibilidades.

“Ninguém vai acreditar que um dia você
foi escravo, Frederick, se você continuar assim…”
“Melhor falar um pouco da vida na fazenda do que
não falar nada… Não é bom que você pareça culto.”

— Frederick Douglass, *A vida e a época de
Frederick Douglass escritas por ele mesmo*

“Tenho uma cabeça pra mostrar pro sinhô
Tenho outra cabeça pra quem eu sei que sou.”

— Música popular dos afro-americanos

Sumário

Todos nós temos duas línguas.

A primeira é para eles. Um idioma que é uma piada ruim, um lamento recoberto por uma capa de engano, um corpo estranho e ensanguentado em nossa garganta. Tem gosto de cobre, sal e pó.

A segunda é para nós. É uma canção de sonhos e tambores, com promessas murmuradas e encantamentos. Falávamos essa língua na senzala, nos raros fins de noite e inícios de manhã em que eles não estavam olhando dentro de nossa boca à procura de indícios de traição. Essa língua é rica, saborosa e, se não tomarmos cuidado, pode ser nossa ruína. Essa língua nos lembra que, apesar de tudo, nós amamos.

I

OS DEUSES QUE NOS FIZERAM

William

Pelas minhas contas, já haviam se passado catorze colheitas desde meu nascimento quando vi as crianças. Na época, eu era cativo de um Ladrão chamado Norbrook, homem alto e magro com um olhar nervoso e um riso que seria fácil confundir com um rosnado. Ele estava longe de ser rico, tendo em seu nome apenas uma fazenda pequena e dez pessoas sequestradas. Por nosso trabalho, Norbrook nos dava duas refeições diárias de papa de milho e caldo de osso, a cada ano uma calça nova, vestidos para as mulheres, camisões para as crianças, um par de botas que não serviam direito e o máximo de cicatrizes que nossa pele negra fosse capaz de aguentar. Nossas privações eram muitas, e, no entanto, havia algum consolo em saber que existiam outros seres no mundo — ratos, digamos, ou cobras — que sofriam ainda mais.

Nasci já como propriedade de Norbrook. De meus pais, nada sei. Minhas memórias mais antigas envolvem poucos seres humanos, Sequestrados ou não. Em vez de lembranças de primeiras palavras ou primeiros passos ou de memórias de doces canções de ninar cantadas por uma mãe, eu me lembro de ir cambaleando com os outros até a mata para encher nossos cobertores com folhas. Para oferecer conforto aos porcos e às vacas de Norbrook, éramos obrigados a amontoar folhas sobre cobertores — os mesmos trapos que nos protegiam enquanto dormíamos na terra fria e úmida à noite — e arrastá-los até as pocilgas e os estábulos, onde forrávamos as camas dos bichos. Deve ter sido uma das minhas primeiras tarefas, rebocar um peso quase igual ao meu, lutando contra enxames de moscas e mosquitos que pousavam em grande quantidade e me picavam olhos, orelhas e boca. Tão frequentes eram essas marchas e seus suores que minha mente infantil mal pensava em outra coisa além desse desconforto, e muitas vezes eu não sabia dizer se estava sonhando ou se estava acordado. Muitos dos Sequestrados de Norbrook eram obtidos por meio de esquemas realizados nas sombras, o que incluía jogos de azar, leilões fraudulentos e negociações indecorosas. Sofríamos as torturas que nos impingia enquanto ele lutava com suas dívidas, afirmando que em breve teria uma maré de lucros que encheria sua algibeira e lhe renderia a aclamação e as palmas de que era tão merecedor.

Enquanto fugia dos credores, ele ficou sabendo da má sorte de um comerciante chamado Bill Myers. Esse homem percorria o estado todo participando de leilões, comprando mulheres Sequestradas cujo tempo como reprodutoras estava se esgotando. Muitas tinham os filhos menores nos braços. Myers guardava suas aquisições junto com os bebês a portas fechadas em um barracão de madeira da cidadezinha e mandava duas senhoras cuidarem delas à base de caldos e migalhas. Pouco depois, ele pegou só as mães e as levou para o sul para vender, deixando as crianças para trás, com a intenção de voltar para colher também esta safra. Mas ele foi preso e as crianças ficaram abandonadas, expostas ao sofrimento à medida que o inverno se aproximava. Quando Norbrook soube da situação de Myers, achou que poderia pegar para si os órfãos e engordá-los para conseguir lucro rápido. Recebi ordens de preparar a carroça e ir com ele até a cidade. Mas chegamos tarde demais.

Ao entrar, Norbrook e eu deparamos com o cheiro de carne pútrida. Moscas enchiam o ar com um zumbido ávido. Aqui e ali, viam-se massas de carne, que uma inspeção mais cuidadosa revelou serem crianças mortas. Umas vinte ao todo, cada uma tinha apoiado as costas em uma das paredes para descansar, encolhidas em formas que lembravam os ventres dos quais haviam saído não muito tempo antes. Nenhuma tinha mais de três colheitas, e evidentemente nenhuma delas era alta e forte o bastante para retirar a tranca da porta e pedir ajuda. Ninguém tinha ouvido seus gritos pedindo por suas mães? Por leite? Talvez o ruído nas ruas ao redor tenha abafado seus lamentos desesperados.

Norbrook havia feito arranjos para que um médico, um certo dr. LeMaire, nos encontrasse no barracão para dar uma olhada nas crianças. Minutos depois de chegarmos, ele abriu a porta, aumentando a nesga de luz criada por nossa entrada. O médico meteu a mão no bolso do colete e pôs um lenço sobre o nariz e a boca; balançou a cabeça e murmurou. Vi que seus olhos estavam úmidos e não consegui decidir se ele tinha sido tomado pela tristeza ou se fora levado às lágrimas pelo cheiro.

Bem nessa hora, uma das crianças, mais robusta e talvez mais velha que as outras, deu um gemido triste. Segundos antes, Norbrook, frustrado, tinha erguido a bota para chutar o menino. Agora ele se agachou e olhou de perto para o único sobrevivente enquanto o médico e eu olhávamos por cima de seu ombro. As costelas do garoto eram aparentes acima da barriga inchada. Os olhos pareciam selados, embora eu tenha visto movimentos por trás das pálpebras. O nariz e o queixo traziam as marcas de um ataque recente, provavelmente de camundongos. Norbrook virou com delicadeza o menino de lado, revelando um feixe de escoriações e uma ferida supurada no braço.

— Meu Jesus! — exclamou o médico.

Um gosto amargo inundou minha boca. O menino gemeu mais alto, como em um protesto.

Eu sabia que a morte podia chegar a qualquer momento. Podíamos cair duros no campo. Podíamos ser esmagados pela roda de um carroção, levar um coice de um cavalo, ou alguém podia partir nosso crânio porque uma fatia de presunto havia sumido da mesa de um Ladrão, e daríamos nosso último suspiro enquanto o miserável que roubara a carne ainda a engolia.

As mortes no barracão, porém, me afetaram como nenhuma outra e fizeram surgir perguntas sobre a vida fora da propriedade de Norbrook. Até aquele momento, eu nada sabia sobre o mundo exterior, exceto pela vila tranquila a uns quinze quilômetros de casa. Aprendi com os Sequestrados mais antigos que nossos Ancestrais foram tirados de um lugar chamado África, mas eu não sabia a que distância ficava esse lugar nem se as pessoas de lá nos aceitariam de volta. Nossos captores, que tinham o controle de nosso mundo e de tudo que havia nele, contavam histórias para nos manter amedrontados. Diziam que uma criatura chamada Swing Low aparecia com frequência à noite para levar Sequestrados desobedientes para um lugar chamado Canadá, onde seriam punidos e provavelmente mortos. Os canadenses, diziam eles, usavam casacos com golas de pele feitas com os escalpos dos Sequestrados assassinados por eles. Pior ainda, gostavam de comer a carne das crianças Sequestradas. Não chegávamos a um acordo sobre a veracidade dessas afirmações. Questionávamos essas coisas tanto quanto a conversa deles sobre um salvador divino, um homem chamado Jesus. Até onde eu conseguia entender, eles acreditavam que Jesus tinha morrido para que todos os Ladrões pudessem voltar a viver em outro mundo, que eles podiam continuar roubando, e estuprando, e ferindo sem parar, e, se dissessem estar arrependidos, seriam perdoados. Os nomes deles constariam em uma lista nas mãos de um sujeito chamado Pedro, que morava em uma nuvem e guardava os portões de um lugar conhecido como paraíso. Parecia uma história muito tola, do tipo que os adultos rejeitariam quando deixassem a infância para trás.

Mas tínhamos nossas próprias ideias estranhas, e também nesse caso era preciso ter certa boa vontade para acreditar nelas. Nossos anciãos nos ensinavam que as palavras tinham o poder de mudar nossa situação. Sussurravam sete palavras no ouvido de cada Sequestrado recém-nascido antes que a criança ganhasse um nome, sete palavras cuidadosamente escolhidas apenas para aquela criança. Depois que aprendia essas palavras, esperava-se que ela as recitasse fielmente toda manhã e toda noite. Eu tinha lá minhas dúvidas. Várias e várias vezes as palavras fracassaram quando precisamos ser salvos. Mesmo assim, por menos eficazes que elas fossem, muitas vezes aquilo era tudo que tínhamos. Sem palavras próprias, nossa única escolha seria ver o mundo como eles viam. E, embora víssemos a vida acontecer com olhos bem diferentes, compartilhávamos com nossos captores a necessidade de acreditar que os nomes podiam afetar os acontecimentos. Para nós, eles eram Ladrões, e chamavam a si mesmos de Filhos de Deus. Para nós, éramos os Sequestrados, e eles nos chamavam de crioulos. Nosso idioma, nossa língua secreta, era nossa última defesa.

Norbrook tinha jogado água nos lábios rachados, cheios de bolhas do menino e tentou sem sucesso fazer com que ele parasse sentado com as costas apoiadas na parede. Quando Norbrook soltou o garoto, ele caiu no chão como um saco de sementes. Norbrook falou com o médico sem se virar para ele.

— Acha que consigo alguma coisa por ele? Encher o moleque de mingau e untar até ficar brilhando?

— Reluto em especular — disse o médico. Embora o cabelo dele fosse escasso, as faixas prateadas chegavam quase até o colarinho. Passou os dedos pelo cabelo, a papada balançando enquanto falava.

Norbrook concordou com a cabeça e disse:

— Não tem muito que fazer, então.

— Eu poderia sugerir que o senhor levasse em conta a compaixão, sr. Norbrook?

Norbrook semicerrou os olhos, ainda estudando o menino.

— Quando um cavalo quebra a perna, você demonstra compaixão dando um tiro na cabeça do bicho. É isso que está sugerindo?

— Não exatamente, senhor. Estou meramente dizendo que, com os devidos cuidados, esse menino pode ter uma recuperação plena. Mas isso pode exigir algum tempo, e a despesa talvez não seja pequena.

— E mesmo assim você não tem como dar certeza.

— Não, senhor, não tenho.

Norbrook coçou o queixo.

— Então olhem para lá. Os dois. Olhem para o outro lado.

Não pude fazer isso. Senti que desviar o olhar seria uma traição, que de algum modo eu estaria falhando com o menino. Vi quando ele piscou forte. Remela e muco escorreram de seus olhos, e pela primeira vez parecia que ele nos via claramente. Naquele momento, Norbrook se inclinou para a frente e cortou a garganta do menino. Andei atordoado até a rua, perplexo e cambaleante.

O médico estava logo atrás de mim, falando comigo. Ele podia muito bem ter poupado a voz, porque, seja lá o que disse, eu não registrei. Não ouvi nada, não vi nada enquanto seguia aos tropeços pela ruela empoeirada, sem ligar para o amontoado de excrementos em que pisei antes de chegar ao outro lado. Havia uma mercearia à minha frente e diante dela um menino, um Ladrão que devia ser umas seis colheitas mais novo que eu. Mais tarde vim a me lembrar dele como um menino arisco, bem-vestido, com o ar de satisfação tantas vezes visto nas pessoas de sua classe. Também lembraria que suas botas brilhavam e que ele cheirava a flores. No momento em que o encontrei, porém, vi apenas medo em seus olhos, um olhar tão perturbador que me tirou do torpor. De início, achei que o pavor dele se devia à minha expressão medonha. Mas então vi que estava olhando por cima do meu ombro e, quando me virei, dei com um cavalo em fuga, imenso e de olhos esbugalhados, correndo em nossa direção. Um estranho silêncio continuou me envolvendo até que o jovem Ladrão deu um grito. O absoluto pânico em sua voz me trouxe de volta ao presente, e minha mente despertou ouvindo o trovão dos cascos batendo no chão. Foi por acaso que fiquei entre o menino e o cavalo. O animal inquieto parou a centímetros de mim. Estávamos quase encostados um no outro, seu hálito quente pousando em meu rosto como explosões violentas de vapor. Algo havia perturbado o cavalo de modo tão intenso quanto a cena no barracão me perturbara; essas forças nos puseram um diante do outro, onde nosso terror compartilhado de alguma maneira terminou em uma súbita e misteriosa freada. Estendi a mão e acariciei o focinho trêmulo do cavalo. Com a outra mão agarrei o cabresto. Para quem assistia, pareceu que, em um ato incomum de bravura, eu havia encarado o cavalo enfurecido e o levado à rendição, salvando assim uma jovem vida. Na verdade, eu não tinha feito nada parecido com isso.

Existiam mais testemunhas do que eu me dera conta. Uma pequena multidão se formou, sendo Norbrook o último a chegar. Suspeitei que ele tinha se demorado no barracão para pegar um ou mais suvenires — dedos, orelhas ou algo pior. Da minha plateia, o mais interessado era Randolph "Cannonball" Greene, um fazendeiro rico. Os outros observavam enquanto ele me interrogava, Norbrook vendo tudo da parte externa do círculo.

— Quem é você, garoto?

— William — respondi, ainda com os olhos no cavalo.

Em questão de minutos, o fazendeiro fez uma oferta por mim que Norbrook aceitou sem demora. Ele levou seus ganhos para uma taverna ali perto, e fui embora como propriedade de Greene.

Meu novo Ladrão tinha aparência comum: pele clara como nata com manchas carmesins nas bochechas; sobrancelhas ásperas, salientes; nariz vigoroso, embora fino; e a boca que parecia um talho. Quando fechada, a boca de muitos Ladrões era difícil de ver, não fosse por um toque de rosa que demarcava sua presença. Quando eu era bem pequeno, a velha senhora que cuidava de mim havia me convencido de que os Ladrões na verdade nasciam sem boca. Era necessário, ela jurava, criar uma abertura com o uso habilidoso de uma faca. Contava que havia testemunhado essa tarefa diversas vezes ao ajudar em partos, embora jamais tivesse sido convocada para fazer a abertura. Algumas pessoas insinuavam que os Sequestrados raramente sabiam diferenciar um Ladrão do outro, que para nós todos tinham a mesma aparência e o mesmo cheiro. Isso, devo dizer, não é verdade. Nossa sobrevivência dependia de descobrir o que eles estavam pensando e, se possível, nos manter um passo à frente sempre. Conhecer as diferenças entre eles era questão de vida ou morte, e por isso nós os estudávamos com cuidado, confiando seu rosto, seus gestos e seus odores à memória.

Por um breve intervalo, eu me tornei o queridinho de Greene. Um crioulinho impressionante, como se referia a mim, mesmo que eu já batesse no ombro dele e logo fosse ultrapassar sua estatura. Recebia porções duplas de ração até me acostumar a Placid Hall, sua casa, que ficava entre as três fazendas dele. Tendo se casado bem, ele assumira com facilidade a vida de um fazendeiro fidalgo. Somando suas duas fazendas vizinhas, Two Forks e Pleasant Grove, ele controlava dez mil acres de terra. Placid Hall era sua fazenda experimental, como a chamava, onde conduzia pesquisas sobre o comportamento dos Sequestrados. Raramente desacompanhado de seu relógio de bolso e de seu caderno de anotações, ele queria elaborar um estudo abrangente e persuasivo o suficiente para tornar seu nome conhecido em todo o mundo.

Muitas vezes me perguntei qual força teria mandado aquele cavalo galopando em minha direção. Embora não seja de meu feitio acreditar em Criadores bondosos nem em palavras mágicas, não tenho como não me perguntar como aquele singelo animal me encontrou e fez minha vida girar em uma direção completamente nova. Caso ele não tivesse me encontrado naquela rua empoeirada, talvez eu jamais viesse a conhecer Greene. Caso eu não tivesse trabalhado sob a opressão dele, provavelmente jamais teria me apaixonado pela doce Margaret ou considerado Cato como um irmão. Mas isso ainda estava por vir. Naquela época não foi o cavalo, mas sim as crianças encontradas no barracão que entristeceram meu coração, e nele elas permaneceriam, aquelas pequenas infelizes, quase sem interrupções pelos dez anos seguintes.

Cato

Posso dizer que minha história começa em Mulberry Grove, a fazenda onde nasci já escravizado. Posso dizer que houve uma reviravolta dramática depois que fui para Placid Hall e fiz amizade com William e o restante do nosso grupo. Acredito que as duas afirmações sejam verdadeiras e seriam suficientes em último caso, mas prefiro dizer que minha história tem início nas páginas de um livro.

Na maioria das vezes, o Ladrão supostamente responsável pela administração da fazenda causava muito menos medo que sua esposa. A senhora de Mulberry Grove, dona Adelaide, beirava a gentileza e era, portanto, uma exceção. Ela simpatizava comigo porque, dentre todas as crianças Sequestradas de propriedade de seu marido, eu era um dos poucos que não se parecia com ele. Durante certo tempo, movida pela ternura que sentia por mim ou pelo rancor que lhe despertava o marido, começou a me ensinar secretamente as primeiras letras. Lia para mim um livro intitulado *As regras de civilidade*, pegando minha mão e traçando as palavras à medida que as recitava. Dessa maneira, memorizei todo o alfabeto, assim como várias das regras. Não muito tempo depois, o marido conseguiu voltar às boas graças da esposa, e ela perdeu o interesse por nossas sessões de leitura. Irritado por ela ter me abandonado, arranquei duas páginas do livro e as escondi em minha enxerga. A pretexto de cumprir falsas tarefas em regiões mais distantes da fazenda, eu as lia sozinho, até que uma hora não precisei mais das folhas amareladas como guia. Certo dia o som do cavalo de nosso Ladrão se aproximando me assustou enquanto eu lia as páginas encostado no tronco oco de uma árvore. Em pânico, enfiei as folhas na boca e engoli.

Quando um homem faz tudo que pode sem no entanto Obter o que deseja não é o caso de culpá-lo.

Não se deve lançar mão de Linguagem Censurável contra ninguém; nem Praguejar ou Insultar.

Esforça-te para manter vivo em teu Seio esse pequeno Fogo Celestial a que chamamos Consciência.

Nos anos que se seguiram à minha chegada a Placid Hall, continuei a recitar as regras para me acalmar, encontrando certo conforto no prodígio e no poder da linguagem que me sustenta até hoje. Esse gosto pode, pelo menos em parte, explicar minha fé nas minhas sete palavras. Eu as repetia sem falta toda manhã, além de uma palavra adicional: *Iris*, o nome de minha amada. Dizer seu nome era minha promessa para ela de que eu sempre lhe reservaria um lugar em meu coração. O nome dela ainda estava em meus lábios quando levantei e saí da cabana na manhã da cerimônia dos sussurros.

O sol estava nascendo. Dois dos meus companheiros de cabana, William e Milton, já estavam fora. O terceiro, o Pequeno Zander, foi o último a acordar, porém o mais rápido a sair. Ele pulou da cama como se estivesse encolhido e pronto para o bote, apenas fingindo que dormia. Quando terminou de dizer suas sete palavras, já estava com o sorriso que manteria no rosto durante todo o dia.

William era magro e alerta, com músculos que ondulavam quando se mexia. Ele se esticou e contorceu para preparar os músculos para o dia de trabalho. Milton, que era pai recente, tinha bochechas arredondadas e sobrancelhas que pareciam dançar sempre que estava irritado ou achava algo divertido. Ao se aproximar de William, ele parecia ter esperança, mas também cautela.

— Meu bom irmão — disse ele a William —, você vai dar uma palavra para minha menininha? O pastor Ransom vem hoje à noite. Preciso de mais um.

Eram necessários quatro mulheres e três homens para a cerimônia dos sussurros de uma menina. Milton sabia que William diria não. Todos nós sabíamos. Mesmo assim, perguntou.

— Você sabe que eu não posso — respondeu William.

— Você quer dizer que não vai fazer — disse Milton. Ele olhou para mim. — Acho que então você será o nosso sétimo.

— Eu?

— Sim, você, Cato. Com quem mais eu podia estar falando? Swing Low?

— Cuidado — alertei.

— Cuidado com o quê?

— Com os nomes que você pronuncia. Você não tem como saber quem está ouvindo.

— Você está falando sobre Swing Lo...

— Você sabe que sim — falei.

Na senzala, a história de Swing Low era bem diferente daquela que os Ladrões gostavam de contar. Nossa versão não falava de um espírito vingador que queria matar pessoas, mas de um anjo que aparecia de repente no meio da noite para nos libertar do cativeiro e nos levar para ambientes mais amistosos. Mas essa versão era sempre recitada em voz baixa, para não cair em ouvidos errados.

— Isso é conversa de quem acredita em encantamentos — continuou Milton. — Eu acredito em Swing Low tanto quanto William acredita nas Sete Palavras. E quanto você acredita nas Sete Palavras, William?

— Absolutamente nada — respondeu ele.

— Mesmo assim — eu disse. — Não fique repetindo esse nome por aqui. Uma língua que sabe parar quieta é a base de uma cabeça sábia.

Eu estava feliz por não ver a provocação de Milton a William se transformar em uma discussão sobre a utilidade de dizer nossas sete palavras, como tantas vezes acontecia. Eu acreditava nelas a ponto de usá-las como prova de minha certeza sobre algo. "Juro pelas minhas sete palavras", uma de minhas falas preferidas, era uma expressão que jamais sairia da boca de William.

Milton continuou a me pressionar.

— Você pode ajudar a minha filha a se tornar sábia. Precisamos de uma sétima pessoa hoje à noite.

Neguei balançando a cabeça.

— Não sou a pessoa certa. Arranje outro.

— Qual o problema com você, Cato?

— Minha voz não é boa para falar com uma criança. Você sabe disso. Peça para o Pequeno Zander.

— Ele é novo demais.

Eu entendia a urgência de Milton. Uma criança que não recebesse os sussurros estava além de qualquer esperança. O infortúnio a perseguiria por toda a vida. Esse tinha sido o problema de Cupido, o feitor de nosso grupo. Ninguém disse sete palavras em seu ouvido quando ele nasceu. Pelo menos era o que se comentava.

Se Cupido estava preocupado com sua sorte, não demonstrava. A vida dele até aquela altura lhe dera certos privilégios, tudo em troca de nos manter obedientes. Além de poder dormir com sua mulher toda noite, ele tinha uma cama com estrado de corda em vez de uma enxerga de palha e também uma cabaça de vinho que lhe fora dada por Cannonball Greene. Na manhã da cerimônia, ele foi o último a sair. Com uma carranca que combinava com seu corpo alto e forte, tinha a pele da cor de fubá torrado. Sardas salpicavam a parte alta de seu nariz como se fossem sangue borrifado.

Nila seguia cambaleando atrás dele, exibindo marcas de mordidas recentes. Compartilhando sua vergonha, todos desviamos o olhar.

Cupido era o único homem que tinha permissão para ter uma esposa na senzala. Havia outras mulheres ali, algumas também na casa-grande e outras em Pleasant Grove e Two Forks, as outras fazendas de Cannonball Greene. Alguns homens tinham companheiras nesses lugares. Mas Greene não permitia que vivêssemos aos pares em Placid Hall, dizendo que isso nos distraía do trabalho para o qual tínhamos sido feitos por Deus.

Depois de abluções rápidas no frio da aurora, Cupido fez todos nós rezarmos. Eu em geral apenas fingia ouvir. Olhava para o chão e fazia minhas próprias orações, para distrair o deus de Cupido. Eu imaginava — eu tinha certeza — que qualquer Deus que ouvisse alguém como ele era um deus do qual eu deveria manter distância.

Com muita frequência o espírito maldoso de Cupido fazia com que ele olhasse na minha direção. Ele sabia que eu não gostava de falar desde a vez que lutou comigo e, com sua bota grosseira, pisou em minha garganta, arruinando minha voz.

— Cato, fale com Deus por nós esta manhã. Diga alguma coisa. Fale com o coração — ele incitava, abrindo e fechando os punhos, como se mal pudesse esperar para espancar alguém.

Fechei os olhos, pensei em Iris.

— Ancestrais — eu disse. — Façam com que sejamos gratos.

Eu sentia o amargor na boca. Mas realmente dizia algo em que acreditava.

Cupido se colocou entre nós e as cabaças d'água.

— Um crioulo não devia sentir sede antes de começar a trabalhar — disse ele.

Foi aí que William caminhou até ele, chegou perto de seu rosto. Cupido tinha batido em todos os homens da senzala, exceto nele, a quem jamais tinha sequer desafiado. William havia salvado um jovem Ladrão de um cavalo em fuga, e desde então Greene o tratava com gentileza — se é que se pode usar uma palavra dessas. Pelas costas de William, Cupido nos dizia que o poupava porque não queria atrair para si a ira de Greene.

Mas todos sabíamos qual era o motivo verdadeiro: Cupido tinha medo dele. Forte, rápido e incansável, William nunca se amedrontava.

— Não sei se crioulos têm sede — ele disse —, mas eu com certeza tenho.

Passou por Cupido, mergulhou a cabaça na tina e bebeu lentamente, como se fosse um Ladrão nascido na casa-grande, e não um de nós. Como se tivesse diante de si um dia inteiro de folga, na varanda mastigando nozes e bebericando chá adoçado. Se alguma vez percebi uma mudança nos ares de Placid Hall, um momento em que nossa história mostrou sinais de que se tornaria algo eletrizante e perigoso e totalmente novo, eu diria que começou naquele instante. Cupido olhou e cuspiu, mas não disse uma palavra. Vi que ele observava William, e pareceu claro que abriria mão de tudo que tinha em troca de apenas uma chance de matar seu rival. Cupido se virou e me pegou olhando para ele. Correu na minha direção, agitando o punho. Recuei e dei espaço para ele.

— Seu preto ordinário! — disse ele. — Ainda apaixonado por uma biscate que a essa altura já deve ser pó. O quê? Quer falar alguma coisa? Isto aqui provavelmente é um pedacinho dela. — Pegou um torrão de terra e jogou em Nila. O torrão pegou na cabeça dela, que caiu sobre um dos joelhos. Ela esfregou a têmpora e não disse nada.

Eu também não disse nada. Certa vez respondi a uma provocação de Cupido e paguei um preço terrível por minha tolice.

— Você passa a vida inteira arando o mesmo sulco — continuou Cupido. — Tem muito lugar para jogar semente. Mas acho que isso não importa quando a pá do sujeito está quebrada. — Ainda olhando para mim, ele falou com Nila: — Levanta daí. Não me faça ir atrás de você tão cedo. A gente tem o dia inteiro pra isso.

Atrás dele, William pendurou a cabaça na tina. Encarou as costas de Cupido sem piscar, como se pudesse abrir um buraco nele só com o olhar.

Civilidade. Ainda hoje me espanto com essa ideia.

William

Cannonball Greene se via como um pensador, um homem de letras, na mesma linha dos rebeldes que fundaram o país. Na verdade, ele era um homem com dinheiro demais, terra demais e tempo ocioso demais. Ele e a família eram atendidos por doze pessoas na casa-grande em Placid Hall, e havia mais setenta trabalhando nas terras ao redor. Com tantos Sequestrados à disposição, podia dedicar seus longos dias ao estudo dos africanos nos Estados Unidos. A negrologia, segundo ele, era uma ciência exata e rigorosa.

Os cativos de Two Forks e Pleasant Grove eram basicamente trabalhadores do campo que cuidavam de trigo, milho e tabaco. Os trabalhadores mais qualificados, restritos a Placid Hall, incluíam pedreiros, carpinteiros, alfaiates, costureiras e Mary Sem Palavras, cozinheira cujos biscoitos causavam inveja em toda a região. Os talentos dessas pessoas tornavam bela a casa de Greene. E também lhe geravam dinheiro quando ele as alugava para fazendeiros da vizinhança.

Cato e eu fomos treinados como carpinteiros, e o grupo incluía Cupido e Milton, ambos pedreiros; o Pequeno Zander, aprendiz de ferreiro; e Sam-Mais-Um, tratador de cavalos. Acabávamos reunidos toda vez que Greene nos tirava de nossos trabalhos regulares e nos designava outras tarefas. Certas qualidades que ele alegava identificar em nós nos levavam a nosso ingrato serviço naquilo que orgulhosamente denominava de experimentos. Sabíamos pelo trabalho que fazíamos para outros Sequestradores que eles riam desses projetos, os quais chamavam de Tolices de Cannonball.

Mais ou menos na época em que nasceu a bebê de Milton, a tolice do momento era uma imensa vala que Greene tinha mandado cavar em um trecho de terra não cultivada. Era mais ou menos do tamanho de um padoque e tinha uns três metros de profundidade. Nus da cintura para cima e cobertos de poeira, carregávamos em carrinhos pedaços de granito trazidos de Vermont. Usando calhas que nós mesmos tínhamos construído, deslizávamos pedras maiores e menores para dentro da vala. Essas pedras ficavam em volta de uma grande broca de ferro circundada por vigas de carvalho que se estendiam a partir dela como raios de uma roda e às quais nos prendíamos com cordas e tiras de couro. Depois de levar uma pedra grande até o lugar certo, posicionávamos a broca acima dela e, caminhando em círculos, perfurávamos o centro da pedra. Outros membros da equipe ajudavam com picaretas e martelos. Reduzíamos pedras grandes a pedras pequenas, e Greene ficava por perto e anotava.

Enquanto trabalhávamos, Greene olhava lá de cima para nós, muitas vezes parando para mandar que usássemos nosso corpo precisamente de acordo com seu projeto. De vez em quando fazia uma pausa com uma bebida fresca e biscoitos recém-assados trazidos por Pandora, uma das trabalhadoras da cozinha, em uma bandeja de prata. Os biscoitos de Mary Sem Palavras eram uma das muitas maravilhas que saíam de sua cozinha. Greene já tinha estudado longamente os métodos dela, registrando cada gota de nata e cada mexida na colher, na intenção de publicar um manual de receitas da culinária regional. Havia mercado para isso, ele tinha certeza, e chegou a falar o que planejava fazer com os lucros. Mary Sem Palavras, claro, não receberia nada, a não ser talvez um novo avental ou um cataplasma para seus tornozelos, inchados e doloridos em função das muitas horas de pé diante do forno quente. Mesmo que recebesse uma cota integral do butim imaginado por Greene, isso não traria consolo para a pobre Mary. Quando era uma moça de meras dezesseis colheitas (ou pelo menos assim se imaginava; o ano exato de seu nascimento sendo, como o de todo Sequestrado, um mistério), Mary emudeceu no momento em que seu recém-nascido foi arrancado de seus braços e vendido às pressas. Ela desmoronou, pressionando o rosto na terra como se esmagada pela dor. Ali permaneceu por um dia inteiro, levantando apenas quando foi forçada a isso — e desde então nunca mais voltou a pronunciar uma palavra. Quando já tinha se passado quase um ano sem que Mary falasse, seu raptor, furioso, vendeu-a para Greene. Depois de muitos anos desfrutando da comida preparada por ela, Greene sentia uma improvável ternura por Mary.

O barulho que fazíamos na vala impedia que cantássemos ou conversássemos. Sem outras opções, buscávamos refúgio do esforço permitindo que nosso pensamento fosse longe. Eu conseguia adivinhar, por exemplo, que o Pequeno Zander estava pensando, como tantas vezes, em anjos e voos. A cabeça de Milton estava cheia de preocupações com a cerimônia dos sussurros da filha que seria realizada naquela noite. Meus pensamentos recaíam com mais frequência em Margaret, que eu passara a amar com uma devoção tão ardente que chegava a me surpreender. A essa altura eu sabia tão bem quanto qualquer Sequestrado que o afeto era um hábito perigoso que só causaria mais dor e sofrimento. Enquanto andava e as tiras de couro cortavam meus ombros, eu desfrutava de uma visão dela mitigando minhas dores quando voltássemos a nos encontrar.

Da última vez, antes de deixar sua cabana em Two Forks, eu havia envolvido suas mãos com as minhas. Segurei firme, sem jamais tirar meus olhos dos dela.

— Isto é tato — eu disse.

Pus uma das mãos em sua nuca e gentilmente empurrei seu rosto contra o meu peito. Com a outra mão peguei uma mecha dos cabelos dela e encostei no nariz. Me inclinei e sussurrei em seu ouvido:

— Isto é olfato.

Coloquei dois dedos debaixo do queixo dela e ergui seus lábios até os meus. Ela abriu a boca para mim, e nos beijamos com avidez. Depois de um momento maravilhoso e terrível, me afastei.

— Isto é paladar.

Posicionei sua mão em meu peito, distribuindo seus dedos na altura do meu coração.

— E isto é desejo — eu disse.

Ela chorou. Secou as lágrimas com um lenço que levava entre os seios. Depois o entregou para mim.

— Nunca vou perder isto — prometi, amarrando o lenço no pescoço.

Ergueu uma sobrancelha e inclinou o olhar para abaixo da minha cintura.

— Certeza que não quer amarrar lá?

— Você é uma menina levada — eu disse. — Talvez eu precise dar umas palmadas na sua bunda.

Ela sorriu.

— Pode dar, é toda sua.

Greene, caso estivesse bisbilhotando do lado de fora da cabana com seu caderno de anotações, não acreditaria no que tinha ouvido. Estava certo de que os Sequestrados nada sabiam sobre romance.

— Billy Boy — certa vez ele me disse, chamando-me pelo apelido que usava para mim —, eu digo que amo meu cavalo e, se eu tiver bebido bastante, sou capaz de jurar isso diante do vigário. Mas na verdade é só um tipo de afeto, porque nós compartilhamos algumas aventuras. O seu povo, Billy Boy, tem força e ritmo, admito isso; os machos conseguem trabalhar na lavoura o dia inteiro sob sol forte, e as fêmeas também. O criador de vocês abençoou seu povo com costas fortes. E o jeito como vocês todos dançam quando toca a rabeca... bom, aquilo talvez não seja só ritmo. Pode muito bem ser alma. Se eu beber bastante, sou capaz de jurar isso também. Machos e fêmeas compartilham aventuras. Mas, em assuntos do coração, bom, não vou perder muito tempo com isso. Amor, afeto, essas são questões que é melhor deixar para aqueles que estão mais bem equipados para tratar disso. — Ele mal tinha terminado de falar quando sua esposa gritou de algum lugar na mansão, um lamento agudo que quase fez tremer as janelas. A dona da casa se fazia ouvir com muito mais frequência do que se fazia ver, e todos víamos isso como uma bênção. Nosso apelido para ela era Guincho da Coruja, em razão dos gritos estridentes que dava dia e noite.

Se eu não estivesse me esforçando e exausto, talvez tivesse rido ao me lembrar do discurso de Greene enquanto eu trabalhava na vala. Em vez disso, peguei o lenço de Margaret que estava em volta do meu pescoço e o pus no nariz. Depois retomei meu ritmo antes que os outros reclamassem e continuei quebrando pedra.

Apesar de todas as dores, o pior vinha no fim do dia, ou sempre que Greene se cansava de brincar conosco daquele jeito. Era aí que ele nos enfileirava e nos forçava a passar por uma inspeção brusca.

"Como se a gente fosse roubar pedras", diria Milton mais tarde na senzala, suas sobrancelhas fartas subindo e descendo enquanto se lavava para tirar o pó do corpo. Nós nos esfregaríamos com vontade então, e o próprio Cupido concordaria com nossas queixas.

Entre uma coisa e outra, ficávamos todos juntos e baixávamos nossas calças, inclinando para a frente e agachando, de acordo com as ordens de Greene. Ele inspecionava cada um de nós cuidadosamente. Eu desviava o olhar enquanto ele ficava diante de mim e puxava entre minhas pernas.

— Billy Boy, teu saco parece pesado. Pra que está guardando isso?

— Nada não, sinhô.

— Não me vá deixar de plantar essa tua semente.

Concordei com a cabeça.

— A Margaret tem que pegar barriga logo, ou então vou ter que colocar você com outra.

— Sim sinhô.

Eu não queria estar com nenhuma outra. Nem queria que ela pegasse barriga.

Eu gostava de despi-la. Deslocar o peso dela sobre suas coxas firmes, ver suas dádivas se revelando como uma doce surpresa negra.

Mas Margaret não queria se despir lentamente, não queria fazer nada lentamente. Nas minhas memórias daquele tempo, ela jamais me espera. Quando entro na cabana, já está nua e me encarando. É mais baixa do que alta, o topo de sua cabeça batendo mais ou menos no meio do meu peito, e não é nem magra nem gorda. Como a maior parte dos Sequestrados, trabalhava desde que aprendera a andar, cuidando de bebês, arrancando ervas daninhas, carregando madeira, fervendo roupas. Ela é pequena, mas forte. Pula em mim, esteja eu de frente ou de costas, ela não se importa, e só quer que suas pernas me envolvam e seu calor roce minha alma. Nós nos atracamos intensamente, até cairmos no chão. Encaro seus olhos brilhantes, cercados por cílios longos a ponto de parecerem irreais. Provo seus lábios carnudos.

— Como pode uma mulher do teu tamanho ser tão forte?

— Pare de falar. Faça o que veio fazer aqui.

Da segunda vez, ela está por cima.

— Silêncio — diz. — Só me deixe cavalgar.

Da terceira vez, ela quer por trás.

Agarro os quadris dela no escuro enquanto ela se mexe em mim. Tenho certeza de que vou morrer. Nunca senti felicidade tão real, tão presente.

Depois levanto, alongo meu corpo e digo a ela que tenho uma boa caminhada pela frente.

— Não — diz —, *agora* você fala.

É nesses momentos que eu conto para ela coisas que não digo para mais ninguém. É tão boa ouvinte quanto boa amante.

No dia seguinte, como bolo de milho, caldo de osso, verduras. Tudo isso e continuo sentindo o gosto de Margaret. Ainda sinto o hálito dela no meu pescoço.

Margaret

Como meu William me disse mais de uma vez, uma história depende de quem conta, daquilo que a pessoa decide mencionar e daquilo que deixa de fora. Também tem o jeito como a pessoa conta, e o jeito como conta foi moldado por tudo que aconteceu com ela. Tem quem conte de um jeito mais direto, como William, ou usando palavras elegantes de livros, como Cato e Pandora. A crença dos meus Ancestrais, de que falar das coisas faz com que elas se tornem reais, permaneceu firme em mim, e por isso às vezes fui parcial ao contar aquilo que espero que aconteça. William não se permitiria pensar neste tipo de história — sobre liberdade e coisas do gênero — porque ele achava que eram coisas improváveis demais para gastar tempo pensando nelas. Ele gostava de dizer que preferia fazer a falar, mas descobri que falava bastante, com a diferença de que fazia isso em silêncio. Ele examinava as possibilidades dentro de sua cabeça, decidia qual era a escolha certa e agia com base nisso. Todo mundo faz isso, eu sei, a diferença é que William fazia isso sem perceber que não tinha incluído mais ninguém na conversa sobre o assunto. Ele simplesmente abria a boca e afirmava algo como: "Nós vamos fazer assim" ou "Em vez disso, vamos fazer desse outro jeito". Quando falava essas coisas para outros homens, eles em geral simplesmente concordavam com a cabeça e obedeciam. Eu não fazia nenhuma das duas coisas. Eu fazia com que ele falasse até que seu propósito ficasse claro. Só aí decidia se ia segui-lo ou se me manifestava a favor de outro caminho.

Não estou dizendo que o jeito do William de contar as coisas sempre foi errado. Às vezes ele estava absolutamente certo, como na ocasião em que disse que eu era pequena, mas forte.

Ele dizia isso nas noites em que caminhava desde Placid Hall para me visitar na minha cabana em Two Forks. Eu gostava de pular nos braços dele antes que pudesse me dizer olá de um jeito apropriado. Depois eu o convencia a falar até que chegasse a hora de ir embora.

Eu andava pensando nessas noites enquanto fazia uma tarefa quando quase esbarrei em Pandora. Na época ela ainda era criada pessoal da Guincho da Coruja, que tinha saído de Placid Hall e fora passar a noite na casa-grande de Two Forks. Pandora estava indo apressada esvaziar o penico dela. Era comum que ela ficasse perambulando por aí como se estivesse confusa, parecendo se mover pelo mundo sem reparar em nada. Depois ela nos surpreendia mostrando que havia analisado as coisas o tempo todo. Quando a vi, falou como se tivesse como saber o que se passava na minha cabeça.

— Vocês não têm muito tempo — disse ela.

— Como é?

— Você e o William. Vocês não têm muito tempo. Ouvi o Cannonball dizer que já se passaram seis meses e a Margaret ainda não pegou barriga. Ele disse que talvez desse mais seis meses para vocês, mas talvez não. Disse que ia pensar um pouco no assunto.

Greene já havia nos alertado, portanto as palavras de Pandora não foram uma surpresa completa. Mesmo assim, fiquei preocupada, pois William em sua teimosia havia se recusado a fazer a parte dele. Ele se recusava a terminar dentro de mim.

Ele me amava até que eu me satisfizesse, e eu fazia o melhor que podia para dar a ele o mesmo prazer. Mas ele preferia tirar e esfregar em mim até gemer e estremecer. Eu aceitava a esquisitice dele, ainda que não gostasse dela.

— Este mundo não serve para bebês — ele dizia. — Não quero ser a causa do sofrimento deles. — Depois ele me contava outra vez o que tinha visto no barracão de madeira muito tempo antes, as moscas, as crianças sem vida.

— Você já tinha visto a morte antes disso — falei — e a viu muitas vezes depois.

— Foi diferente — ele disse.

— Sinto uma tristeza imensa por esses bebês — eu disse a ele. — Mas eles não são nossos.

Ele sacudiu a cabeça.

— Claro que são.

Em minhas dezenove colheitas, eu tinha visto tantos bebês mortos quanto ele, talvez até mais. Os meses de setembro e outubro eram a pior época para nossas crianças, porque as mães precisavam deixá-las para fazer a colheita nos campos. Muitas das mulheres caminhavam exaustas de volta à senzala só para descobrir que seus pequenos tinham dado o último suspiro. As senhoras que cuidavam dos bebês faziam o possível, mas com frequência não era o bastante. Os bebês que por milagre sobreviviam ao inverno eram mandados para os campos para trabalhar como espantalhos humanos assim que aprendiam a andar. Para mim a morte não era como talvez fosse em outros lugares. Não era algo a que se acostumar, e sim algo que você esperava, como a fome, a solidão e a crueldade dos Ladrões. Você não podia deixar a morte te abalar. E, no entanto, William se permitia ser controlado por ela quando eu queria ser a única coisa em toda a Natureza a exercer domínio sobre ele.

Reparei em William uns três anos depois de chegar a Two Forks, quando todos os Sequestrados se reuniram lá para celebrar a colheita. Não tive como não vê-lo ali parado com Milton, Cato e a mais ágil de todas as crianças, o Pequeno Zander. Ele me pareceu vigilante de um modo que mal consigo descrever — pensativo, rápido e alerta. Seus cabelos eram exuberantes e crespos, e ele mal tinha pelos no rosto, exceto por uma estreita faixa acima dos lábios cheios e por uns poucos caracóis que brotavam no queixo. A pele era negra e me lembrava algo líquido, como uma poça de chuva ao entardecer. Eu tinha certeza de que era forte, e não só por causa da silhueta alta e musculosa. De algum jeito eu soube que a força dele vinha de dentro. Não demorou para que notasse que eu o estudava, e ele se aproximou assim que começou a dança. Enquanto os rabequeiros tocavam rabeca, os dançarinos dançavam e os batedores de palma batiam palmas, rodopiamos, e giramos, e saltamos ao som da melodia feita por eles. Ele tinha pés surpreendentemente ágeis para um homem de sua estatura. E, quando a música parou, ficamos ali, de braços dados. Não deixei que ele me beijasse naquela noite.

Trabalhávamos desde o momento em que ainda não se via nada até a hora em que nada mais se podia ver. Depois, os Sequestrados de Greene viajavam entre as três fazendas evitando os capitães do mato para se encontrar com seus amores, seus pais, seus filhos. Chamávamos isso de caminhada noturna. William não fazia muito isso até me conhecer. E não demorou para que ele começasse a caminhar durante a noite até Two Forks para reivindicar os beijos que eu lhe havia negado.

Cupido era um homem odioso, temido, mas virava um menininho assustado quando dormia. Toda noite em sua cama com estrado de corda ele revivia em sonhos os horrores de sua juventude, mordendo Nila e batendo nela, até que ela caísse no chão. Rara era a manhã em que ela se unia ao grupo na senzala sem marcas ocasionadas pelos punhos dele e sem novos cortes produzidos pelos dentes dele.

Quando tinha umas nove colheitas, Cupido pertencia a um Ladrão chamado sr. Reynolds. Outro cativo do sr. Reynolds, perdido em pensamentos sobre a mulher que amava, deixou que uma estimada peça de louça — um presente da adorada e já falecida mãe de Reynolds — escorregasse de suas mãos. A louça caiu no chão e se estilhaçou em vários pedaços, sem a menor chance de conserto.

— Ele amarrou o sujeito — Cupido contou para Nila. — Levou todos nós para o abatedouro. Deitou o sujeito no cepo e lhe cortou fora as mãos e os pés. "Crioulos foram feitos para quebrar", ele disse. "Louças, não." Eu estava bem na frente. Espirrou sangue no meu rosto, e acho que nunca mais saiu. Não me arrisquei a desviar o olhar. Reynolds queria que todo mundo visse, e eu não queria ser o próximo. Quando durmo, volto para aquele abatedouro. A diferença é que quem está no cepo sou eu. Tento mastigar as cordas. Tento lutar. Mas, não importa o que eu faça, o cutelo sempre vem. Mais uma coisa que aquele Ladrão assassino disse: "Um crioulo apaixonado não faz bem pra ninguém. O amor sempre estraga o crioulo".

Cupido se virou para Nila na luz baça da cabana.

— Ele tinha razão — disse Cupido.

— • —

Nila queria ir à cerimônia dos sussurros da bebê de Milton. Mas os outros sabiam que era melhor não convidá-la. Cupido não permitiria que ela fosse. Ele não tinha paciência para orações, só fazia seus colegas Sequestrados falarem com Deus pela manhã por insistência de Cannonball Greene.

— Não significa nada — disse ele a Nila. — Murmurar sete palavras ou sentar e concordar com a cabeça enquanto o pastor Ransom recita trechos do Livro das Mentiras. A dor só vai acabar quando tudo estiver terminado. Sabe o que diziam de mim? "Aquele menino tem sangue nos olhos. Nunca vai ser boa coisa." Mas qual Sequestrado nunca sentiu sangue espirrando no rosto?

Cupido deu uma risadinha e continuou:

— Aquele menino Zander está sempre especulando sobre os mistérios além de Placid Hall. Faz perguntas para qualquer pobre coitado que ande por lá, para todo crioulo que esteja só esperando a oferta de um Ladrão que apareça por lá. "Me conta", ele diz, "o que tem lá fora?" Ele se lembra das respostas que os outros dão, fica repetindo várias e várias vezes sozinho, diz que está montando um mapa na cabeça. Não fiquei nem um dia e meio fora das fazendas do Greene desde que me trouxeram para cá há sete colheitas. Mas não preciso ir a lugar nenhum para ter certeza de que a terra onde suo é igualzinha a todas as outras. Ninguém precisa de mapa para saber que não tem nada lá fora, só mais sangue... Não existe recompensa nenhuma por tratar os outros bem, Nila. Não existe deus nenhum, e as únicas coisas em que dá para acreditar são a brasa do verão, o gelo do inverno e a força das minhas mãos. Só um tolo ousaria ignorar o mundo como ele é. Eu não sou tolo.

William

Eu sabia que Margaret ia estar na cerimônia, mas nem mesmo o pensamento de poder vê-la bastou para me fazer mudar de ideia. Se eu segurasse a filhinha de Milton nos braços e olhasse no rostinho minúsculo dela, com certeza veria aquele menino no barracão de madeira, os olhos dele se abrindo um momento antes de Norbrook fechá-los para sempre. Quando finalmente deitei em minha enxerga, com os músculos doloridos de tanto quebrar pedra, não consegui dormir. Levantei e saí. Cato e Milton tinham ido para Two Forks. Os demais provavelmente estavam dormindo, exceto pelo Pequeno Zander, que assim como eu tinha o hábito de ficar perambulando à noite.

Poucas estrelas pairavam no céu de abril, e a fazenda estava em silêncio quase total, salvo pelo cricrilar dos grilos. Eu gostava do ar da noite, ameno, quente e sem as moscas que nos atormentavam nos longos dias de calor. A primavera estava em progresso.

Será que Jack da Guiné estaria acordado? O mais velho entre os Sequestrados da senzala, ele vivia sozinho em uma cabana minúscula a certa distância das outras. Velho demais para trabalhar, ficava parado a maior parte do dia, evitando o calor. Todos nós dividíamos nossa comida com ele, e mais de uma vez ele me mandou até a cozinha de Mary Sem Palavras para pegar algum quitute que ela havia preparado. Eu gostava de ter um pretexto para ficar sentado por um tempo na companhia dele, embora nós dois muitas vezes discutíssemos e eu normalmente perdesse. Eu não me importava. A quantidade de sabedoria que a memória dele tinha perdido era maior que a quantidade que eu poderia ter esperança de conquistar.

Ele não acreditava em Deus. Acreditava em deuses. Para ele não havia outro modo de explicar os vários jeitos diferentes de ver o mundo; para explicar que, por exemplo, alguns observadores vissem pessoas onde outros viam meras coisas. Que os Ladrões achassem ser os únicos a ter alma quando estava claro que todos — e tudo — possuíam alma. Embora soubesse mais sobre a cerimônia dos sussurros que qualquer um de nós — sabia como e por que nosso povo dera início ao ritual, por que tinham escolhido sete palavras no lugar de três, digamos, ou seis —, Jack da Guiné depositava todas as suas devoções em um par de simples pedaços de madeira entalhados. Eles representavam todos os seus Ancestrais, segundo ele me disse, e não só isso. Ele os chamava de Mãe Raiz e Pai Raiz. "Quando me curvo diante deles, estou homenageando a Natureza inteira", ele me dizia.

Ele já esperava minha visita nas noites em que eu não conseguia dormir. Eu também gostava de ir vê-lo quando os outros estavam sussurrando por um recém-nascido ou quando estavam com o pastor Ransom em uma clareira, gritando e batendo no chão com pedaços de pau para chamar atenção do deus deles. Eu disse a Jack da Guiné que não confiava no pastor.

— Ele não é Sequestrado como nós — eu disse. — Anda por aí como um homem livre. Acho que ele deve ter feito algum tipo de barganha, deve ter entregado alguém. Quando perguntam como ele ficou livre, ele só fala que não foi fácil. Sempre tenho vontade de bater no sujeito quando diz isso. E o rebanho dele. Gritando e batendo com os pés no chão feito uns desesperados.

— Não culpe essas pessoas por estarem desesperadas — dizia Jack da Guiné nessas ocasiões. — Não somos cães como alguns Sequestradores dizem. Não somos mulas como outros deles pensam que somos. Mas desesperados? Com certeza somos desesperados. Você sabe disso, e eles também. Olhe para seu irmão Sequestrado com misericórdia, não com julgamento.

— E o Cupido?

— O que tem ele?

— Eu me pego pensando que o mundo seria mais misericordioso sem ele.

— É o que eles querem que você pense. Fizeram o sujeito em caquinhos, e agora você está dizendo que quer jogar os restos no lixo para eles. Deixe que eles esvaziem os próprios penicos.

Jack da Guiné raramente punha o pé para fora de sua cabana. Quando o fazia, se arrastava com dor, e seu corpo ficava curvado a ponto de parecer que estava procurando no chão algo que havia perdido. Dentro da cabana, ele se movimentava bem e era surpreendentemente alto. Quando bati na porta, ele já tinha pegado dois copos e uma crosta de pão de milho.

— Vamos entrando, vamos entrando — disse. — Chegou bem na hora. Como vai, meu filho?

— Exausto. Cansado demais para trabalhar, cansado demais para dormir. Tem dias que sinto meus ossos crescendo debaixo da pele. Tolice dizer isso para você.

Tomei um gole da bebida. Tinha um cheiro ruim, mas era deliciosamente doce.

Jack da Guiné deu uma risada.

— Não sei por quê, a não ser que você me ache velho. Eu não sou velho, nem você.

Suspirei.

— Meus ossos não concordam — falei.

— Os deuses criaram o mundo em sete dias — disse ele —, mas todo mundo sabe que eles não concluíram o trabalho. Deixaram partes por fazer para que as pessoas construíssem. Entende? O mundo nunca está pronto; está sempre se transformando. Está vendo aquela folha naquela árvore ali fora? Não estava lá ontem. Então aquela não é mais a mesma árvore. Você também é novo. Todo dia.

— Já é de noite — eu disse. — Escuro demais para ver folhas.

— Certo. Com meus olhos às vezes é difícil perceber a diferença.

— Mas você consegue perceber a diferença entre o que é novo e o que é o mesmo de sempre. Eu era um Sequestrado ontem. Acordei hoje e olha eu aqui. Ainda no inferno.

— O inferno é uma coisa que os Ladrões inventaram, meu filho. Cuidado, ou você vai cair em todas as tolices deles. Eles só passam a ser seus donos se você achar que esta vai ser sua vida para sempre. Parte de você foi sequestrada, é verdade. Mas parte de você é livre, contanto que possa sonhar com algo diferente. Quando você abre mão disso, passa a ser realmente deles. Lembre, meu filho, nós descendemos dos Fortes.

— Dos Fortes — repeti.

— Sim — ele disse, concordando com a cabeça. — Não existe palavra melhor para os deuses que nos fizeram.

A bebida de Jack da Guiné estava fazendo efeito. Senti a respiração ficar mais lenta, os músculos relaxaram a ponto de tornar o sono possível. Terminamos o pão em um silêncio tranquilo, o barulho dos grilos como nossa única companhia. Por fim levantei e disse boa-noite, mas não sem antes fazer uma última pergunta:

— Isto vai acabar um dia?

— Quando chegar a hora. Quando os Ladrões descobrirem outra coisa que valha a pena roubar.

— E quando essa hora chegar?

— Eles vão dizer aos Sequestrados que isto tudo foi um sonho. Que as piores coisas jamais aconteceram.

Ransom

Mantive a cautela durante o trajeto até Two Forks para participar da cerimônia. Eu conhecia todas as trilhas que levavam até lá, tanto as que pouca gente usava como as que apareciam com detalhes nos mapas, e foi exatamente essa familiaridade que influenciou minha prudência. Aqueles que nos viam como presas e nos seguiam não se importavam muito com a hora; o sol já se erguia sobre bandos de raptores que agarravam homens e mulheres livres nas ruas em plena luz do dia e os vendiam em outros lugares para serem consumidos, digeridos e excretados pelos intestinos da república. O mergulho do sol abaixo da linha do horizonte fazia surgir capitães do mato que caçavam com uma avidez que poucas vezes demonstravam na perseguição de suas presas de quatro patas. Os piores de todos eram os Ladrões que tinham tão pouco a fazer e perspectivas tão pequenas que torturar os Sequestrados parecia ser sua única fonte de entretenimento. Podia-se dizer que foram destruídos pelo ócio. Uma criança Sequestrada nascida em 1852 chegava a um mundo onde atrocidades eram algo comum. Sussurrar para ela poderia parecer uma proteção frágil, um truque de salão na melhor das hipóteses. Ainda assim, palavras eram tudo que muitos de nós tínhamos para oferecer, por isso nos reuníamos com fé para depositá-las em seus ouvidos inocentes.

Eu tinha visto truques de salão em quantidade suficiente para determinar a diferença entre palavras ditas para enganar e aquelas ditas com sinceridade. Minha experiência vinha da participação em turnês itinerantes nas carroças que vendiam medicamentos e apresentavam espetáculos pelos quais norte-americanos famintos por entretenimento pagavam dois centavos para dar uma olhada de perto no Selvagem Etíope e em uma princesa hotentote; como bônus, tinham a oportunidade de atirar ovos na cabeça de um negro. Esse negro era eu. Aos sete anos fui vendido para Luther Henry, um empresário teatral itinerante que se autodenominava provedor de entretenimento. Por sete anos trabalhei sob seu jugo. Dependendo do tamanho e da filosofia da cidade onde parávamos, a plateia podia ser de apenas três pessoas ou chegar a várias dezenas. O Selvagem tinha cerca de vinte colheitas de idade, um simplório cuja suposta fúria primitiva consistia em falar coisas sem sentido, estapear-se e fingir que estava fazendo fogo. Não sei se já nasceu lunático ou se ficou assim como resultado de suas privações. Nosso empresário, fascinado por histórias sensacionais de uma época antiga protagonizadas por uma pobre mulher chamada Vênus Hotentote, comprou Isabel, uma Sequestrada cujos quadris e regiões inferiores tinham formação semelhante, e a exibia com toda a pompa. Em alguns lugares ele complementava nossa companhia com outras almas infelizes que explorava do mesmo modo, mas nós três continuávamos sob o jugo dele, enquanto os outros iam e vinham. Os tormentos de Isabel eram ainda piores que os nossos, não só porque era forçada a desfilar diante de plateias que uivavam ao vê-la como veio ao mundo — nua —, mas também porque Henry permitia que homens dispostos a gastar um centavo a mais a explorassem de modo mais direto em meio ao silêncio da noite.

Com o passar do tempo, as circunstâncias permitiram que eu deixasse para trás as turnês e me tornasse aquilo que em alguns lugares chamam de pastor itinerante. Minhas viagens como evangelista me permitiram diversas visitas satisfatórias a homens e mulheres nas três fazendas de Cannonball Greene. Eu pregava em cada lugar um domingo por mês e tinha como amigos muitos dos Sequestrados de Greene. William não era um deles.

Eu sabia pouco sobre ele, e ele sabia ainda menos sobre mim. Não tinha utilidade para a minha mensagem e mal tolerava práticas como as cerimônias dos sussurros ou os círculos de clamor que fazíamos na clareira longe dos olhos curiosos de Greene. Era fiel a seus princípios, por vezes desaparecendo em uma velha cabana para contemplar sabe-se lá o quê. Era comum que encontrasse um motivo para se afastar quando eu aparecia carregando minha cruz e dispensando minhas homilias. Apesar da distância entre mim e William, o respeito dos outros homens por ele não me passou despercebido.

Os fazendeiros da região confiavam em mim como pastor itinerante, um negro inofensivo de bom coração e crente na Palavra. Eu os entendia mais do que eles imaginavam — e eles confiavam mais na ideia que faziam de mim do que na realidade. Dos membros da congregação em Placid Hall, o mais encantador era Zander, garoto de umas quinze ou dezesseis colheitas. Era forçado a fazer os mesmos trabalhos que os demais, no entanto ele de algum modo os realizava sem aparente sofrimento. Seu entusiasmo era grande a ponto de contemplar até mesmo uma vida de servidão. Sua confiança (sim, é possível usar essa palavra) vinha de sua crença nos anjos.

Entre as histórias que os Sequestrados, tanto homens quanto mulheres, repassaram para seus filhos, estavam as aventuras dos Buba Yalis, ou Africanos Voadores. De acordo com as lendas, certos Sequestrados tinham recebido o dom de voar. Depois de cantarem "Buba Yali" e outras frases hoje esquecidas, eles se erguiam nos ares, pairando sobre seus males, e voltavam voando para nossa terra natal. Outros só conseguiam fazer o mesmo, dizia a história, se fossem capazes de lembrar as palavras mágicas. Zander ouvia essas histórias com o pleno fervor de um verdadeiro crente.

Em um domingo, ele interrompeu minha homilia para me perguntar sobre uma passagem específica de Isaías. Abri a boca para responder, mas ele levantou e disse: "Em torno dele posicionavam-se serafins. Cada um deles tinha seis asas: com duas cobriam o rosto, com duas cobriam os pés e com duas voavam".

— Você conhece a Palavra melhor do que eu imaginava — eu disse. — Acho que vai ser pastor.

— Não, senhor — afirmou ele. — Eu serei um anjo. O senhor não percebe? Serafins são Buba Yalis. Só usavam outro nome neste lugar, mas são a mesma coisa.

A partir desse instante, Zander passou a acreditar que era um Buba Yali. Algumas pessoas em Placid Hall desconfiavam que podia ter razão, porque nas costas dele havia seis marcas circulares de origem desconhecida, em duas linhas verticais com espaçamento equidistante. Elas se perguntavam se as estranhas marcas poderiam ser os lugares de onde as asas do menino brotariam. Não estava distante o dia, ele prometia aos outros, em que subiria aos ares.

Eu discutia o Livro dos Ladrões sob o olhar atento de Greene, tomando o cuidado de jamais chamá-lo assim. Quando ele partia satisfeito e dava a seus Sequestrados algumas horas de descanso, nós nos recolhíamos para o abrigo da mata. Em uma clareira, começávamos nosso círculo de clamores nos dando as mãos e andando em sentido anti-horário, cada passo nos levando para um período anterior ao dos Ladrões, anterior aos raptos e à imposição cotidiana de depravações. Para um período anterior a sermos Sequestrados, em que nossos ancestrais caminhavam conosco e em que tudo era possível. Com o acompanhamento do batuque e o murmúrio de sons sagrados, erguíamos as mãos ao alto.

— Irmãos, irmãs — eu dizia —, sejamos aqueles que nós somos.

O Livro deles, ou seja, o Livro dos Ladrões, sugere que o mundo terminará em fogo. Tendo em vista a minha experiência, não me vejo disposto a zombar disso. Depois de sete anos trabalhando para Luther Henry, foram a velocidade e a fúria do fogo que me libertaram de seu controle. Tínhamos sido rejeitados em uma colônia de Sequestrados, cujo nome não devo revelar. Basta dizer que se tratava de um lugar fundado por ex-Sequestrados e que até então eu desconhecia. Aparentemente Henry também ignorava sua existência. A visão de Sequestrados que não sorriam, independentes, alguns deles armados, levara Henry a buscar refúgio nas ruínas de um estábulo a vários quilômetros de distância. Ali ele bebeu até cair em um sono pesado, desabando sobre Isabel na cama da carroça em que nos transportava. Ele havia acorrentado o Selvagem sem nome a uma das rodas, deixando-o de cócoras no chão. Eu era o único que não estava preso, uma vez que ainda não tinha dado motivos para que ele desconfiasse de mim. Estávamos todos dormindo, exceto o Selvagem, que depois de muito esfregar gravetos tinha conseguido que eles criassem fagulhas. As faíscas que ele produzira, entrando em contato com a palha que forrava a cama da carroça, se transformaram em um fogaréu feroz. Acordando rápido, saltei para o chão e olhei diretamente nos olhos dele. Ele parecia completamente diferente, como se estivesse calmo; todos os traços de loucura tinham sumido de sua expressão. Sua boca, em geral aberta sem levar em consideração as onipresentes moscas, formava um sorriso astuto, os lábios curvados e deliberadamente cerrados. Abriu a boca e pronunciou a primeira palavra que eu já ouvira sair dele:

— Corra — disse ele. — Corra.

Tive segundos para obedecê-lo antes que as chamas engolissem toda a carroça.

Voltei às pressas para a colônia de Sequestrados e lá cheguei à maturidade sob a tutela gentil de homens e mulheres que tinham conhecido a chibata e estavam determinados a derrotá-la. Eles me ensinaram habilidades valiosas de sobrevivência, talentos que eu não podia revelar a ninguém fora de suas fronteiras, e me fizeram tomar ciência de aliados ocultos da nossa causa. Saí de lá com uma nova identidade, Truman Ransom, e em meu bolso os documentos de libertação de um Sequestrado morto. Nesse ínterim, encontrei minha vocação: dar as novas sobre a Terra Prometida para aqueles que estivessem preparados para ouvi-las. Para minha imensa frustração, quase duas décadas de estrada revelaram uma quantidade menor de pessoas do que eu esperava encontrar.

Cato

Da última vez que vi Iris, ela estava amarrada à parte de trás de uma carroça, os pulsos atados no colo. Outra corda estava enrolada em seu pescoço. Seu novo Ladrão a havia despido com negligência. Um seio estava exposto à luz do sol, o outro coberto. Os lábios estavam machucados, rachados e secos. No começo parecia que ela não estava me vendo. Depois lambeu os lábios.

— Cato — disse. O som já nem parecia vir dela. Sua voz era surda e distante, como se estivesse presa no fundo de um poço profundo.

— Melhor esquecer a sua Iris — tinha me dito Cannonball Greene. — Não tem como evitar. Meu visitante se afeiçoou a ela.

Afeiçoou. Era por isso que eu não a encontrava havia tantos longos dias.

— Ele me contou que precisa ficar com ela. Falei que seria mais caro do que ele estava disposto a pagar. Pedi um valor alto, e mesmo assim ele não desistiu. Não me vá ficar triste, Cato. Isso só vai te deixar mais lento, e eu preciso que você trabalhe. Não vou deixar você fazer corpo mole nas suas tarefas.

Corri para Two Forks. Eu sabia que isso ia ter consequências, mas não me importei. Jurando por minhas sete palavras que eu seria capaz de aguentar qualquer punição, corri até encontrar Iris amarrada àquela carroça. Me aproximei para tocar nela, mas um Ladrão, o visitante de Greene, apareceu ao lado dela, erguendo uma arma de fogo. Apontou o cano para mim enquanto mexia no cabelo de Iris com a outra mão. Ela se encolheu, e ele a puxou mais para perto.

— Dê mais um passo, crioulo, e eu atiro em você aí mesmo onde está.

— Cato — disse ela. — Não faça isso.

— Mas você é minha — falei para Iris.

— Parece que não — disse o Ladrão. — Eu tenho um documento aqui que diz que ela foi comprada e paga.

— Eu preciso tocar em você, Iris. Por favor, sinhô, eu preciso tocar nela. Só essa vez.

— Faça isso e estará morto.

Fiquei parado com o sujeito apontando a arma para mim. Por fim, satisfeito por ver que eu ia obedecer, levou Iris para a parte de trás da carroça e foi embora. Enquanto eles ainda se afastavam, eu me convenci de que essa grande injustiça seria reparada, que o destino não permitiria que isso ficasse assim. De algum modo, minha Iris seria devolvida aos meus braços.

A poucos quilômetros dali, um eixo da carroça quebrou. Iris voou e caiu no chão, jamais se levantou. Greene se recusou a compensar seu visitante pela perda.

— Minhas condolências — disse ele —, mas negócios são negócios.

Evitei ver meu reflexo depois disso. Aprendi a me lavar no regato olhando para o céu. Eu sabia carregar um balde sem mirar a superfície da água contida nele. Eu não tolerava olhar para mim sem Iris a meu lado.

Resolvi morrer. Quando isso se mostrou inútil, entrei para a confraria dos taciturnos. Minha condição não era rara entre homens e mulheres como eu. Nós nos movíamos como se estivéssemos perdidos em sonhos; comíamos sem sentir sabor, dormíamos sem descansar, ouvíamos sem escutar. Outros nos evitavam por medo de serem contaminados por nossa doença, pois eles sabiam que deixar de se importar significava deixar de viver, e haviam escolhido a vida. Eu teria permanecido parte desse triste grupo não fosse por Cupido.

Durante um raro momento de folga em um fim de domingo, ele me provocou na senzala. Eu tinha aprendido a não dar atenção às afrontas dele, mas naquele dia ele conseguiu minha atenção ao expor a memória de Iris ao ridículo. Ele se gabou de sua familiaridade com ela, uma intimidade que até aquele momento eu ignorava.

— É isso mesmo, ela foi minha — disse ele. — Na noite em que dei uma surra naquele crioulo, o Big Ned, e ganhei uma pilha de dinheiro pro Cannonball. Sabe o que ele me deu? Um gostinho do melhor uísque dele. Eu sou o único crioulo que você conhece que tomou uísque. E ele me deixou escolher. "A escolha do vencedor", ele falou. Eu disse que queria a Iris. Ela não queria, mas não liguei. Não era grande coisa. A carne era meio dura, mas deu pra me virar.

— O que você disse? — Avancei nele, à beira da fúria. Ele parecia se divertir.

— Eu disse que aquela tua biscate já foi minha.

Tentei lhe dar um soco, mas passou longe, e quase caí no chão. Gritei, e ele gritou de volta, zombando de mim. Ficamos andando um em volta do outro. Ele deu uma risadinha e bateu forte no meu nariz, no meu olho. Para qualquer lado que eu me virasse, lá estava o punho dele à minha espera. Acertou meu queixo, enchendo minha boca de sangue. Cambaleei, depois caí com as mãos e os joelhos no chão. Fiz força para me erguer. Com o olho bom, vi Milton fazendo sinal com as mãos para que eu continuasse no chão. Aceitei o conselho e rolei, para ficar de costas. Mal tinha parado de me mover quando vi a bota de Cupido pairando sobre a minha garganta. Pisquei, e ela continuava ali. Então desceu.

Tudo ficou branco. A brancura cobriu meus olhos e meu nariz como uma membrana, selando meus lábios. Me debati, tentando respirar, depois acordei ouvindo a Guincho da Coruja gritar em algum lugar da casa-grande. Acima de mim, o sol que desbotava passava pelas nuvens e os pássaros cantavam belamente, sem prestar atenção no meu sofrimento. Me esforcei para ficar de pé e fui me arrastando até minha cabana, onde caí em um sono longo e sem sonhos. Quando acordei e tentei falar, minha voz tinha se transformado em um coaxar rouco.

A surra que recebi das mãos de Cupido não era nada se comparada ao buraco que a ausência de Iris causara em mim. O afeto gentil dela me fizera perder a cabeça, me fizera acreditar que eu era uma exceção à crença que parecia ser compartilhada por todos os Ladrões, de que gente como eu não tinha como conhecer o amor.

Eu sabia que não era o primeiro Sequestrado a ter o coração partido. Testemunhei isso de perto quando ainda estava em Mulberry Grove. Eu trabalhava na lavoura quando menino, levantando com os outros trabalhadores ao som da corneta do capataz. Saíamos cambaleando de nossas cabanas, bocejando no escuro, até queimarem um pedaço de pinho.

Um casal, Isaac e Oney, estava sempre entre os últimos a levantar. Depois de vários longos minutos os dois saíam se espreguiçando e sorrindo, seus rostos brilhantes à luz dourada. Um dos velhos trabalhadores olhava para os dois e estalava a língua.

— Não sei como esse barracão ainda não caiu — dizia ele. — Acho que esses dois já criaram um sulco no chão.

Isaac e Oney faziam tanto barulho ao se amar que os outros resmungavam. Ninguém entendia como conseguiam acordar e trabalhar depois de todo aquele exercício e de todo aquele riso. Parecia que nunca dormiam, e no entanto acordavam sorrindo.

Isaac mantinha os olhos em Oney ao longo de todo o dia, estivesse ele na lavoura de tabaco ou consertando uma cerca. Estivesse Oney bem diante dos olhos dele ou lá distante. Os outros homens certa vez apostaram que ele não conseguia dizer mais de uma dúzia de palavras sem mencionar o nome dela. Ele perdeu, sorridente.

O Ladrão de Mulberry Grove subitamente vendeu Oney para uma fazenda a quinze quilômetros de distância. Quinze quilômetros entre Isaac e sua amada era o mesmo que nada. Saía da senzala se esgueirando depois que escurecia e voltava antes que o sinal soasse, até que um dia foi pego. Nosso Ladrão achou que Isaac estava tramando com outros para fugir. Quando soube que ele ia visitar Oney, ameaçou matá-lo.

— Seu burro desgraçado! — disse nosso Ladrão. — Tanta mulher aqui e você vai querer morrer pela única que estou dizendo que não pode ser sua?

— Se for preciso eu morro.

Eu sabia como ele se sentia. Eu queria ser da Iris quando não tinha nem como ser de mim mesmo. Aos olhos do mundo eu não era uma pessoa, era uma coisa. Minha história não me pertencia. Assim como as regras que eu tinha escondido quando jovem, minha existência estava confinada a poucas páginas rasgadas do livro de outra pessoa.

Bem quando achei que ia me acostumar à solidão de uma vida sem Iris, encontrei Pandora. Trabalhando na casa-grande, por algum motivo ela irritou a Guincho da Coruja e foi mandada para labutar na cozinha com Mary Sem Palavras. Olhava surpresa para tudo e para todos. Era sempre lenta para responder, como se lutasse para se libertar de um sonho que não conseguia abandonar. Pandora, bela, com grossas tranças e pele dourada, era quase tão alta quanto minha Iris. Tentei não olhar para ela. Tinha jurado por minhas sete palavras que meu corpo não teria mais mulheres, e além disso ela era nova demais. Mesmo assim, eu não conseguia deixar de estar consciente da sua presença quando ela surgia na nossa vala com uma refeição leve para Cannonball Greene em uma bandeja de prata.

Eu erguia os olhos e a via de pé absolutamente imóvel, a bandeja de prata firme nas mãos. Seu rosto não demonstrava a menor expressão, e ela parecia sólida e pesada como as pedras no entorno. Impossível não imaginar o que ela estaria pensando.

Pandora

Antes da amizade com Margaret, eu só tinha visto mulheres como ela a distância. Vestidas com uns poucos trapos e andrajos, em geral ficavam confinadas à senzala e aos campos onde ceifavam, arrancavam raízes e plantavam. Embora raramente interagisse com elas, eu sabia que partiam para o descanso noturno com dores nas costas e acordavam com músculos endurecidos e mandíbulas doloridas por cerrarem os dentes a noite toda. Eu sabia de tudo isso sem trabalhar ao lado delas porque eu mesma tinha sido obrigada a fazer tarefas pesadas e muitas vezes acordava pela manhã sofrendo dos mesmos males. Minhas breves conversas com elas deixavam claro que com frequência viam a mim e aos outros Sequestrados da casa como criaturas de estranhos privilégios, com tarefas simples que não nos causavam grande aflição nem agonia. De minha parte, eu muitas vezes achava que eram elas que tinham a situação mais fácil, que não havia nada na vida da senzala que pudesse equivaler aos castigos que eu sofria. Nossas tarefas eram todas custosas.

Das minhas tarefas em Placid Hall, ficar de pé na beira da vala ao lado de Cannonball Greene era muito melhor do que ficar sozinha com a Guincho da Coruja.

Era seu costume esperar até o penico estar cheio antes de me fazer levar tudo para fora e ficar parada no jardim. Olhando da janela aberta no andar de cima, ela me mandava segurar o penico acima da minha cabeça até que meus braços se curvassem cansados do esforço. Depois, quando meus braços começavam a tremer violentamente, ela me fazia despejar o conteúdo sobre mim. Às vezes eu tinha que ficar ali de pé por horas enquanto o calor do dia aumentava, cozinhando sob os dejetos da Guincho da Coruja. Ela achava que o espetáculo do meu corpo sujo e fétido desestimularia os apetites do marido dela, mas, se havia algum efeito, era de fazer com que ele me desejasse mais. Ele sabia que as perversidades da mulher regularmente me motivavam a correr para o riacho, a fim de me limpar com urgência. Encontrando alguma tarefa ali perto, ele fixava os olhos em mim enquanto eu me esfregava e me enxaguava. Todos nós — tanto homens quanto mulheres — tínhamos ficado nus diante dele infinitas vezes, forçados a nos despir pelos mais tolos pretextos. As mulheres que trabalhavam nos campos dele, por exemplo, eram obrigadas a se despir e entregar para ele os trapos de seus vestidos no fim da colheita, quando Greene as presenteava com os vestidos que usariam no ano seguinte. Ele fazia um grande alarde ao dar os vestidos para que provassem, embora elas não tivessem outras opções, e os vestidos — pouco mais do que sacos de juta com buracos que serviam de mangas — mal variassem em tamanho ou qualidade. Estando acostumada a esse tipo de situação, o prazer que eu sentia ao tomar banho era tanto que nem mesmo os olhares lúbricos dele diminuíam minha satisfação. Eu me demorava no rio até onde minha ousadia permitisse, longe da casa-grande e da Guincho da Coruja, que depositava sua fé em talcos e se comportava como se sabão e água fossem instrumentos do diabo. Depois de me secar e voltar para casa, Greene raramente ousava fazer mais do que me apertar e acariciar, tamanho era o medo que sentia da ira da Guincho da Coruja, e no entanto eu sentia que em seu coração ele nutria planos mais íntimos. Convenci a mim mesma de que eu seria capaz de resistir aos avanços dele caso o visse como uma praga doméstica, como as moscas e os mosquitos que nunca nos deixavam em paz.

Eu tinha novas amigas. Muitas das outras Sequestradas me desprezavam por achar que o fato de eu ser miscigenada significava que minha fidelidade se dividia entre os dois lados. Os homens, sem compreender corretamente minhas relações com Greene, tendiam a me ver como se eu tivesse sido contaminada. Eu encontrava certo consolo na companhia de Mary

Sem Palavras, cuja natureza melancólica combinava com a minha. Embora não falasse, Mary tinha aprendido a dar grande significado a seus gestos. Cada sobrancelha levantada e cada torção de lábios transmitiam instruções precisas, desde "Cuidado com o sal" a "Ponha mais lenha no fogo". Fazendeiros de toda a região mandavam suas cozinheiras Sequestradas aprender com ela e praticar sob seu olhar eloquente. Ver Mary comandando sua cozinha esfumaçada era o mesmo que ver uma dança sofisticada. Os Ladrões, com suas danças escocesas e suas valsas, não eram páreo para a graça majestosa de Mary Sem Palavras e de suas ajudantes se movendo naquele espaço minúsculo, conjurando quitutes saborosos em meio à fumaça e às chamas.

Passei a conhecer Mary melhor quando a Guincho da Coruja me baniu de seus aposentos. Dali em diante eu dividia meu tempo entre ficar na beira da vala, trabalhar na cozinha, onde ajudava Mary Sem Palavras, e trabalhar na lavanderia, onde Nila e eu lavávamos as roupas de cama da família. Será que aquela infeliz não sabia que Cannonball Greene mandava nesses lugares tanto quanto na casa-grande e que não havia lugar onde ela pudesse me esconder?

Durante as muitas tardes em que eu olhava para a vala ali embaixo, enquanto Greene dava ordens e fazia anotações, apenas um dos homens que trabalhavam moendo pedras não evitava me olhar. Além do perigo e do suplício de seu trabalho, cada um deles, eu podia ver, tinha hábitos e preocupações peculiares. O temperamento violento de Cupido era evidente para todos, por exemplo, e Milton quase tremia de empolgação, sua mente cheia de pensamentos dedicados à filha recém-nascida. Sam-Mais-Um, cujas proezas com cavalos eram conhecidas além dos limites da propriedade, mantinha a cabeça inclinada para o lado, falando incessantemente com seu companheiro invisível. William era impassível e determinado quando não se deixava distrair pensando em Margaret, e o Pequeno Zander via a estranha operação como um processo planejado para ajudá-lo a ficar forte o suficiente para voar. De todos os homens, Cato era o que mais me intrigava. Ao contrário dos outros, conseguia dar uma discreta olhadela em minha direção a cada giro. Era mais velho que eu, até aí era fácil perceber. Os cabelos cobriam toda a cabeça, e a barba era ainda mais abundante, e tanto em um lugar quanto em outro havia faixas grisalhas. A pele era de um lindo tom marrom-escuro, mas também ela exibia sinais de desgaste. Ainda assim, eu gostava do olhar que ele me direcionava enquanto erguia pedras, inspecionava-as e as colocava de novo sob a grande roda. Eu tinha a impressão de que qualquer coisa — e qualquer pessoa — que caísse em suas mãos seria embalada com suavidade e tratada com cuidado.

Cato

Como a lua crescente se recusava a ficar muito tempo escondida detrás das nuvens negras e cinza que passavam por ela, permanecíamos a maior parte do tempo na mata. De vez em quando, sombras escureciam as estradas permitindo que por um breve período deixássemos a proteção dos carvalhos-brancos, das nogueiras, dos liquidâmbares, dos tulipeiros e dos pinheiros e andássemos pela trilha aplainada por cavaleiros e carroças. Desse modo, Milton e eu fizemos nosso trajeto de Placid Hall para Two Forks, saltando da estrada pouco antes da aproximação de dois homens encarregados de prender Sequestrados que perambulavam por ali, os quais conhecíamos como Tanner e Kirk. Passaram direto por nós, arrastando atrás de suas montarias um Sequestrado. Ele estava nu da cintura para cima. A luz da lua revelou faixas vermelhas recentes que brilhavam ao longo de suas costas. Andava em um passo forçado, apesar do cansaço, temendo que seu ritmo lento pudesse levá-lo para debaixo dos cascos dos cavalos. Seus captores pareciam ignorar os esforços que era obrigado a fazer.

Perguntei se Milton o conhecia.

— Talvez — respondeu —, mas não dá para dizer com o rosto tão inchado.

— Que os Ancestrais o ajudem — eu disse.

Nós nos encontramos na maior das cabanas, que estava preparada para nossa chegada. Ali vimos Margaret; Sarah, a mulher de Milton, segurando a bebê deles; e duas mulheres de Two Forks que eu não conhecia. Ransom, como era de esperar, tinha chegado antes. Ele nos cumprimentou, enquanto Milton foi direto até sua família e as abraçou ferozmente.

Eles permaneceram enlaçados desse modo até Ransom pigarrear. Nem assim se separaram com facilidade.

Depois de um momento, perguntei a Ransom como ele não encontrara Tanner e Kirk no caminho.

— Eles estavam atrás de sangue hoje — falei.

— Como toda noite — complementou Margaret.

— A questão, amigo — disse Ransom —, é como *eles* não *me* encontraram? Para mim, minha sorte se deve aos Ancestrais. Sou grato por eles intervirem na hora certa.

— Belas palavras — resmunguei. — Mas, com todo o respeito, isso não responde à pergunta. Existe algum esconderijo nesse caminho que você não revelou? Saber da existência de um lugar assim decerto ajudaria a todos nós. Como conseguiu desviar dos dois?

— Não foi fácil — foi só o que respondeu.

Eu conhecia poucas das exigências da cerimônia dos sussurros além da minha parte no ritual, do qual estive ausente desde meu suplício sob a bota de Cupido. Durante suas visitas dominicais às três fazendas de Greene, o pastor Ransom cuidava para que os membros de sua congregação aprendessem todos os gestos e encantamentos da cerimônia. "Não podemos permitir que as velhas tradições morram quando eu me for", dizia sempre. Em contraste com aqueles dias ensolarados em que Ransom pregava, sua presença nas cerimônias dos sussurros não tinha a aprovação dos Ladrões e, portanto, ocorria sob o manto da escuridão.

Sob a luz de uns poucos nós de pinho que bruxuleavam, Sarah mergulhou a bebê em uma tina com água. Mesmo na escuridão detectei sinais de apenas um dos pais no rosto da menina. O brilho nos olhos vinha de Sarah, assim como a boca, emoldurada por covinhas. Sem saber muito sobre as inclinações de Sarah, eu não tinha como especular sobre o efeito que elas teriam na bebê. Mas sobre Milton eu sabia o suficiente para imaginar quais de suas qualidades a bebê herdaria. Ele era um pedreiro treinado, mas seu verdadeiro talento era desenhar. Aqueles de nós que tínhamos visto suas criações diziam com confiança que os Ancestrais guiavam sua mão direita.

Tendo à disposição nada mais do que um graveto pontudo e um pouco de poeira, Milton dava vida a maravilhas. Desenhava estrelas rodopiando contra o negror infinito da noite, grandes cidades imaginadas por ele, sinais e primores que tinha visto em sonhos. Também desenhava rostos. Podíamos descrever uma Sequestrada que partira havia muito deste mundo, e ele a fazia erguer-se da terra, parecendo real a ponto de respirar. Nos dias anteriores ao nascimento, ele desenhou o rosto da filha repetidas vezes. A chegada da menina serviu apenas para demonstrar o poder de suas habilidades. Todos os detalhes tinham sido desenhados de maneira exata, incluindo a verruguinha na bochecha macia. Os desenhos de Milton eram um dos nossos segredos mais estimados, elogiados e relembrados com carinho depois de apagados pelo vento e pela chuva. O mundo além de nós nada sabia sobre seu dom.

A bebê, banhada e ungida com óleo morno, foi embrulhada em cueiros. O pastor Ransom pegou a menina no colo e falou em línguas, recitando frases antigas enquanto murmurávamos baixinho. Quando terminou, entregou a bebê para Sarah. Ela a pegou em seus braços. Andando em um círculo, cada um de nós parava diante da bebê, que se contorcia em silêncio. Um após o outro, sussurrávamos.

Um bebê que tivesse a sorte de sobreviver a ponto de adquirir o dom da fala aprenderia rapidamente sobre o mundo em que tinha nascido. Havia a probabilidade de que tal criança jamais tivesse a chance de usar palavras como *mãe* e *pai*. Em vez disso, aprenderia termos como *Sequestrado* e *Ladrão* pouco depois de aprender o próprio nome. Mas, independentemente das circunstâncias, ela sempre encontraria apoio nas sete palavras sussurradas em seu ouvido. Elas eram nossas companheiras constantes ao longo de todas as tribulações e de todos os breves momentos de transcendência. Elas nos lembravam de respirar pela manhã e de sermos gratos pelo ar. Para adultos, pensar em suas próprias sete palavras ao tomar parte de uma cerimônia dos sussurros não era incomum. De modo bastante natural, minhas palavras me vieram à mente, e eu as vi vívidas como frases impressas nas páginas de *As regras de civilidade: Fique. Pense. Guarde. Goste. Suporte. Ofereça. Luz.*

Elas, porém, logo cederam lugar às palavras que Greene me disse quando eu soube que minha Iris tinha sido vendida, colocada em uma carroça para morrer em um acidente a poucos quilômetros do lugar onde a vi pela última vez. O conselho dele, de que seria melhor não pensar mais nela, pareceu à época frio e insensível. De repente percebi que, apesar disso, havia naquilo a virtude da verdade. Cheguei perto do ombro de Sarah e coloquei meus lábios ao lado do ouvido da bebê. Tentei falar do jeito mais ameno e gentil que pude.

— Esqueça — sussurrei.

William

Uma quinzena depois da cerimônia dos sussurros, Milton desenhou dois quadrados no chão. Cada um deles era grande o suficiente para que um homem adulto deitasse e esticasse os braços. Ele se agachou no chão ao lado do primeiro quadrado, enquanto o Pequeno Zander ficava ao lado dele e observava. Eu estava na tina, lavando o prato do jantar e pensando em visitar Jack da Guiné. Cato estava relaxado na entrada da nossa cabana, observando a distância.

Com um graveto pontiagudo, Milton desenhou as estrelas na conformação que estavam naquela noite. Nenhum de nós sabia o nome delas, mas bastava olhar para o céu para ver que a cópia era fiel.

A arte de Milton era ainda mais notável por ele ter favorecido a mão esquerda quando criança. Durante uma de nossas jornadas noturnas para Two Forks, ele me disse como sua preferência passou de uma das mãos para a outra.

— Você conheceu sua mãe, William?

Respondi que não.

— Nem eu. Mas conheci minha avó. Tive minha avó por perto durante minhas treze primeiras colheitas. Avós são uma coisa maravilhosa. Em um dia de verão, não muito tempo depois de ela ter se juntado aos Ancestrais, caí de uma árvore e machuquei minha mão. Meus dedos quebraram e ficaram retorcidos. Uma senhora endireitou os dedos como pôde e colocou um bálsamo curativo neles. Depois enrolou meus dedos em um pano. Melhorou, mas levou um tempo, e até hoje sinto dor quando chove ou esfria. Você pode ver que eles não ficaram bem retos.

Eu tinha reparado nos dedos dele, mas não fiquei curioso. Talhos, hematomas, afundamentos e outras coisas do gênero marcaram a pele de todos nós. Em toda a minha vida eu jamais tinha encontrado um Sequestrado sem cicatrizes.

— Enquanto a senhora cuidava de mim, eu gritava. Sentia vergonha de ser tão fraco — prosseguiu Milton. — No entanto, enquanto eu sentia aquela dor, meus Ancestrais me deram a ideia de sonhar. E fiz isso. Me coloquei no colo da minha avó. Eu tinha uma farpa no dedo, e ela estava tirando. Ela cantou para mim, me consolou, me ajudou a passar pela dor. Tem dias que não consigo mais me lembrar da minha avó, da aparência ou do cheiro dela... e chego até a ficar na dúvida se de fato a conheci. Mas sei que aquela música era ela. Cantei com o coração, muito alto e com grande sentimento. Ela me fez suportar aquilo.

O desenho tinha sido ideia de Zander. Ele disse que aquilo era um mapa das estrelas.

— Vou precisar saber mais sobre os corpos celestes para me guiar por eles — explicou. — Quando eu começar a voar, não quero me perder lá no alto e aterrissar no lugar errado.

Cato e eu chegamos mais perto para ver melhor. Cupido saiu de sua cabana fedendo a vinho. Ele olhou por um tempo, depois cuspiu, e a saliva passou ao lado do Pequeno Zander.

— Estrelas não têm serventia pra gente — disse ao garoto. — Veja bem o tipo de semente que você vai plantar na cabeça desse menino — ele alertou Milton. — Você não sabe que fruto vai dar.

Arrotou e se arrastou de volta para sua cabana.

Milton preencheu o segundo quadrado com cenas de terras de algum lugar lá fora. De acordo com a estimativa do Pequeno Zander, o Canadá não ficava muito longe das fronteiras do país. A África, ele acreditava, ficava pouco depois da fronteira mais distante do Canadá. Na imagem desenhada por Milton, o Canadá era repleto de casas e rios. A África era o lar de altas montanhas e de vacas que pastavam sob um sol amistoso. As pessoas tinham grandes asas que brotavam das costas e sorriam enquanto pairavam sobre campos e pomares.

— • —

A noite avançou, oferecendo sombras a que Milton podia se juntar enquanto percorria seu caminho para ver a família em Two Forks. Ele se despediu e começou sua caminhada noturna. Cato tinha voltado para nossa cabana, e o substituí ficando encostado na porta. O Pequeno Zander andava empolgado de uma imagem para a outra, ambas ainda visíveis ao luar. Falava sozinho enquanto andava, tomando notas e fazendo planos. Um silêncio confortável se estabeleceu entre nós.

Então Cupido reapareceu. Saiu todo empertigado e parou no meio do segundo desenho de Milton. Baixou a parte da frente da calça e urinou. Suspirando de satisfação, borrifou as montanhas africanas e as vacas malhadas desenhadas na poeira. Os Buba Yalis, pegos pela chuva, caíram do céu.

Zander gritou em protesto. Correu na direção de Cupido, que o golpeou com um movimento de mão.

Depois de ter se aliviado, parou acima do Pequeno Zander, que se contorcia no chão.

— Menino, estou pensando em quebrar você feito um graveto.

— Esta noite não — eu disse, parando atrás dele.

Cupido se virou e sorriu ao me ver.

— O queridinho do Cannonball. É isso que eu penso de você.

— Queridinho do Cannonball é você. Acho que você aceitaria comer da palma da mão dele.

— Você está me desafiando?

— Sem dúvida — eu disse. — Mas primeiro jure que você está sóbrio.

— Sóbrio como um vigário — disse Cupido. Ele estendeu a mão, com a palma voltada para baixo, e a ergueu até a altura do ombro. — Está vendo? Firme.

Concordei com a cabeça.

— Ótimo. Você não vai ter desculpa para se queixar.

— Você vai sangrar por isso — disse ele.

— Então, vamos começar.

Qualquer um que conhecesse nós dois provavelmente desconfiava que um dia íamos brigar. Mesmo assim, não se podia dizer exatamente quando isso ia acontecer. O sol jamais se punha sem que Cupido tivesse sido cruel com homens, mulheres e crianças. Embora eu tivesse sido poupado das agressões, mesmo assim aquilo me deixava doente. Eu tinha a impressão, compartilhada por muitos antes de mim, que ficar quieto e parado enquanto Cupido despejava sua fúria era tão grave quanto eu mesmo cometer os crimes. Muitas vezes tínhamos chegado quase às vias de fato, mas Greene interferia e mandava Milton aliviar a tensão com uma piada. A maldade de Cupido contra Zander naquela noite tinha sido quase delicada se comparada a outras coisas que ele já fizera. O que me fez desafiá-lo, então? O que o levou a aceitar? São perguntas a que me volto quase tantas vezes quanto me questiono sobre o cavalo em fuga que cruzou meu caminho. Mesmo assim, nem o cavalo nem qualquer outra coisa passaram por minha cabeça enquanto eu me preparava para brigar. Eu só queria voltar inteiro para a senzala.

Como capataz, Cupido tinha permissão de Greene para usar os pulsos e nos manter na linha, desde que não nos machucasse a ponto de não conseguirmos trabalhar no dia seguinte. Não era comum que alguém tivesse coragem para encará-lo na clareira. Os que fizeram isso raras vezes voltaram andando. Cupido retornava cheio de arrogância, muitas vezes em questão de minutos, arrastando o inimigo vencido atrás de si.

Deixamos a senzala e nos enfiamos na mata. No lugar onde as irmãs e os irmãos Sequestrados passavam os domingos cantando, entoando cânticos e louvando os Ancestrais, nós nos encaramos com os punhos cerrados. Abandonei minha posição de luta e peguei minha faca no bolso. Andei uns passos e a enfiei no chão.

— Isso — disse Cupido. — Mostre coragem. Você vai precisar de muita coragem.

Ele era mais forte, porém não deixei que tirasse vantagem disso. Confiei na minha rapidez para confundi-lo, respondendo imediatamente a cada soco dele com outro meu. Minhas costelas sacudiam a cada golpe, mas não recuei, determinado que estava a cansá-lo. Cada segundo de luta parecia uma hora. Por fim, um soco no estômago dele abriu uma brecha para mim. Quando se curvou, me joguei e, com uma rasteira, fiz as pernas dele voar. Ele caiu no chão, gemendo. Envolvi seu pescoço com meu braço e o apertei até achar que meu coração ia explodir com o esforço. Cupido agarrou meu pulso com duas mãos desesperadas, mas não deixei que ele escapasse. Seus chutes ficaram mais fracos. Seus olhos rolaram para cima, e seu corpo enfim amoleceu. Levantei e olhei para ele no chão, cansado demais para comemorar.

— Você sabia que este momento ia chegar — eu disse.

Virei de costas e curvei o corpo. Abracei meus joelhos e fiquei grato pela lufada de ar que entrava nos pulmões ofegantes. Eu não tinha só matado um homem. Também tinha destruído propriedade roubada. Será que iam me enforcar? Qual punição, além da morte, podia ser acrescida a uma vida inteira de trabalhos forçados? Se me enforcassem, eu jamais voltaria a ver Margaret.

Depois de alguns momentos respirando pesado, ouvi um estalo curioso atrás de mim. Virei e vi Cupido, vivo como sempre, correndo atrás de mim com minha faca na mão. Ele chegou rápido até mim, e não tive tempo para reagir. Ergui a mão para me proteger. Enquanto isso, Cato, tendo corrido para a clareira, usou o corpo todo: voou por cima da minha cabeça carregando uma pedra enorme nos braços estendidos. A pedra atingiu a cabeça de Cupido, e aquele sujeito grande caiu como pedregulhos descendo por uma calha. Cato se ajoelhou e bateu com a rocha repetidas vezes. Ele já havia arrebentado o crânio de Cupido, mas parecia não ter percebido e continuava erguendo e baixando a pedra com uma selvageria que eu não sabia fazer parte de sua natureza.

Por fim, interrompi.

— Ele já se foi — eu disse. — Você está batendo apenas em ossos agora. A gente tem que ir.

Cato sentou no chão e ficou olhando as próprias mãos.

Cato

Juntos arrastamos o corpo de Cupido até o meio da mata. Vigiei o lugar sozinho, de cócoras sobre os ossos do meu algoz, até William voltar com duas pás. Cavamos uma cova ainda mais funda do que a vala onde quebrávamos pedras, trabalhando rápido e em silêncio. William perguntou quantas camisas eu tinha. Respondi que duas.

— A partir de hoje, você só tem uma — disse ele. — Essa tem que ir com o Cupido.

Olhei para minha camisa e vi que estava coberta de sangue. Concordei com a cabeça, tirei a camisa e a joguei na cova. A noite oprimia meu torso nu com força.

Ele parou depois de termos rolado o corpo de Cupido para dentro da cova.

— O que foi?

— O que você fez, Cato. O que você fez por mim. Somos irmãos agora.

— Fiz isso por mim — falei. — E pela Iris.

— Mesmo assim — disse William. — Mesmo assim.

De repente me senti exausto. Enfiei a pá no chão e me apoiei nela como se fosse uma muleta.

William fez o mesmo.

— Eu estava com raiva do Cupido fazia tempo — disse ele. — Daí percebi que eu estava com raiva de mim mesmo por não ter te ajudado quando você lutou com ele da outra vez. Eu devia ter te ajudado. Me desculpe.

— Não — eu disse, sacudindo a cabeça. — Eu tinha que me defender sozinho. Tentar.

Começamos a encher a cova. Entre as pazadas de terra, pensamos em como explicar a ausência de Cupido. Concordamos que Greene provavelmente concluiria que seu capataz tinha fugido durante a noite. Ele sabia que Cupido não tinha amigos entre nós e por isso poderia acreditar que não havia contado seus planos a ninguém.

— A gente pode influenciar a história de Greene ao incentivá-lo a pensar que a ideia partiu dele — sugeriu William. — Mais uma história de um crioulo ingrato que traiu seu dono. Pode funcionar. Tudo depende do jeito como se conta.

William

Enquanto alisávamos a terra e a cobríamos com mato, eu me lembrei de uma coisa que Jack da Guiné me dissera certa vez. Repeti para Cato:

— Sabe qual é a pior coisa que um Sequestrador pode te dizer?

— Que você foi vendido?

— Não. É: “Deixa eu te contar uma história”. Se você ouvir essas palavras, fuja.

II
REINOS

Greene sonhava com nádegas até que, como sempre, foi acordado por gritos. A esposa dormia no quarto dela, mas sua voz era tão aguda e tão alta que simples paredes não eram capazes de conter. Por um instante ele cogitou investigar a causa da aflição da esposa — todo dia havia motivo para um novo escândalo —, mas, em vez disso, preferiu rolar de lado e enfiar a cabeça debaixo do travesseiro. Tivesse ele ficado responsável por projetar a mulher ideal, ele precisava admitir, somente algumas poucas dentre as melhores qualidades da esposa teriam sido incluídas. O belo marfim da pele, por exemplo, ou pelo menos as partes que as grossas camadas de talcos perfumados não escondiam. No entanto, ele não teria cogitado escolher a voz dela. Por acreditar que o sexo frágil, assim como as crianças, devia ser visto, e não ouvido, não era um admirador das vozes femininas em geral. Não obstante, reconhecia que algumas crioulas podiam soar quase angelicais quando cantavam ou murmuravam seus hinos espirituais. Não fosse pela idade e por seu tamanho gigantesco, Mary Sem Palavras, sua cozinheira, poderia estar tão perto da mulher ideal quanto qualquer outra. Afinal, ela preparava refeições deliciosas e jamais emitia sons. Infelizmente, era única. As outras mulheres de que era dono não davam gritos agudos, é verdade. Mas também elas tagarelaram e se lamentavam com rapidez e volume capazes de arruinar a calma de uma manhã silenciosa. Sim, a voz delas era tão irritante quanto a das fêmeas de sua própria espécie.

Mas as nádegas delas? Essas lhe tomavam a imaginação nos momentos de ócio. O modo como ondulavam sob o tecido leve das roupas, parecendo seguir um ritmo irresistível. Seus amigos fazendeiros concordavam — com uma ligeira dose de espanto e não pouca melancolia, sobretudo depois de carteado, cachimbo e uísque — que havia algo nas partes traseiras de uma fêmea que tornava impossível desviar o olhar. Ele não conseguira desviar o olhar de Pandora, e sua esposa acabou banindo-a para a cozinha. Agora era uma nova garota que tinha a tarefa de ficar a noite toda ao lado da cama dela, abanando e espantando as moscas. Mas a burra já tinha fracassado em seus deveres ao cair no sono e acordar a senhora com o baque surdo que causou ao despencar no chão no meio da noite. A esposa de Greene gritou (claro que sim) e arremessou seu jarro d'água no rosto da menina, fendendo a face dela em duas partes desiguais. O rosto estava cicatrizando gradualmente, deixando uma cesura irregular que serpenteava como o regato que cortava o terreno de Placid Hall. A aparência geral da menina não tinha importância para Greene, contanto que suas nádegas atingissem na maturidade plena as formas que prometiam na juventude.

Exceto por sua expressão facial assimétrica, a menina voltou a seus deveres passiva e dócil como antes, aparentemente sem se deixar incomodar por nenhum tipo de pensamento. Intrigava Greene o fato de que até mesmo crioulos robustos como os que possuía ultimamente se revelassem tão frágeis. Talvez ninguém jamais fosse capaz de resolver o debate sobre qual seria exatamente a posição deles na Grande Cadeia dos Seres. Porém, ninguém poderia colocar a culpa disso em homens como ele, homens esclarecidos, de inclinação científica, que observavam, experimentavam e tomavam notas cuidadosas sobre suas conclusões para benefício da posteridade. Greene com frequência se maravilhava por ter a Providência oferecido a homens como ele a bênção de um continente inteiro cheio de seres maleáveis, sem alma, fortes de corpo, mas de mente vazia. Poderia o Deus que o criou ser também responsável por insucessos tão abjetos? Greene, que nos últimos tempos adotara o poligenismo, teoria que afirmava que os negros eram uma espécie completamente diferente, achava mais provável que eles tivessem também um Criador completamente diferente. Mas a Bíblia não defende de maneira convincente que existe somente um Deus? Talvez, como afirmavam alguns, Ele tenha feito os negros especificamente para servir a seus superiores. Não era isso que aqueles abolicionistas incongruentes admitiam de vez em quando, que Deus criou os crioulos para servir e obedecer? De que outro modo se poderia explicar sua natureza supersticiosa, assustadiça, sua obsessão por fantasmas e bebês nascidos com o rosto coberto por membranas? Pela experiência de Greene, metade dos crioulos dizia ter uma visão sobrenatural. Em geral, ele via a própria falta de intuição como mais um indício da superioridade de seu povo, a infalibilidade da razão. Mas naquela manhã ele se arrependeria de, diferentemente dos crioulos, não ter propensão para pressentimentos. Se tivesse acordado com uma intuição, talvez pudesse ter percebido de algum modo que Cupido não estava mais lá.

William

— Essa noite sonhei que via dois anjos lutando com um demônio — disse o Pequeno Zander. — Dois Buba Yalis com asas negras lindas. Quando eles batiam as asas, a terra tremia, as árvores se curvavam e o vento uivava. O demônio não teve a menor chance com eles.

Zander falou comigo pouco antes da primeira luz do dia, do lado de fora de nossa cabana. Foi ali que lhe dei bom-dia depois que saí cambaleante e aos poucos me endireitei, fazendo o melhor que podia para ignorar os protestos de meus músculos doloridos. Dava para ouvir as pessoas se mexendo dentro das cabanas, espreguiçando-se e murmurando suas sete palavras.

O garoto parou em frente à cabana, olhando na direção da clareira. Ainda pairavam sobre nós espessas sombras, me impedindo de sondar a expressão em seu rosto. Ele acenou com a cabeça, coçando-a indolentemente.

— Acho que o Cupido está doente — disse ele. — Você não acha?

— Por quê? — perguntei.

— Bom, já vai raiar o dia, e ele não está aqui pra colocar as mãos em alguém. Pra ficar entre a gente e a cabaça d'água.

— Então por que você não se serve de um gole?

— É uma ideia — respondeu.

— Mas antes quero ouvir mais sobre seu sonho.

Ele me encarou antes de voltar os olhos outra vez para a clareira.

— Como eu disse. Buba Yalis, dois deles. Com grandes asas negras. O demônio era maior que eles, mas os dois eram fortes demais. Muita santidade neles. No começo era um contra um.

Eles lutaram, rolando na terra. O demônio caiu, mas voltou a se levantar. Foi aí que o segundo anjo veio. Ele derrubou o demônio de vez.

— Você viu o rosto deles?

Ele se virou para mim. Dava para ver seus olhos, mas ele parecia olhar para algo atrás de mim, para algum lugar acima do meu ombro.

— William. Sabe como eu sei que foi um sonho?

— Como?

— O bem ganhou com muita facilidade. A vida real é mais difícil do que isso. Até mesmo para anjos.

Cato

A gente começa a se fazer perguntas antes mesmo de saber as palavras. Assim que aprende a dar os primeiros passinhos cambaleantes sobre duas pernas e a sentir o peso do mundo, a gente começa a se perguntar o porquê. Não o porquê de ter nascido, mas o porquê de ter nascido *aqui*. Depois de adquirir os hábitos da fala, aderimos aos argumentos que todos compartilham, tanto adultos quanto crianças. Brigamos e discutimos sobre outros lugares de que ouvimos falar. Canadá, Ohio, África, Nova Orleans. Alguns pareciam muito melhores que qualquer lugar que a gente conhecia. Alguns pareciam piores, embora esses fossem mais difíceis de conjurar em nossa imaginação. Mas falar de outros lugares, como qualquer pausa momentânea que nos permitisse refletir sobre nossas circunstâncias, uma hora acabava nos levando de volta aos amargos confins do terrível reino de Greene. É evidente que nosso propósito, nossa razão de ser, tinha de ser maior do que transformar a madeira dele em mesas e cadeiras, tolerar suas insistentes passadas de mão e moer pedras enquanto ele fazia anotações.

O único momento em que um homem na minha situação não meditava sobre como havia se tornado cativo e o porquê disso era quando tinha a boa sorte de viver um amor genuíno. Antes de ser vendida, Iris fez isso por mim, me ajudou a encontrar um pequeno espaço para mim em um mundo para o qual eu não tinha outra utilidade que não fosse o suor do meu rosto, a força das minhas costas e a habilidade de minhas mãos maltratadas pelo tempo.

Iris encontrou outras tarefas para minhas mãos. Às vezes nós dois estávamos tão doloridos, tão cheios de cortes e bolhas que dar as mãos causava mais sofrimento que conforto.

Preferíamos encontrar um lugar atrás de uma das juntas ou perto do pulso que era um pouco mais macio do que a pele ao redor, e era ali que nos acariciávamos. Iris gostava de pegar meu indicador e guiá-lo pelos contornos de seu rosto. Ela fazia isso lentamente, com cuidado, como se para provar para nós dois que era possível existir um momento fora da rotina desanimadora de cortar e carregar, limpar e erguer, que ela e eu éramos reais e não apenas marcas assinaladas em um livro contábil. Quando estava mais atrevida, pegava o mesmo dedo áspero e molhava em uma xícara cheia do caldo que restava no fundo da panela. Mexia o líquido com meu dedo, me olhando nos olhos, a pontinha da língua molhada para fora dos lábios fechados. Depois afastava meu dedo, tomava um gole dramático da sua xícara, e suspirava alto.

— Muito melhor agora — ronronava.

Fazia aquele som suave, baixinho, sempre que eu lhe dava prazer, o que para meu deleite acontecia com frequência. Jamais deixei de me espantar com o fato de que uma mulher tão maravilhosa pudesse encontrar algo igualmente atraente em mim. Eu tinha conhecido outras mulheres, mas não sem antes ter de fazer campanhas exaustivas para atrair a atenção delas. Iris, por sua vez, me encorajou desde o começo. Embora Cupido não soubesse de seu papel no nosso encontro, foi ele quem nos uniu.

Ele tinha ganhado para Greene uma soma considerável de dinheiro ao derrotar outro Sequestrado em uma luta. Muitos Ladrões sentiam pelos esportes violentos a mesma volúpia ardente que lhes causavam a perseguição e o abuso de mulheres Sequestradas; eles forçavam não apenas homens, mas também cães e galos, a participar de combates mortais. Greene era desses. Radiante com a vitória de Cupido e sua algibeira abarrotada, deu a todos nós um dia de descanso e nos convocou para um banquete, com direito a rabequeiros e comida feita por Mary Sem Palavras. Saímos de Placid Hall e nos unimos aos Sequestrados de Pleasant Grove na celebração em Two Forks, equidistante das duas outras fazendas de Greene. Muitos de nós jamais tínhamos nos aventurado além de nossos locais de servidão, e a oportunidade de trocar histórias com novas pessoas nos animou por um momento. No dia seguinte, quando nos levantamos com o primeiro raio de sol tendo o fardo incomum de barriga cheia e cabeça girando depois de tanto dançar, quando Cupido representou sua vitória sobre nossa pele vulnerável, quando as memórias das rabecas zuniam como abelhas em meio a nossas tarefas onerosas, as festividades da noite nos pareceriam apenas mais uma forma de tortura, um feitiço lançado com a intenção de nos lembrar do nosso lugar no mundo. Mas isso viria depois. A folia durou horas. Nessas circunstâncias, a ilusão de liberdade, por mais efêmera, embriagava como álcool.

Agradavelmente aturdido, entrei em uma fila para receber a comida de Mary Sem Palavras. Ouvi uma mulher chamar meu nome. Seus olhos eram escuros como café, contrastando com a pele dourada, diferente do luminoso tom de avelã comumente encontrado em mulheres de sua compleição. Ela era esbelta e tinha quase a minha altura. Algo em seu porte, em sua postura e no modo como posicionou um dos lados dos quadris ligeiramente para a frente sugeria malícia, sedução. Dei a ela toda a minha atenção.

— Essa comida é toda para você, Cato? Porque você está bloqueando meu caminho.

No começo achei que estivesse zombando de mim. Mais tarde ela disse que estava só me ajudando a perceber sua presença. Dei um passo para o lado para abrir-lhe caminho. Ela continuou onde estava.

— Perdão — eu disse. — Como sabe meu nome?

— Sei muitas coisas — respondeu ela, rindo. Seu sorriso era surpreendentemente largo, a ponto de quase parecer deslocado em seu rosto delicado e oval. Tinha um espaço entre os dois dentes da frente.

— Você é de Placid Hall, Cato?

Fiz que sim com a cabeça, pensando que ela tinha que saber que eu era de lá, especialmente se sabia tudo que dizia saber.

— Sou — respondi. — Como todos os outros aqui, pertenço a Cannonball Greene.

Ela ronronou para mim pela primeira vez e fez um barulho de estalido com a língua.

— Não mais — disse ela. — De hoje em diante, você pertence a mim.

— • —

Greene permitia que tivéssemos companhia desde que não fosse inconveniente para ele. Com sua autorização, fiz um banquinho para Iris com sobras de madeira. Ela criara o hábito de sentar nos modestos degraus de sua cabana em Two Forks e descansar nas tardes frescas. Embora eu reverenciasse o chão em que ela sentava, não me considerava digno de ser tocado por ela. Nada me alegrava mais do que vê-la sentada naquele banquinho ao me aproximar. Na época eu nada sabia sobre rainhas ou membros da realeza sentados majestosamente em tronos. Mas já sabia que Iris era dona de uma nobreza que estava acima da pobreza a seu redor. Eu me sentava a seus pés, grato pela simples dádiva de sua atenção — até entrarmos na cabana.

Falar demais de nossos momentos privados seria negar a Iris a dignidade que sua memória merece. Bastará dizer que ela criou em meu coração uma leveza de que eu jamais me imaginara capaz. Nossos interlúdios me ofereceram um vislumbre das maravilhas que ainda havia por conhecer, dos tesouros que eu podia reivindicar para mim em algum lugar lá fora.

Depois que ela foi tirada de mim, cenas daquele lugar mágico retornavam quando eu menos queria e esperava. Podia estar lixando tábuas ou me lavando na tina e de repente me pegava olhando para outro mundo, onde o ar pertencia a todos os homens, onde cada passo que eu dava servia para satisfazer meu próprio desejo. No entanto, nesses intervalos com ares de sonho, eu caminhava sozinho, tendo tanta certeza da ausência de Iris quanto tinha de minha liberdade. Como eu poderia ficar bem sem ela a meu lado?

Eu espantava essas intromissões como um cão se sacode para se livrar das pulgas, substituindo-as por memórias em que Iris estava plenamente presente. Certa vez, quando estávamos confortavelmente deitados nos braços um do outro, pedi que me dissesse qual era sua cor favorita.

— Qualquer uma, desde que seja a sua cor — disse ela.

— Iris, me diga. Qual a sua cor preferida? Descreva para mim.

— Eu diria que sua pele é quase da cor de nogueira polida. Vi você esfregando aquele banquinho que fez para mim. Você insistiu em deixar brilhando antes que eu sentasse nele. Lembro de você com aquele pano, esfregando. Eu não sabia onde acabava a sua mão e onde começava a madeira. Nogueira polida.

— Iris, me diga.

Ela se virou e ficou de frente para mim.

— Cato, *você* é meu preferido, e isso basta. Declarar que gosto das coisas significa que vou me magoar quando elas forem tiradas de mim. Nada que é bom dura.

— Eu vou durar — falei. — Juro por minhas sete palavras.

— Ótimo — disse ela, sorrindo de novo. — Eu nunca deixo meu coração se demorar em algo, você é a única exceção.

Isso não era bem verdade. Ela guardava suvenires das pessoas que tinha perdido. Uma trama de palha de um chapéu velho. Uma mecha de cabelo de um bebê que tinha sido vendido. Guardava aquelas coisas dentro de uma bolsinha que levava pendurada por uma tira de couro em volta da cintura, um hábito de muitas Sequestradas. Jamais falava muito sobre amores antigos, mas eu sabia que eles também moravam em seu coração. Depois de termos nos deitado juntos pela primeira vez, ela colocou fios de minha barba em sua bolsa. Fiquei grato por ela ter arranjado um espaço para mim.

Aninhado nela, fiquei sabendo mais sobre os dois filhos que dera à luz e perdera. Sobre o chapéu de palha que sua mãe tirou da cabeça e lhe deu antes que dois Sequestradores a levassem. Sobre como Iris usou aquele chapéu até o sol queimar seu rosto atravessando as abas que se desfaziam. Os momentos em que gaguejava e fazia pausas me mostravam como era difícil para ela falar sobre as pessoas que amou e pelas quais foi amada. Em grande parte, elas seguiam sendo parte íntima dela.

— • —

Na noite em que enterramos Cupido, Iris dormiu ao meu lado mais uma vez. Continuamos juntos até amanhecer, algo que nunca tínhamos podido fazer. Antes de sair de minha cabana, ela tirou a bolsa da cintura e a jogou para mim. Peguei a bolsa e pus contra meus lábios. Quando acordei, minhas mãos estavam vazias, e é claro que Iris tinha ido embora. Eu estava olhando para a palma das minhas mãos, ainda tentando entender o sonho, quando Greene entrou furioso na senzala.

William

Meus companheiros de cabana e eu dormimos até mais tarde do que o normal e acordamos em meio a gritos. Estávamos acostumados a ouvir a Guincho da Coruja a distância, mas aqueles berros não eram dela. Cato já estava acordado, olhando para as mãos abertas como se estivesse perdido em um sonho. Milton, que estava deitado, sentou.

— Nila — disse ele.

Embora estivéssemos mais do que familiarizados com os gemidos de Nila, nunca nos acostumamos com eles. Cupido sempre encontrava novos modos de machucá-la, e sempre nos feria ouvir o resultado.

— Diabo de Cupido! — continuou Milton. — Diabo de homem.

Diferentemente de Milton, eu sabia que Cupido não era a causa do tormento dela. Não, a origem do tormento dela estava morta e enterrada. Por um momento aterrorizante, tive medo de que ele tivesse deixado seu túmulo e voltado, pensando em vingança.

Saí da cabana, e os outros vieram logo atrás. Vimos Greene arrastando Nila por toda a extensão da senzala, seu punho agarrando os cabelos dela como se fossem a alça de uma mala. Parou em frente à tina d'água e colocou Nila de joelhos. O vestido dela, que mal passava de um trapo, foi desfeito em tiras que pouco cobriam seu corpo. Veios de terra escorriam da testa aos pés. Um dos lados da boca estava inchado, local onde provavelmente ela havia levado um tapa.

Corremos e paramos diante de Greene.

— Onde ele está, Nila?

— Não sei. Ele ficou fora a noite toda. Juro que não vi ele.

— Se estiver mentindo pra mim, sua vagabunda, vou arrancar sua cabeça.

— Não sinhô, eu juro.

Ele ergueu Nila em um puxão e a jogou no chão com um único movimento.

— William — disse ele, virando-se para mim —, quero homens procurando por ele em todas as fazendas. Já mandei buscar o Tanner e o Kirk. Eles vão chegar logo. Você e o pessoal da vala vão ajudar os dois a procurar na mata. É melhor aquele crioulo aparecer. Pode aparecer cego, aleijado ou doido, mas é melhor aquela pele preta dele aparecer aqui, e logo. Nunca foi difícil deixar aquele crioulo feliz. Um trago de uísque e um rabo de saia. Nunca precisou de mais nada. Dei mais coisas para ele do que ele podia sonhar. Só precisava vencer outro crioulo de vez em quando. Manter vocês em ordem. E tem a cara de pau de fugir?

O dr. LeMaire chegou mal-humorado, interrompendo a invectiva de Greene, ofegante e parecendo perturbado. O médico, que eu tinha conhecido muito tempo antes em um barracão com Norbrook, aparecia de tempos em tempos para cuidar da Guincho da Coruja.

Esperamos até Greene voltar toda a atenção para LeMaire antes de nos movermos. Cato foi até Nila. Ajudou a mulher a sentar e afagou as costas dela. Mandei o Pequeno Zander correr até a cozinha para buscar Pandora.

— Ele tinha que me encontrar cedo — Greene disse para LeMaire. — Eu havia mandado ele vir assim que amanhecesse, depois de acordar os outros. Tínhamos um compromisso no Distrito de Warren, uma briga que eu marquei. Cupido ia ganhar dele, tenho certeza. Agora ele sumiu, e perdi o que depositei. Isso sem nem pensar no dinheiro que dava para ganhar. Não posso fazer nada.

— • —

Menos de uma hora depois, estávamos revirando a mata além da propriedade de Greene. Éramos quatro, dois de cada lado dos Ladrões, que iam em suas montarias. O Pequeno Zander respirou fundo.

— É diferente — disse ele. — Esse ar dentro de mim parece diferente.

— Não é ar de liberdade — falei para ele.

Ele sorriu e sacudiu a cabeça de um lado para o outro.

— Sei disso. Mesmo assim estou um passo mais perto da liberdade. Pena que o Milton não esteja aqui para respirar esse ar também. Ele poderia fazer um desenho pra gente mais tarde.

Entendi o que Zander queria dizer. Talvez nunca mais voltássemos a ir assim tão longe. Podíamos ter guardado cada imagem na memória, as árvores incontáveis, o sol queimando ao atravessar as folhagens em faixas violentas de laranja e vermelho, a tagarelice agitada dos pássaros e o barulho dos animais correndo, que ouvíamos mesmo sem ver. Podíamos lembrar as cenas mais tarde, discutir os detalhes, se havia ou não uma brisa suave, se a árvore cheia de protuberâncias que Tanner e Kirk chamaram de Mulher Chorosa parecia realmente uma mulher ou se aquilo em que Cato escorregara era de fato estrume de urso. Mas, se Milton tivesse visto aquilo conosco, seria como preservar tudo em pedra. Nas noites em que nossas costas estavam doloridas demais para podermos dormir ou quando o calor era insistente demais para conseguirmos descansar, ele poderia pegar uma vareta e começar a fazer traços na terra, e sem dúvida tudo aquilo voltaria. Mas ele tinha pisado em um galho caído na noite anterior, ao retornar da visita a Sarah e à bebê. Milton dissera que era uma farpa, mas o pedaço de madeira enterrado em seu calcanhar, em forma de cunha, era surpreendentemente grosso e longo. Greene, contrariado, acabou concordando que era melhor Milton descansar do que sair caçando um fugitivo. Além de mim, sobraram então Cato, Sam-Mais-Um e o Pequeno Zander. Embora Sam fosse um trabalhador confiável, seu balbucio constante tornava qualquer coisa que não fosse conversa fiada uma tarefa árdua. Ele tinha nascido gêmeo, mas o irmão viveu poucas horas. Sam conversava com ele o tempo todo mesmo assim, explicando para quem perguntasse que ele estava simplesmente continuando uma discussão que os dois irmãos haviam começado no ventre da mãe.

Tinha dedos magros, ágeis como os de um rabequeiro, com juntas imaculadas e unhas sem as fissuras e as manchas que eram típicas em todos nós. Nos anos que se passaram desde então, muitas vezes o imaginei em uma sala de concerto lotada, ajustando sua casaca antes de levar o arco às cordas. Na realidade, era um homem que se sentia muito mais à vontade com animais do que com pessoas. Tinha dominado as ferramentas que faziam parte de sua profissão, o cabresto, as rédeas, as palavras certas para dizer no ouvido de um potro. Todos nós testemunhávamos o milagre de vacas que davam mais leite e de galinhas que punham mais ovos simplesmente porque ele estava por perto. A presença dele acalmava os cavalos enquanto continuávamos nossa busca por rastros do Cupido.

Enquanto nos defendíamos dos galhos que vinham na nossa direção e abríamos caminho com dificuldade em meio às nuvens de moscas que voavam na altura de nosso pescoço, eu desejava que Sam-Mais-Um tivesse o mesmo efeito tranquilizador sobre Cato. Tínhamos passado pela cova oculta de Cupido sem incidentes. Porém, ao entrarmos mais na mata, Cato passou alguns instantes agitado como um potro. Em outros momentos, ele diminuía o passo e olhava para as próprias mãos como se fossem as de um desconhecido.

Minha vontade era sacudir Cato com força, mas tive medo de que minhas ações atraíssem o interesse de Tanner e Kirk para o comportamento estranho de Cato. Receoso de que ele nos entregasse, fiquei entre ele e os dois Ladrões sempre que pude. Mas o Pequeno Zander, que corria para lá e para cá, não facilitava as coisas.

Na primeira oportunidade, toquei o ombro de Cato e perguntei o que ele estava sentindo.

— Desespero — respondeu.

Fixei meus olhos nos dele.

— De todas as coisas de que não podemos nos dar ao luxo, essa é a pior.

Limpou o suor da testa e respirou fundo, como se pensasse no que eu tinha dito.

— Nós descendemos dos Fortes — lembrei a ele.

Ele fez que sim com a cabeça.

— Fortes — repetiu ele. — Fortes.

— Ótimo. E pare de olhar para as mãos.

Não tínhamos ido muito longe quando o cavalo de Tanner pareceu mancar. Ele desmontou e acenou para Sam-Mais-Um. Os dois conversaram por um instante antes de Tanner entregar as rédeas. Sam-Mais-Um guiou o animal coxo até a sombra de uma árvore, poucos metros à frente.

— Qual o problema? — perguntou Kirk.

— Não sei — disse Tanner. — Sam-Mais-Um vai cuidar dele.

— Esse seu cavalo é um imprestável. Te deixa na mão o tempo todo. Eu já tinha mandado pastar.

Tanner baixou a aba do chapéu até a testa.

— Não precisa. Ele ainda tem lenha pra queimar.

A um sinal de Tanner, Cato e eu largamos os sacos que carregávamos e sentamos na grama. Zander continuou de pé, andando de um lado para o outro. Tanner foi até umas árvores para tirar água do joelho.

Pelo que entendi da conversa dos Ladrões, Kirk tinha planejado passar o dia dormindo depois de uma noite de farra e bebedeira. Em vez disso, estava de olhos vermelhos arregalados debaixo de um sol violento, caçando um fugitivo. Desceu da montaria, resmungando.

— Pensei em uma coisa — disse ao se virar para mim. Incomodado com seu fedor, fiz força para manter meu rosto inexpressivo. — Estava pensando que eu podia deixar esses dois crioulos agitados na mata e dizer que fugiram. É só falar que eles saíram correndo enquanto vocês dois estavam cuidando do cavalo do Tanner.

Apontou para Cato, depois para o Pequeno Zander, um gesto que o levou a erguer o braço. Engoli a bile que subia na minha garganta.

— Assim eu conseguiria três recompensas, uma para cada um deles e outra pelo Cupido. Aquele crioulo enorme não pode ter ido longe. Deve ter se afogado em um riacho ou foi comido por um urso. Nesse caso é só levar um pedaço do couro dele.

Eu estava me preparando para encolher os ombros para Kirk, sem saber o que mais podia fazer, quando o som do bate-boca de Sam-Mais-Um o distraiu.

Sam estava discutindo com o irmão:

— Eu sei quando um cavalo está chegando ao fim — disse ele. — Ah, é mesmo? De quantos cavalos você cuidou? Você não sabe a diferença entre um cavalo e uma vaca, mesmo que esteja olhando por cima do meu ombro. Me dê mais espaço. Não consigo trabalhar com você respirando na minha nuca.

Kirk se coçou e cuspiu.

— Meu senhor — ele disse. — Duvido que alguém neste distrito tenha uma coleção de crioulos mais doida que o Cannonball Greene. Tenho uma ideia de como consertar esse aí.

Ele foi às pressas na direção de Sam-Mais-Um, mas Tanner saiu do lugar onde estava nas árvores e o encontrou no meio do caminho.

Cato e eu ficamos em pé. O Pequeno Zander se aproximou de nós enquanto ouvíamos os Ladrões conversar.

— Você acha que a gente está longe da África? — Zander me perguntou.

— Não perco muito tempo pensando na África. Toda vez que paro para pensar acabo com vergões nas costas.

— Eu penso bastante nela — disse Zander. — De manhã, depois de dizer minhas sete palavras, eu digo essa palavra várias vezes. *África. África.* Assim. Foi uma ideia que eu peguei do Milton. Sabe o que mais ele me disse, William? Que você não acredita em nada.

Vi Kirk levar as mãos para cima, dar as costas para Tanner e vir na nossa direção.

— Vou te dizer no que eu acredito — eu disse. — Acredito que nós temos cinco minutos ou menos antes que aquele Ladrão fedido comece a relembrar como a vida dele é insignificante e como ele pode esquecer a própria insignificância por um momento acabando com a alegria das únicas coisas ainda mais insignificantes: nós.

Eu estava exausto. A beleza que o dia tinha quando começamos havia desaparecido. Só de pensar na caminhada de volta sob um sol teimoso me deixou mais cansado. A fadiga acentuava nossa postura vergada, a lentidão cada vez maior de nossos movimentos. Dava para ver o cansaço nos cavalos. Dava para ver o cansaço no passo mais curto de Kirk conforme ele vinha na nossa direção.

Zander não estava cansado. Ricocheteava de um lado para o outro em pequenos saltos que ficavam cada vez maiores, até ele começar a dar cambalhotas e virar estrelas na grama. Quando Kirk chegou perto dele o suficiente, mirou com o rifle no menino e fingiu atirar nele.

— Bang! — disse ele com uma risada rouca. — Você é rapidinho, hein? Pulando por aí igual coelho. Mas você não é mais rápido que este rifle. Quer tentar? Que tal a gente disputar uma corrida?

O Pequeno Zander parou e se balançou em uma perna só, o calcanhar apoiado no joelho oposto. Olhava hesitante para Kirk.

— Pode sê mió nóis vortá a andá — eu disse. — Antis qui o Cupido vá longe dimais pra gente encontrá os rastro dele.

Kirk me olhou, batendo no cano da arma.

— Eu ganho a vida caçando crioulos, crioulo. Você está querendo me ensinar a fazer o meu trabalho?

— Não sinhô, patrão — respondi. — Não sinhô.

— Ótimo. Muito esperto da sua parte — disse ele, e cuspiu.

Com o canto dos olhos, vi Cato mirando as mãos. Olhou para Kirk, depois de volta para as mãos, como se estivesse pensando em apertar o pescoço do Ladrão com elas. Encarei os olhos dele e fiz que não com a cabeça.

Tanner e Sam-Mais-Um chegaram com a montaria de Tanner. Sam segurava as rédeas em uma das mãos e batia no flanco do cavalo com a outra.

— Qual é o problema dele? — perguntou Kirk. — Está machucado?

— Não sinhô — respondeu Sam-Mais-Um. — Só cansado. Este aqui só amanhã agora, patrão.

— Ele tem razão — concordou Tanner. — Melhor a gente voltar.

— Porcaria — disse Kirk. — E a gente não viu nem rastro dele.

— A gente não viu rastro porque não tem rastro — Tanner disse para ele. — Se ele fugiu, não fugiu para este lado.

— Talvez ele tenha voado — o Pequeno Zander sussurrou enquanto dávamos meia-volta e nos preparávamos para retornar a Placid Hall.

— Quieto, Zander.

Ele riu baixinho.

— Eu não tenho medo desse Kirk. O *Anjo* está vendo.

— O quê?

Zander apontou para cima.

— Nas árvores.

Parei e fiquei olhando para os galhos lá em cima. Só o que vi foi a luz do sol constante, as folhas se curvando e torcendo e um esquilo teimoso, observando os gigantes com seus passos rudes debaixo de onde ele se empoleirava.

Pandora

Nunca me acostumei com as moscas. O zumbido delas é abominável, a aparência, hedionda, e tocar nelas é repugnante. Elas se juntavam aos montes em Placid Hall, e com tanta frequência que era de fato raro ver uma mosca solitária parada sobre uma cerca de varanda, esfregando as patinhas dianteiras ou comendo migalhas. Eu achava impressionante que outros Sequestrados pudessem se distrair tanto com as tarefas a ponto de parecer não perceber as moscas. Elas pousavam em sua nuca, paravam nas juntas dos dedos, chegavam a andar pelas pálpebras — e mesmo assim meu povo trabalhava, fosse por distração, fosse por uma disciplina espantosa. Eu, não. Eu detestava moscas e continuo detestando.

A feiura delas, a completa insubordinação, fazia com que parecessem deslocadas naqueles vastos campos onde a natureza costuma ser bela. Até mesmo coisas perigosas podem ser um deleite para os olhos, como cobras com sua pele adornada ou plantas venenosas com suas belas folhas. Mesmo quando eu ficava debaixo da janela da Guincho da Coruja e me esforçava para segurar o penico dela acima da cabeça, eu ainda via muitas coisas que me maravilhavam. Quando minhas costas doíam e meus braços esticados começavam a tremer, era possível encontrar conforto em um pássaro mergulhando em uma poça ou talvez em um coelho surgindo por trás de um arbusto.

Nos piores dias, não havia nada na natureza que pudesse me consolar. As moscas circundavam minha cabeça em expectativa, como se esperassem que meus joelhos dobrassem e eu recebesse a ordem para virar o penico em mim. Aí elas pousavam, grudando em mim, cegando meus olhos, andando por minhas orelhas e narinas, procurando meus lábios e dentes enquanto eu corria para o rio, fedendo com os conteúdos pútridos dos intestinos da Guincho da Coruja. Elas me perseguiam até eu estar completamente imersa, uma turba furiosa em torvelinho sobre a superfície do rio enquanto eu tirava todos os vestígios de imundície da minha pele.

Se o esplendor natural do entorno não era capaz de me trazer alívio, eu me imaginava em outro lugar. Por exemplo, enquanto fervíamos as roupas, outros Sequestrados suavam. Eu, não. Eu estava longe, em uma grande carruagem dourada puxada por seis cavalos brancos, inspecionando minha vasta propriedade enquanto um lacaio se ajoelhava diante de mim e polia as fivelas de meus sapatos. E no entanto, de algum modo, eu continuava cuidando das roupas, mexendo a panela, preparando a lixívia.

Aprendi sobre reinos distantes durante minhas oito primeiras colheitas, enquanto servia de companheira de brincadeiras para uma jovem Ladra chamada Lilian. Senhorinha, como me incentivavam a chamá-la, era a amada filha de um rico fazendeiro que não fazia economias para deixar a menina feliz. Senhorinha gostava de me ver vestida nas mais finas roupas, e eu jamais ficava longe dela durante o dia. Nossas horas eram cheias de alegria, música e doces que pareciam fluir da cozinha, em um suprimento infinito. Havia momentos tristes quando Senhorinha cometia alguma insolência — uma taça quebrada ou um vestido enlameado —, e eu era punida no lugar dela. Chibatadas e a proibição de jantar eram um preço pequeno a pagar pelo luxo que parecia ser meu por direito. Brincávamos com bonecas, dávamos ordens aos empregados e fazíamos festa com chá todos os dias. Ao pararmos de mãos dadas em frente ao grande espelho do quarto dela, era comum nos espantarmos com a semelhança entre nós.

— Nós podíamos ser irmãs, querida Pandora — dizia Senhorinha. — Você só parece ter tomado um pouco mais de sol.

Como eu não tinha memória de nenhum outro lugar, era comum que eu pensasse que o mundo de Senhorinha pertencia a mim tanto quanto a ela. Os Ladrões da casa havia muito tempo me desestimulavam a fazer perguntas sobre minhas origens. A governanta de Senhorinha, a srta. Knox, mulher formal com postura rígida e sotaque estrangeiro, sugeriu que eu tinha chegado pela porta de trás, à maneira das crianças abandonadas dos contos de fada, trazida de alguma terra misteriosa em uma nuvem de estrelas envolta em fitas de organza. Glory, a cozinheira, era a figura mais próxima da mãe que nunca tive. Também me aconselhou a não pensar no passado e, em vez disso, a me concentrar no meu presente tão afortunado. Eu ainda não tinha compreendido as distinções entre Sequestrados e Ladrões (talvez eu não quisesse compreender). Os criados da casa-grande eram basicamente da mesma cor que eu, e raramente tinha contato com os trabalhadores do campo. Eles tinham tomado, para pegar emprestadas as palavras de Senhorinha, mais do que um pouco de sol.

Em certa ocasião, Glory me mandou ir até perto da senzala a fim de buscar umas ervas com uma amiga dela que trabalhava no campo. Quando cheguei lá, a mulher estava me esperando com os itens solicitados envoltos em uma trouxa de pano. Parecia bem inquieta, como se temesse ser pega e repreendida por alguma violação. Eu me lembro menos dos traços dela que do nervosismo, intenso a ponto de ser contagioso. Apesar da brevidade de nosso encontro, também fiquei aflita.

Nossas mãos se tocaram, e com repentina ferocidade ela me segurou. Gritei e puxei minha mão.

— Por favor — disse ela. — Não tenha medo. Por favor. Só quero olhar pra você. Por favor.

Dois outros trabalhadores do campo apareceram e a levaram à força pela trilha que ia até as cabanas. Ela dava uns poucos passos e logo se virava para me olhar ansiosamente.

Fiquei intrigada, talvez até um pouco assustada. Nos anos que se seguiram, cheguei à conclusão de que aquela mulher talvez fosse minha mãe. Naquela época eu já sabia muito bem que devia guardar os detalhes do perturbador encontro para mim mesma.

— Onde você esteve? — perguntou Senhorinha, quando voltei para fazer companhia para ela no quarto das crianças. — A srta. Knox vai ler uma história.

Arrepanhei minhas saias e sentei ao lado de Senhorinha, aos pés da srta. Knox. Jamais tive permissão para olhar para as palavras em uma página por muito tempo, e é evidente que à medida que eu crescia minhas oportunidades de segurar nas mãos um livro cessaram de vez. Eu não protestava, preferindo, em vez disso, imaginar o que a história descrevia. Minhas próprias cenas fantasiosas, com princesas que se pareciam comigo, preenchiam as pausas da narração da srta. Knox. Também fizeram o mesmo em muitas noites, quando a governanta outra vez lia para Senhorinha antes de colocá-la para dormir. Em seguida, eu deitava recurvada, quente e confortável debaixo de um belo cobertor bordado, no chão ao lado da cama de Senhorinha. Em algumas noites ela me convidava para deitar na cama a seu lado, rindo e fazendo confidências, como fazem as meninas pequenas, até que por fim o sono nos dominasse.

Tudo acabou quando Senhorinha adoeceu e morreu no curso de uma semana. Uma doença varreu a região, levando jovens e velhos. Um remédio que os Sequestrados prepararam a partir das raízes de certas plantas permitiu que a maioria escapasse da doença. Mas essa mezinha caseira não era conhecida na casa-grande, onde Senhorinha ficou febril e fraca.

A srta. Knox me levou até a cama dela quando já não restava muito tempo. Pouco pude fazer além de chorar e dizer a Senhorinha que a amava.

Ela nunca tinha parecido tão pequena. Círculos escuros se formaram ao redor dos olhos, e a fina fenda de sua boca se transformara em lábios enrugados e feridos. Sua voz, sempre estridente e infantil, envelhecera dramaticamente e agora soava mais como um sussurro ou um chiado. Segurou minha mão com força surpreendente.

— Por que eu peguei a doença, Pandora? — perguntou ela. — Por que eu e não você?

Quando a vida dela terminou, a minha passou do céu ao inferno no curso de uma única tarde. Senhorinha mal tinha exalado seu último suspiro quando um sobrinho que estava sempre à espreita me pegou e levou bruscamente. Sempre achei que ele era um homem gentil, já que gostava de andar comigo nos ombros e de me empanturrar de doces. Aquele incidente deixou mais marcas em mim do que sou capaz de contar, aparentemente me legitimando como objeto de tortura e joguete dos Ladrões pelo resto da vida.

A senhora da casa, quase enlouquecida pela tristeza e por um ciúme ardente, estava ávida por se ver livre de mim. Ela me vendeu para o primeiro traficante que passou por ali. De início achei que ser vendida para ele tinha sido resultado de mero acaso. Mais tarde me convenci de que ela sabia da atuação dele no comércio de prazeres ilícitos, que ela sabia exatamente aquilo que eu teria de sofrer e suportar. Enquanto sobrevivia a tormentos hediondos o suficiente para levar homens crescidos a se pôr em posição fetal desejando morrer, eu por vezes me perguntava o que ela teria feito com as moedas recebidas pela minha venda. O que teria comprado com o lucro? Uma taça? Um vestido novo?

Para não cair completamente na loucura, aprendi a viver em dois mundos. Deitada de costas ou me contorcendo acorrentada, eu saltitava com elfos e duendes, princesas e fadas madrinhas. Eu me maravilhava ao ver criadas transformadas em beldades esfuziantes vivendo em castelos resplandecentes. Eu me admirava com criaturas encantadas da mata sempre pontuais em dar assistência a donzelas em perigo. Eu me emocionava com a visão de abóboras que se transformavam em carruagens e com feixes de palha que magicamente se convertiam em ouro cintilante. Meu porto seguro imaginário por vezes se tornava tão verdadeiro a ponto de sua intromissão nas minhas circunstâncias reais me deixar pasma. Como resultado, eu muitas vezes era uma decepção, incapaz de satisfazer os desejos dos Ladrões que visitavam nosso empreendimento itinerante com algibeiras abarrotadas e expectativas perversas. Eu me tornei mercadoria barata. Era comum dizerem que mulheres desbotadas como eu eram consideradas mais desejáveis do que minhas irmãs banhadas pelo sol, porém nossa experiência jamais confirmou isso. Afinal, todas tínhamos uma constituição semelhante por baixo das roupas.

Porém, nem nossa nudez nem nossa beleza eram o fator decisivo. O que mais excitava os Ladrões era o simples fato de sermos vulneráveis: nossos homens não podiam nos proteger. Nem mesmo nós podíamos nos proteger.

Raras vezes pensei em cavaleiros impetuosos ou em princesas encantadoras durante minha labuta. Dos personagens dos contos de fada de Senhorinha, eu achava que esses eram os que mais dificilmente teriam contrapartes na vida real. Na época em que cheguei a Placid Hall eu já tinha visto o pior dos homens, seus mais sórdidos apetites e habilidades. O fato de que pudessem também ter virtudes muitas vezes me parecia risível demais para acreditar, até mesmo para uma imaginação tão ávida quanto a minha.

Na casa-grande com os Greene, era mais fácil sustentar minhas fantasias. Precisei me esforçar mais para construir meus mundos de sonho depois que a Guincho da Coruja me exilou. Já não existia o frescor dos aposentos de meu castelo, gerado pela meia dúzia de criados que agitavam imensos abanos de plumas, substituído agora pela fumaça e pelo calor da cozinha de Mary Sem Palavras. Já não havia a banheira imensa em que eu ficava reclinada por horas comendo doces, substituída agora pelo vapor das tinas da lavanderia. Eu fazia o meu melhor para trabalhar e viver sem ser percebida, minha vida secreta guardada a sete chaves.

Antecipar os humores dos Ladrões que nos oprimiam era parte de nosso trabalho diário. Muitas vezes tínhamos poucos segundos para determinar se eles estavam se sentindo solitários ou tristes o suficiente para terem uma conversa civilizada com um Sequestrado, se devíamos dar nossa atenção ao que eles diziam ou permanecer inertes como uma peça de mobília. Se daríamos um passo para a esquerda ou para a direita a fim de evitar uma colisão, se passaríamos rápido por eles ou se ficaríamos parados para que suas mãos pudessem vaguear. Eu me questionava se todo Sequestrado tinha uma vida totalmente à parte oculta por trás daqueles cumprimentos exagerados, uma existência que eles não ousavam compartilhar com ninguém. Cato, o homem com mãos meticulosas, era quem me deixava mais curiosa. Sobre o que ele estaria pensando? O que teria perdido?

Eu questionara o mesmo sobre Nila enquanto cuidava dos machucados dela. Ela falava pouco, balançando o corpo para a frente e para trás e murmurando baixinho para si mesma em meio a goles de um caldo que Mary Sem Palavras preparara para ela. O homem de Nila tinha fugido, deixando-a para trás, um homem que aliás nunca pareceu se importar muito com ela. Achei que pudesse estar aliviada, mas era cedo demais para especular sobre isso. Eu sabia por experiência que Sequestrados por vezes fugiam sem dizer nada para as pessoas mais próximas. Quanto menos soubessem, menos elas poderiam contar. Os Ladrões nunca viam as coisas desse jeito. Do ponto de vista deles, os Sequestrados sempre sabiam mais do que diziam. Eram raras as vezes em que podiam provar isso, mas estavam dispostos a exaurir suas forças e também as nossas, espancando-nos até arrancar informações que nem existiam. Cannonball Greene não era exceção.

Nas horas que se passaram desde que ele enviou os grupos de busca, a raiva dele de algum modo se tornou maior. Ele voltou à senzala, cheirando a álcool e enchendo Nila novamente de perguntas. Mas ela se retraíra ainda mais e disse menos do que antes. Enfurecido, Greene começou a repreendê-la e a lhe dar pancadas na altura das orelhas. De repente ele parou, ao se dar conta de que saíra de casa sem seu conhaque. Recebi ordens de buscar sua bebida. Quase derramei o conhaque quando a Guincho da Coruja me deu um pontapé no momento em que eu saía pela entrada dos criados, fazendo com que eu cambaleasse na direção de uma nuvem de moscas. Eu estava levando a bebida para Greene em uma bandeja de prata quando ouvi os tristes gemidos de Nila.

Ela estava caída no chão aos pés de Greene e balbuciava, implorando misericórdia. Ele a empurrou para longe com sua bota. Eu sabia que devia ficar ao alcance da mão dele e esperar em silêncio enquanto ele vomitava ofensas sobre a figura trêmula dela. Parada ali equilibrando a bandeja, vi um grupo de resgate se aproximando a distância, incluindo uma carruagem dourada com um lacaio, ladeado por dois cavaleiros. Uma fada madrinha, imaginei, ou uma viúva rica que enfim acabava de localizar sua herdeira havia muito desaparecida.

Aguente firme, eu queria dizer a Nila. *O resgate está chegando, talvez para nós duas.*

Minhas esperanças foram se perdendo à medida que o grupo recém-chegado se aproximava. A carruagem se transformou em dois cavalos, um deles servindo de montaria a alguém, o outro conduzido por um Ladrão que seguia a pé. Quatro Sequestrados os acompanhavam: Cato, William, Zander e Sam-Mais-Um. Mesmo a distância era possível ver seus traços distintivos. Eu não sabia os nomes dos Ladrões, mas imaginei que fossem os capitães do mato Tanner e Kirk. Eu tinha ouvido falar muito deles, e nada exatamente animador. Para piorar as coisas, Cupido não estava com eles.

Greene se afastou de nós e encontrou a equipe de buscas na entrada de Placid Hall, a umas boas trezentas pernadas de distância. Depois de conversar com eles, voltou a passos rápidos, os homens não muito atrás. Tentou erguer Nila do chão, mas ela se recusou a ficar de pé.

— Que seja — disse Greene. — Eu te arrasto.

Agarrou Nila pelos cabelos, como tinha feito pela manhã. Imediatamente percebi o que ele pretendia. Queria levá-la ao tronco para ser açoitada.

Cato deu um passo à frente enquanto Nila gritava e se debatia ao ser puxada por Greene.

— Por favor, patrão — falou. — Acho que ela num aguenta outra surra.

— É melhor você não achar nada — disse Greene.

William avançou com cautela, as mãos erguidas.

— Patrão — disse. — Ela num sabe. Se soubesse, dizia ao sinhô.

Greene sorriu. Pela expressão de William eu soube que ele sentira o cheiro de álcool vindo do patrão.

— É melhor você ficar mansinho agora — alertou Greene. — Você não custa tão caro quanto imagina.

O mais alto dos capitães do mato pigarreou e cuspiu.

— Com todo o respeito, sr. Greene — disse ele —, por que nós ainda estamos conversando? Todo mundo sabe o que essa daí quer. Ela está fazendo a gente perder tempo para ajudar aquele crioulo. Ele deve estar a meio caminho do Canadá ou sei lá de onde. Aquele preto vai virar uma gola de pele porque a gente fica de conversa com essa daí em vez de lanhar ela.

O cheiro dele era forte como o de Greene, mas não era de álcool.

— Certo, Kirk — disse Greene. Então se virou para o outro capitão do mato. — E você, Tanner? Eu bati nela o dia inteiro, e ela não disse nada.

Tanner estudou Nila por um longo momento.

— Ela é propriedade sua — falou. — Você tem a palavra final.

— Então está resolvido — afirmou Greene. — Zander, pegue o chicote.

— Eu tiro a roupa dela pra você — disse Kirk, se coçando. — Esfolo também.

— Tirar a roupa e amarrar já está bom — concluiu Greene. Pegou a bebida da bandeja e tomou tudo de uma vez. — Deixa que bater bato eu.

Soltou os cabelos de Nila. Com a outra mão, devolveu o copo à bandeja. Eu me virei na direção da cancela de Placid Hall, indo para longe do tronco de açoite. Eles normalmente nos obrigavam a assistir sempre que um Sequestrado era punido, mas Greene ainda não tinha nos dado nenhuma ordem. Eu estava determinada a não ver Nila apanhando, a não ser que ele me obrigasse. Olhei ao longe, na maior distância possível, lá onde os limites das terras de Greene encontravam o céu e as ondas de calor flutuavam acima do chão como fitas de organza.

Em algum lugar da Natureza existem castelos, pensei. *Em algum lugar existem magia e ouro.*

Cato

Ouvi Greene dizendo que ia dar as chicotadas pessoalmente. Vi quando ele pegou o copo e bebeu. Enquanto bebia, imaginei minhas mãos se movendo por vontade própria. Vi quando elas agarraram a garganta de Greene e os Ladrões levantaram as armas para atirar nelas e em mim. Senti meus polegares se afundando, o barulho satisfatório da traqueia sendo esmagada e estalando, antes de as armas troarem. Para impedir minhas mãos de ir em frente, para salvar a todos nós, falei:

— Não foi pra ela. Foi pra mim. O Cupido mi disse que ia fugi. Me disse pra não contá.

Dava para sentir o olhar quente de Tanner e Kirk nas minhas costas, o silêncio perplexo dos outros Sequestrados. Greene parou por um momento antes de se virar para me encarar.

— Repita — mandou. — Repita o que acabou de dizer. Conte o que deu em você para esconder um segredo do seu dono.

— Num sei — eu disse. — Eu tava cum tanto medo do Cupido...

Greene riu. Era uma visão desagradável.

— Ah, você não sabe o que é medo.

Ele acenou para Kirk por cima do meu ombro. Eu me virei a tempo de ver a coronha do rifle vindo na minha direção.

— • —

Depois que pegaram o Isaac por fugir para encontrar sua amada, ele se recusou a comer e beber. Os cabelos dele caíram, depois os dentes. Ele se agarrava a um caroço de pêssego que em sua loucura passou a chamar de Mel. Todos ficávamos imaginando onde ele tinha conseguido aquilo, já que pêssegos eram reservados exclusivamente para os moradores da casa-grande. Frustrado, nosso Ladrão agrilhoou Isaac diante de sua cabana para que todos os Sequestrados testemunhassem sua longa e excruciante morte. Mas alguém se apiedou dele e o asfixiou durante a noite.

Uma corrente em volta do meu pescoço me ligava ao tronco, a centímetros do lugar onde eu estava quando disse a Greene que tinha sido o responsável por proteger o segredo do Cupido. Meus pulsos e tornozelos estavam presos do mesmo modo, embora por si só minha dor fosse suficiente para me manter confinado. Eu não sabia por quanto tempo estava ali, mas o pio ocasional de uma coruja e os latidos dos cães a distância me diziam que a noite havia caído horas antes. No momento em que ouvi Isaac murmurando em meu ouvido enquanto me deitava ao lado do tronco de açoite, eu estava exausto demais para sentir medo. Deduzi — talvez tenha desejado — que Isaac tivesse vindo de algum lugar lá fora para acabar com minha agonia, do mesmo modo que uma boa alma havia feito por ele.

— Melhor ficar parado — aconselhou ele. — Ficar se mexendo não vai ajudar em nada. Pode acreditar, sei do que estou falando.

Machucado demais até para abrir os olhos ou me virar na direção de sua voz, minha única opção foi seguir seu conselho. Meus esforços para falar foram igualmente infrutíferos. Com a língua inchada e a boca cheia de sangue, o máximo que eu conseguia era grunhir. Cada centímetro de minha carne parecia estar em chamas, como se Green tivesse me girado em um espeto acima do fogo. O que ele fizera comigo?

Isaac respondeu como se pudesse ouvir meus pensamentos.

— Mergulhou você na salmoura, claro — explicou ele. — Lanhou você inteiro, depois te agarrou pelos pés e mergulhou em um barril de salmoura. Imagino que nem se lembre. Melhor assim.

Nunca fui muito de chorar. Achava que isso não servia para grandes coisas e podia inspirar uma crueldade renovada em homens como Cupido. E Ladrões como Greene, acostumados a arrancar bebês do peito da mãe enquanto mamavam, viam nossas lágrimas como resultado de algum instinto animal primitivo, e não de uma emoção genuína. Aos olhos deles, todos os nossos ferimentos eram inconveniências temporárias das quais logo nos recuperaríamos. No entanto, com ondas de agonia tomando conta de mim, fui levado a abrir meus lábios e a gemer tão desamparadamente como um órfão em uma tempestade. Mas minha voz me traiu, como fazia com frequência. Em vez de fazer chegar meus protestos ao céu da noite, fui limitado a convulsionar em soluços silenciosos. Muitas vezes achei que estava à beira da morte, para em seguida chegar a um breve repouso antes de começar novamente a morrer.

Isaac esperou pacientemente até que eu parasse de me contorcer e por fim abrisse os olhos. Ele continuou atrás de mim, fora do meu campo de visão. Imagino que estivesse de cócoras como alguém que cuida de uma pilha de gravetos, fazendo surgir fumaça de cinzas e brasas.

— Você precisa descansar — disse ele. — Dormir ajuda. Ficar acordado só te faz ficar pensando que seria melhor morrer. Mas você estaria errado se pensasse assim. Não cometa o mesmo erro que eu cometi.

Senti Isaac deslizar a mão por baixo da minha cabeça, sua palma calejada arrastando-se por meu crânio machucado. Mais uma vez fui levado a gritar, mas eu continuava sem ar, sem sons. Encontrei força suficiente apenas para me afastar quando ele segurou uma moringa perto dos meus lábios. Ele tentou de novo, e mais uma vez recusei.

— Vamos, Cato — ele me repreendeu. — Você precisa desta água.

Ele suspirou e baixou minha cabeça de novo até o chão.

Por um momento deixei de sentir a presença dele. Depois ele voltou com um trapo umedecido e limpou gentilmente minha testa.

— Você está sendo rude, meu amigo — disse ele. — Está sendo grosseiro. Lembre quais são as regras.

Fechei os olhos com força, embora isso doesse. Queria dizer que ele não sabia nada sobre regras de civilidade.

Ele sorriu.

— Não tenha tanta certeza. Escute isto: "Não beba, nem fale com a boca cheia, nem fique olhando à sua volta enquanto estiver bebendo".

Eu queria cobrir minhas orelhas, mas as correntes me impediam. Isaac continuou, ignorando meus esforços.

— "Não beba devagar demais, mas também não beba muito rápido" — sussurrou, como se recitasse algo tirado de um livro. — "Antes e depois de beber, limpe os lábios; não respire pela boca nem com ruído muito alto, pois isso é grosseiro."

Eu arfava e grunhia com todas as forças de que era capaz em uma frágil tentativa de abafar o som da voz dele. Ele falava mais alto, o volume de sua voz aumentando de intensidade de acordo com um imenso espasmo de dor. Minha consciência estava declinando.

— Não se resigne a uma vida de sofrimento — sugeriu Isaac. — Mantenha o olhar nos dias futuros.

Essa regra não existia, eu queria dizer para ele.

— E é preciso observar essa regra acima de todas as outras. Não desista.

Essas foram as últimas palavras que ouvi antes de a escuridão tomar conta de mim.

Margaret

Greene mandou Nila de volta para Two Forks depois da confissão de Cato. Embora tivesse sido poupada da surra, seu rosto e seu corpo exibiam sinais de castigo. Na cabana que ela viria a dividir com Sarah e comigo, ficamos acordadas à noite, acreditando que nossa atenção a consolaria.

Sentamos em uma escuridão quase completa, tendo como luz apenas uns poucos raios de luar que atravessavam as fendas nas paredes. Ficamos tentadas a colocar fogo em um nó de pinho e depois inseri-lo em uma greta, mas Holtzclaw, o feitor, por vezes entendia uma chama acesa como um convite.

Eu estava preocupada com William e Cato. Nila parecia acreditar que algo tinha se passado entre eles. Tinham trocado olhares, ela disse, quando Greene mandou os dois em sua busca infrutífera por Cupido. Ela comentou que Cato sempre se apresentava para levar a culpa. Um capitão do mato tinha dado com a coronha de sua arma na cabeça de Cato antes de ele ser arrastado para a tortura.

Encorajamos Nila a parar de chorar antes que o novo dia começasse. Holtzclaw, contratado para supervisionar a operação de Greene com uma maldade sem limites, provavelmente ficaria impaciente com ela, apesar dos machucados. Ela tremia e soluçava, mas seus olhos seguiam secos. Nossas ofertas de abraços eram rejeitadas com firmeza. Sarah e eu logo entendemos que ela preferia abraçar a si mesma. Eu me recolhi à minha enxerga enquanto Sarah foi cuidar da filha, que dormia em um berço rústico no canto mais afastado da porta. Empoleirada em um banquinho, Nila apoiou a cabeça nos braços dobrados sobre a superfície da mesa. Como eu não sabia muito sobre Nila antes de Cupido ter decidido que ela seria dele, era impossível não me perguntar que tipo de mulher ela havia sido. Ao observá-la, acreditei que a versão antiga dela fora expulsa, se perdera para sempre. Fiquei me perguntando quanto tempo ela aguentaria na lavoura.

— Provavelmente o Holtzclaw vai te mandar pra colheita — eu disse para ela. — É melhor você se preparar.

Nila não se moveu.

— Eu já trabalhei na lavoura antes — disse ela.

— A gente só está dizendo que talvez você não esteja acostumada com a carga de trabalho que ele impõe — disse Sarah.

Imediatamente ela endireitou o corpo.

— Você acha que o que eu estava fazendo não conta como trabalho? Que tal trocar de lugar comigo, então? Quero ver se você aguenta um dia. Quero ver se você aguenta uma hora.

Ninguém falou por vários e longos minutos. Grilos cricrilavam, sua música flutuando na brisa fortuita. Por fim Sarah rompeu o silêncio.

— Ele não te contou?

— Contou o quê?

— Que ia fugir.

— Não precisa ter medo que a gente diga alguma coisa — eu disse. — Você sabe que a gente não faria isso.

— Nem sei mais o que eu sei. Estou agradecida por vocês cuidarem de mim, estou mesmo. Mas a única coisa que tenho para compartilhar com vocês é que eu não significava nada para o Cupido. Se eu fosse um buraco no chão, daria na mesma.

— Não é da minha conta — disse Sarah —, mas vou perguntar. O Cupido nunca era gentil? Ele nunca falava com jeito com você?

Nila sugou os dentes.

— Você tem razão, não é da sua conta. Ele tinha sangue nos olhos quando menino. Arruinado para a gentileza.

— Isso era só conversa — falei. — Ninguém acredita...

— Hum. Passe as noites debaixo de um homem daqueles, passe os dias saindo da frente dele. Daí você me diz no que acredita.

Conversamos, às vezes discutindo e às vezes consolando, até que a exaustão da mente e do corpo nos derrubou. Antes de cair no sono, pedi a nossos Ancestrais que cuidassem de Nila na lavoura. Ela teria de pisar em ovos com Holtzclaw, assim como tinha feito com Cupido. Os dois homens tinham muito em comum, apesar de um ser Ladrão e o outro Sequestrado. Nos piores dias, Holtzclaw olhava tão fixamente que você achava que sua roupa ia pegar fogo. Encarava até você acabar olhando de volta, e aí ele virava a cabeça só um pouquinho, na direção do celeiro. Era sabido que isso significava que você devia largar o saco de algodão e ir com ele. Eu estava sob a proteção de Greene desde que ele me juntou com William. Mesmo assim, por garantia, eu dormia com um caco de vidro do lado da enxerga.

Cato

Acordei com o zumbido das moscas e o calor do sol encontrando todos os cortes no meu corpo. Parecia que, enquanto eu me encolhia contra o tronco em um sono inquieto, meus ossos haviam sido retorcidos e emaranhados. Eu não tinha forças para me mover; doía somente pensar nisso. Isaac estava certo: ficar parado era melhor.

— Cato. Cato. Você ainda está entre nós?

— Ele está. Se não estivesse, um anjo teria vindo e levado ele.

Reconheci as vozes de William e do Pequeno Zander. Senti a mão de Zander no meu pescoço.

— Ele ainda está aqui — disse ele. — Como falei.

— Cato — disse William. — Greene vai te deixar três dias aqui. Você pode sair vivo ou morto. A gente quer... eu quero... que você saia vivo.

Senti pressionarem uma moringa contra meus lábios. Mantive a boca bem fechada.

— Vamos — pediu Zander. — Tome um pouco de água.

Tentei sacudir a cabeça, mas não tenho certeza se ela se mexeu.

As vozes deles foram ficando mais fracas. Eu ouvia murmúrios, considerações sussurradas. Depois eles se aproximaram lentamente, cada passo ressoando na minha cabeça como se fosse uma batida em um tambor.

Antes que eu pudesse me ajustar àquelas vibrações violentas, fui encharcado. Torrentes de água bombardearam meu corpo, em um choque que se espalhou desde o couro cabeludo até os dedos dos pés. A água, assim como os raios de sol, encontrou todas as fendas de meu corpo, inundando nariz e ouvidos enquanto batia em minhas pálpebras. O dilúvio pareceu continuar por horas, mas na verdade durou apenas até William e o Pequeno Zander terminarem de esvaziar seus baldes.

Tossi, resfoleguei e me afastei rolando até onde as correntes permitiram, dando início a uma nova sucessão de cãibras e ferroadas lancinantes.

— A gente não vai deixar você morrer! — gritou William. Ouvi quando ele atirou um balde no chão e saiu pisando forte.

Zander se ajoelhou e falou delicadamente no meu ouvido.

— Os Buba Yalis já estão muito ocupados — disse. — Não vá incomodá-los.

Não sei por quanto tempo fiquei deitado ali, inerte e alheio ao insano turbilhão do mundo. Quando finalmente consegui abrir os olhos sem desejar a morte, me peguei olhando para as estrelas. Atrás delas o céu estava imerso na escuridão, um conforto refrescante depois da luz sufocante do sol que tinha me atormentado durante todo o dia. Ouvi movimentação e, ao me virar, vi Pandora emergir da escuridão. Ela se agachou e olhou para mim, sem um sorriso no rosto.

— Você tem dito suas sete palavras?

Meu silêncio deu a ela a resposta.

— Acho que isso pode esperar — disse ela. — Por enquanto, você precisa de algo bom em você. Não vou tolerar bobagens.

Para meu constrangimento, não consegui resistir. Ela sentou e, colocando minha cabeça em seu colo, me deu pequenos goles de caldo. O líquido era saboroso e nutritivo. Senti gosto de cenoura, verduras e tutano.

— Mary Sem Palavras preparou isto pra você — disse ela.

Tentei falar, mas ela fez sinal para que eu ficasse em silêncio.

— Só descanse. E escute... Era uma vez um reino à beira-mar — começou.

Fechei novamente os olhos e senti os nós e os emaranhados em meu corpo começando a ceder. As histórias de Pandora, repletas de fadas e fortunas e carruagens douradas, eram completamente extravagantes. No entanto, enquanto caía no sono, senti certo consolo por acreditar que elas tinham sido elaboradas para mim.

Outras pessoas de Placid Hall se revezaram cuidando de mim durante a noite e no dia seguinte. Mary Sem Palavras contribuiu com sua presença meditativa. Milton, ainda manco pelo pé machucado, fez desenhos na terra enquanto tagarelava sem parar. Sam-Mais-Um discutiu com seu irmão invisível. Na época eu não tinha certeza sobre a natureza exata dessas visitas, se elas aconteceram de fato ou se eram fruto da minha imaginação fragmentada. Só mais tarde pude confirmar os esforços de meus amigos para me oferecer alívio durante minha provação. Um encontro adicional, semelhante à espectral visita de Isaac, permaneceu inexplicável. Na minha terceira e última noite acorrentado ao tronco, uma visão notável influenciou meu destino em uma quantidade de modos vasta demais para ser enumerada.

Estava chovendo havia horas. *Chover* talvez seja uma palavra suave demais. Era o tipo de temporal que deixa cicatrizes, sulcos e afundamentos na terra. Eu tremia nos grilhões, piscando rapidamente enquanto a chuva caía em cascatas e pedradas. Tendo o caldo de Mary Sem Palavras transitando por minhas vísceras, eu tinha forças novamente para me manter sentado, apoiando a cabeça contra o tronco. Eu só precisava ficar vivo até o amanhecer, e Greene removeria as correntes, me deixando, apesar disso, ainda preso a ele.

Encharcado até os ossos, esperei a aurora enquanto considerava o iminente paradoxo da minha situação. Como eram poucos os meus motivos para viver...

A distância, as tábuas cinzentas e lascadas de nossas cabanas pareciam tremer e se dissolver na água. A nuvem acinzentada resultante, lúgubre e perturbadora, assumia gradualmente novas formas, contornos de meninos e meninas. Emudecido, vi quando eles marcharam pelo corredor da senzala na minha direção antes de traçarem uma curva brusca e seguirem para os limites da fazenda. Vestidos com trajes que eu nunca tinha visto — em nada semelhantes a nossas roupas de sacos e nossos refugos puídos —, passaram diante de mim em tons de cinza, quase perto o bastante para que eu os tocasse. Eu pensava em meus Ancestrais como anciões, com uma história de tormentos gravada no rosto maltratado pelo tempo. Mas o que via ali eram crianças, de cinco a quinze colheitas, com rosto cintilante e corpo vigoroso. Não entendi sua juventude. Entendi apenas que tinham estado no mundo antes de minha chegada a ele e que agora o lugar deles era outro. De quando em quando, um menino ou uma menina parava e olhava para mim, depois voltava a integrar a procissão sem perder o ritmo. Passavam imaculados pela lama, com a suavidade de quem estivesse deslizando sobre colchões de ar. Chamei por eles, mas qualquer som que eu tenha produzido se perdeu em meio à fúria da tempestade.

Eu, que já tremia, fui consumido por um tipo distinto de calafrio, uma sensação peculiar diferente de tudo que já tinha conhecido. Senti a presença de uma energia ativa, rápida, elusiva e além de minha compreensão. O que acabei inferindo, no entanto, era que me sujeitar à melancolia desfaria o trabalho daqueles que vieram antes de mim e que eu tinha a obrigação de resistir em vez de desistir. Levantei desequilibrado, consciente de meus grilhões, mas determinado, de alguma forma, a vencê-los. Meus ancestrais, tão decididos e curiosamente jovens, tinham me mostrado um vislumbre, talvez, do fim das aflições.

O último peregrino naquele estranho desfile ficou para trás dos outros, tornando-se maior à medida que se aproximava. Era Isaac, sorrindo confiante.

— Fique bem — disse — e siga os passos deles.

— Estou tentando! — gritei. — Estou tentando.

Isaac e o cortejo fantasmagórico desapareceram na neblina. Eu me estiquei em minhas correntes até o limite, berrando em meio ao vento e à chuva até desmaiar.

Pela manhã, abri os olhos e vi o lindo rosto de minha Pandora se preparando para me fazer voltar à vida com um beijo.

Pandora

Cheguei ao nascer do sol com mais caldo preparado por Mary Sem Palavras. Cato estava dormindo, como eu esperava. O corpo dele, porém, estava estranhamente relaxado, muito diferente de sua postura anterior. Ele também estava sorrindo, como se envolto por um sonho fantástico. Ele respondeu a meu beijo com uma pressão idêntica, firme, e, quando falou, sua voz era clara e ressonante. Imediatamente eu soube que aquela era sua antiga voz, cuja ausência ele tantas vezes lamentara. Sua provação tinha terminado, ele me disse, e não havia nada forte o bastante neste mundo para oprimi-lo. Ele falou dos Ancestrais e de um velho amigo chamado Isaac. Aninhando a cabeça em minhas mãos, encostei meu rosto no dele. Antes, mesmo atraída por seus modos gentis e suas mãos maravilhosas, eu tinha dúvidas sobre o peso sob o qual ele se debatia. Eu me perguntava quanto daquilo eu podia suportar em meus próprios ombros. Ajoelhada ao lado dele absorvendo os sinais de sua renovação, minhas incertezas derreteram no calor cintilante da manhã. Eu sabia que podíamos carregar um ao outro.

III

SERAFIM

O Pequeno Zander tinha visto Nila sendo espancada e banida, Cato quase aniquilado. Cato sobrevivera, Cupido provavelmente jamais voltaria, e o mundo continuava a não fazer sentido. Era tarde da noite, e Zander esperava se esquivar dos enigmas que o prenderam à terra por dias. Ele poderia praticar decolagens e aterrissagens, fazer curvas e cambalhotas como bem entendesse. Rodopiando pelo chão, libertava os impulsos que cruzavam seu corpo durante todos os minutos de cada dia. Percebeu que tinha nascido assim, cheio de uma energia que nem mesmo o cativeiro era capaz de fazer ceder. Temporariamente livre de sua rotina de moer pedras e do olhar tolerante e zombeteiro dos demais Sequestrados, ele podia se elevar acima do odioso alvoroço de Placid Hall, subir aos céus conforme sua mente e seu corpo se fundiam, flutuando ou se elevando rapidamente (a escolha era dele), até que o topo das árvores e as cabanas, a tina d'água e o tronco de açoitamento ficassem pequenos como formigas.

Mas primeiro ele precisava atingir a velocidade adequada, um processo que exigia preparação. Na serenidade da clareira ele se precipitou adiante primeiro com uma perna, depois com a outra, dobrando e sacudindo os braços, quando ouviu o bater de asas. Então viu o Buba Yali empoleirado em um galho no mato ali perto. Já havia detectado sua presença anteriormente, ouvido o rumor de sua energia acima de sua cabeça, mas jamais conseguira pôr os olhos nele assim, em carne e osso. Será que os anjos eram feitos de carne e osso? Ele achava que não. E, no entanto, o anjo parecia feito de matéria sólida. Vestia um casaco grande que devia se agitar quando ele se movia em meio às árvores. O chapéu abaixado cobria boa parte do rosto, e ele tinha uma espécie de sacola pendurada em um dos ombros. Zander corria rápido, talvez mais rápido do que qualquer outro em Placid Hall, mas o anjo era mais veloz. Ele passava rapidamente de um galho para outro como se fosse terra firme e depois aterrissava suave, como um sussurro. Foi então que Zander pensou em Swing Low, o misterioso libertador mencionado apenas em voz baixa, cujas velocidade e graça eram lendárias. Movimentando-se com cuidado, ele seguiu o Buba Yali mata adentro, chegando ao local onde o córrego que cortava Placid Hall formava um pequeno lago antes de correr para a fazenda vizinha. De trás de um imenso carvalho, ele observou quando o anjo tirou as botas, a calça e, por fim, a sacola, o casaco e a camisa. Mais tarde, já de volta à senzala, Zander reviraria o encontro vezes sem fim em sua mente, voltando sempre a três detalhes. Primeiro, as costas do Buba Yali, marcadas exatamente como as dele, com seis indentações circulares em duas linhas verticais equidistantes. Segundo, a forma do corpo quando o Buba Yali entrou na água, a cintura se afinando acima dos quadris, que se abriam em curvas fascinantes. Terceiro, a linda colina dos seios do Buba Yali quando se ergueu e virou na direção dele, com a água cintilante escorrendo do aveludado triângulo que ficava entre suas coxas. Swing Low era uma mulher, e ela estava sorrindo para ele. Por quanto tempo soubera que estava sendo seguida por ele? Estaria sorrindo para outra pessoa? Perguntas ainda se formavam quando alguém veio rastejando por trás dele e colocou a mão sobre sua boca.

IV

O MUNDO TODO DE ABUNDÂNCIA

William

Até onde podíamos saber, Greene tinha desistido de tentar resolver o mistério do desaparecimento de Cupido. A operação de moagem de pedras estava com três homens a menos. Além de Cupido, Cato ainda estava se recuperando, e Milton seguia mancando. Greene trouxe dois Sequestrados de Pleasant Grove para completar nossa equipe. Ben era um sujeito alto, de pálpebras pesadas, que falava devagar e parecia pensar na mesma velocidade. Raramente respondia a uma pergunta diretamente, e as palavras escorregavam de um modo estranho em sua língua. Clarence era atarracado e falante, com pavio curto e dentes amarelos. Dois meses depois de se juntar a nós, eles ainda não tinham conquistado nossa confiança e pareciam não ter pressa para isso. Supervisioná-los era parte de minhas tarefas no meu novo papel em Placid Hall.

Nós pouco tínhamos visto Greene durante os tormentos de Cato no tronco de açoite. Depois que a sobrevivência de nosso companheiro de cabana parecia garantida, Greene me convocou para ir até a vala. Latente enquanto os homens e eu estávamos ocupados com outras tarefas, a Tolice de Cannonball tinha matizes e sombras que jamais havíamos visto enquanto girávamos a grande roda. Rochas estavam empilhadas aos pés das calhas. A broca de ferro pairava sobre o centro da vala, seus braços de carvalho a postos para girar.

Greene estava com as mãos nos quadris, estudando o maquinário enquanto esperava minha aproximação. Pandora, três passos atrás dele, segurava seu caderno de anotações.

— Billy Boy — disse ele —, você agora é meu capataz.

— Sim sinhô. Por que eu, sinhô?

— Porque você é uma criatura que respeita seus limites. Eu não sou só um juiz astuto da natureza humana. Tenho um conhecimento substancial sobre o comportamento dos pretos também. Quando meu livro sobre o tema for publicado, todos vão poder contar com minha perícia. Vou precisar mudar minha agenda para abrir espaço para todas as palestras que vão me pedir para dar. A maior parte dos homens ia ficar assustada com as responsabilidades que eu já tenho, de administrar minhas terras, administrar vocês todos. Mas percebo que meu Criador espera mais de mim, e foi por isso que ele me abençoou com tantas qualidades invejáveis. Não vou sobrecarregar você pedindo que pense além das suas capacidades, mas talvez eu precise que você lidere a equipe com mais frequência nos próximos tempos. Talvez você não acredite que está à altura da tarefa. Mas eu não escolheria você se não soubesse que está preparado. Você me entende, Billy Boy?

Eu tinha previsto uma conversa exatamente desse tipo. Minha vontade de liderar a equipe de Greene era a mesma de enfiar a cabeça em um arbusto de urtigas. Ainda assim, compreendia que nem Cato nem Milton estavam preparados para a tarefa, e Sam-Mais-Um era distraído demais. De Ben e Clarence, sendo novos, não se podia esperar que assumissem o papel de liderança. Enquanto Greene tagarelava, comecei a pensar no que eu poderia ganhar. Talvez eu pudesse moldar o horário e o trabalho de modo a tornar a vida de cada um mais tolerável sem que Greene percebesse. Eu teria mais tempo para Margaret, Cato poderia ver mais Pandora. Zander teria mais tempo para praticar seu voo. Sam-Mais-Um poderia discutir com o seu irmão. E os homens novos poderiam conspirar juntos, como era seu hábito.

— Você me respeita, William — Greene ia dizendo —, e os outros pretos te respeitam. Você vai fazer o que eu mandar, e eles vão fazer o que você mandar. Essa é a beleza do sistema.

Concordei lentamente com a cabeça, como se por fim compreendesse o sentido das palavras dele.

— E se o Cupido voltar? E se encontrarem ele?

Greene deu as costas. Cheguei a pensar que vi uma lágrima se formar no canto de seu olho.

— Bom, deixe que eu me preocupe com isso. Reúna os pretos hoje à noite e diga que eles vão retomar a rotina deles pela manhã.

— Sim sinhô — eu disse. — Com todo o respeito, sinhô, quero fazer uma pergunta. Quando Cupido era capataz, o sinhô deixava a Nila ficar na cabana com ele. Eu gostava era muito se a Margaret ficasse na minha.

Greene pareceu achar divertido.

— Imagino que você também queira a moringa de vinho dele.

— Agradeço muito, patrão — eu disse, coçando a cabeça. — Mas é só a Margaret mesmo.

— Mas veja só, você, um preto, negociando. Vou mandar buscarem ela em Two Forks assim que o Holtzclaw não precisar mais dela. Imagino que ela possa lavar a roupa tão bem quanto a Nila.

Voltamos à vala no dia seguinte e descobrimos que as pedras continuavam tão teimosas quanto antes. Como tinha dito, Greene nos observava cada vez menos à medida que a primavera se tornava verão. Pandora contou que ele estava ocupado preparando seu livro e pensando na ideia de concorrer a uma coisa chamada Senado. Mas ele continuava igualmente intenso quando ia nos ver, rabiscando anotações e esperando para nos inspecionar no fim do dia. Embora Cato, de alguma maneira, tivesse voltado com vigor e confiança renovados, Milton jamais recuperou totalmente sua força. Mancava com frequência e em alguns dias precisava parar de trabalhar. Enquanto isso, Zander se tornou inquieto como um bandido. E olha que ele nunca tinha sido dos mais tranquilos.

Ransom

Eu a amava, é claro. Ela também me amava, me dizia isso de tempos em tempos. Por mais que isso me agradasse, eu percebia mesmo naquela época que talvez o amor tivesse um significado diferente para ela, e, se por acaso não tivesse, o amor dela era mais poderoso que o meu. O toque de uma mulher extraordinária como ela era o que bastava para inspirar em mim a visão de uma vida muito mais simples, mais segura. Assim como ela, como todos os que estavam em nossa liga secreta, eu dedicara a vida a derrotar o sistema dos Ladrões. No entanto, bastaria ela pedir e eu abandonaria a espionagem, as farsas e as viagens com risco de morte que nossa vocação exigia. Por outro lado, a fidelidade à missão estava acima de todo o resto.

Nós nos conhecemos na Chariot, o nome que vou dar para a rede de aliados que ajudava os Sequestrados a fugir da servidão. Evitávamos usar nossos nomes verdadeiros para minimizar as consequências caso um dos conspiradores fosse capturado e forçado a contar tudo que sabia. Eu era um agente diurno. Com meus trajes de sacerdote e meu Livro de grande conveniência, eu conseguia entrar e sair dos territórios dos Ladrões em geral sem ser perturbado. Como a dissimulação era uma de suas especialidades, ela viajava principalmente à noite e tomava cuidado para não se demorar em lugar algum. Assim que fechasse um acordo ou transferisse um passageiro, sumia nas sombras. Depois de várias negociações bem-sucedidas ao longo dos anos, a confiança inevitavelmente cresceu entre nós. Não foi surpresa para ambos quando isso deu origem a outra coisa. Ela me chamava de Pregador. Como todos os outros, eu a chamava de Swing Low.

Ela sabia que eu conseguia me conter quando havia discussões na senzala, onde os Sequestrados debatiam se Swing Low era um demônio ou um anjo, se Swing Low realmente existia. Alguns se gabavam de ter visto "ele" em carne e osso, juravam que tinha a habilidade de ficar alto como uma árvore ou pequeno como um camundongo. Outros declaravam que podia se aproximar silenciosamente de um urso e derrubá-lo com cócegas. Alguns diziam que era um príncipe africano ou o presidente do Canadá. Supostas testemunhas afirmavam que ele sabia palavras que, murmuradas no ouvido de um Sequestrado, levavam-no a dormir para sempre. Ela sabia que eu era capaz de silenciar, mesmo que ficasse tentado a me gabar ou a contar a simples verdade. Ela sabia que eu a amava e guardava isso para mim.

Até mesmo agora parece inadequado falar dela tão abertamente. Até mesmo agora fico com a sensação de ter falado demais.

Cato

Depois de passar por mais um dia difícil na vala, Milton sugeriu que impuséssemos as mãos sobre ele. Podíamos pedir a nossos Ancestrais que o deixassem bem, disse ele, e que pudesse ir a Two Forks ver sua família. Zander e eu consentimos na hora. Até mesmo Ben e Clarence concordaram em participar do nosso esforço, imaginando que mal aquilo não ia fazer. Fui à antiga cabana de Cupido, onde William tinha começado a se estabelecer, e o convidei a se unir a nós.

Ele estava deitado na cama de estrado de cordas, esfregando ociosamente um dos lenços de Margaret no rosto.

— Você podia dizer umas palavras — falei.

Ele bufou.

— Se eu falasse com o ar seria o mesmo. Ou Milton vai melhorar, ou não vai.

— Você me fez sair do desespero, William. Você se recusou a me deixar morrer. Por isso sei que você acredita em algo. Milton e Zander não pensam assim, mas eu sei.

Ele sentou de lado na cama, os pés no duro chão de terra.

— Por que todo mundo está sempre tão preocupado em saber no que eu acredito?

Fui até o centro do cômodo, fingindo arrumar o copo e o prato que estavam sobre a mesa.

— Você é uma curiosidade. Você enfrentou um cavalo em fuga. Você enfrentou Cupido.

— Você enfrentou Cupido também — disse ele.

— Não é igual. As pessoas acham que você pode enfrentar qualquer coisa. Suspeitamos que você tem um motivo para isso. Você deve ter uma noção de que existe alguma coisa depois disto aqui.

— Por que alguém se importaria com meus pensamentos sobre o que acontece depois daqui? *Isto aqui* basta para mim. Esta vida. Quando ela acabar, quero que *tudo* acabe. Sem outra vida depois. Não estou dizendo que é nisso que acredito. Estou dizendo que é isso que eu quero.

— Quando esta vida acabar, quero que tudo seja apenas o começo — eu disse a ele. — Outra vida inteira esperando por nós.

— E se for para repetir tudo de novo? Uma vida basta.

— Isso parece uma punição — falei.

— Pode ser pior do que aquilo que já aconteceu com você? E se for exatamente igual? Mais Ladrões. Mais Cupidos. Eu já tive mais disso do que posso aguentar.

Foi minha vez de bufar.

— Acho que não — eu disse. — Você não tem ideia do que consegue suportar. Eu só quero ser dono de mim mesmo. Sentir como é isso.

— Que nome você daria a um Sequestrado que deixa de ser sequestrado?

— Acho que livre.

William levantou, passou por mim e ficou na soleira da cabana. Fiquei pensando se ele queria que eu fosse embora.

— Como vamos saber se existe mesmo alguém igual a nós que é livre? Digo, realmente livre. Você já viu alguém assim?

— Vejo o Ransom. Ele parece bem real.

Ele franziu a testa e cruzou os braços sobre o peito.

— Os Ladrões deixam que ele ande por aí como se fosse branco igual à barriga de um peixe. Me diga se isso não te parece estranho.

Dei de ombros, mas ele não me viu.

— Ele tem documentos — eu disse.

— Onde ele conseguiu isso?

— Ele disse que existe um lugar cheio de gente como nós e que nenhum é Sequestrado.

— Meu Deus. Estou cansado de ouvir isso. Anjos e tudo mais.

— Não, não é disso que estou falando. Ele fala disso na clareira depois de largar o Livro deles. Depois de andar em círculos e gritar. Quando sobra pouca gente ouvindo, ele conta sobre outro lugar. Ele diz que, se você não acreditar, jamais vai chegar lá.

— Isso não faz sentido.

— Faz todo o sentido para mim.

— Por que de repente você tem tanta certeza?

Não falei para ele sobre as crianças que passaram por mim andando na chuva, sobre o conselho de Isaac de seguir os passos deles. De nunca desistir. Eu não tinha falado nem para Pandora que vi os Ancestrais com meus próprios olhos e que isso fez renascer minha fé. Quando ia para a senzala um dia depois de ter recuperado minhas forças, vi William e os outros olhando para marcas no chão. Achavam que tinham sido feitas por granizo. Eu sabia que eram pegadas.

— Porque ter certeza é uma força — respondi. — Você uma vez me lembrou que nós descendemos dos Fortes. Agora eu estou te lembrando isso.

Ransom

Quando o menino viu Swing Low à minha espera na água, coloquei a mão sobre sua boca e o arrastei para as sombras.

— O seu lugar não é aqui — eu disse para ele. — Volte para a senzala.

— Só quero saber sobre as asas dela — disse Zander. — Eu vi as costas dela.

Eu sabia que ele tinha visto bem mais do que aquilo.

— Também vi ela voando, pastor. Andando no ar de árvore em árvore. Eu quero fazer isso.

— Esta noite, não, Zander. É perigoso falar sobre isso agora.

— Se é tão perigoso, pastor, o que está fazendo aqui?

Encarei o menino e pensei ter visto seu futuro. Swing Low não havia falado sobre um novo exército surgindo da gloriosa juventude, dos melhores dentre nossos filhos? Era ágil, alerta e brilhava com sua inteligência inquieta. Qualquer um via isso.

— Estou cumprindo uma missão importantíssima, uma tarefa que não pode ser revelada. Estou confiando que você vai guardar meu segredo.

Ele consentiu com a cabeça.

— Não vou falar para ninguém — ele disse. — Mas as marcas nas costas dela. Você pode pelo menos me contar sobre isso? Se você não falar, quem sabe ela fale.

— Você vai ouvir tudo que precisa saber, mas não agora. Se quiser ser um Buba Yali, é necessário não apressar as coisas. Você tem que aguardar o seu tempo.

Peguei o menino pelo braço e o acompanhei na direção da senzala. Disse que ele ainda não estava pronto para conversar com o serafim, que mais tarde eu dividiria certos segredos com ele. Pouco a pouco, eu disse a ele, aprenderia a voar.

Cato

Milton tinha substituído seu graveto de desenhar por uma bengala, feita com um galho que o Pequeno Zander pegou para ele. Usava a bengala quando não estava trabalhando na vala. William designou Milton para o trabalho de varrer o pó das rochas e manter gravetos e impurezas fora do maquinário. A tarefa normalmente era de Zander. Com Milton coxeando, esse se tornou um meio conveniente de lhe dar um descanso da roda. Assim que o dia de trabalho acabava, ele se largava na entrada de nossa cabana e arrancava as botas. Toda vez o pé machucado saía de lá inchado e cheio de manchas. O ferimento inicial, apesar de vários tratamentos, nunca pareceu cicatrizar totalmente. Havia sempre um vazamento vermelho que ultrapassava os trapos amarrados no pé.

Greene encerrou prematuramente uma sessão de trabalho, quando ainda havia várias horas de luz solar pela frente. Chamou Milton nos fundos da casa-grande, onde, segundo Pandora contou, ele foi colocado na caçamba de uma carroça. De início tememos que ele pudesse ser vendido. Mas Pandora, tendo visto o dr. LeMaire na propriedade, especulou que ele provavelmente ia ver o ferimento de Milton. Ficamos animados em saber que Greene ia dar a Milton os cuidados de que precisava — até William dizer que ele estava apenas protegendo seu investimento. Eu não conseguia parar de lembrar a vez em que Greene alertou William de que ele não valia tanto quanto imaginava. Qualquer um de nós podia ser substituído a qualquer momento, vendido ou trocado por sementes ou bugigangas. A Guincho da Coruja certa vez trocou uma das criadas domésticas favoritas do marido por um fardo de sedas parisienses raras. Greene não aprovou, mas tenho certeza de que compreendeu o impulso dela. Se estivesse em um aperto, ele passaria rapidinho a gente nos cobres.

Nosso canto da senzala incluía um par de bancos longos e baixos que ladeavam uma mesa rústica, mal talhada. Aqui e ali tinham ficado tocos de árvore que viraram nossos bancos e balcões, dependendo da necessidade. Estávamos ali quando Milton voltou, mancando tanto quanto antes. Nossa diversão naquele momento era um jogo de sementes e caroços, uma disputa em que os jogadores moviam sementes para dentro e para fora de buracos feitos em uma tábua. Cupido nos desencorajava a jogar, porque não tinha a paciência nem a estratégia necessárias para capturar as sementes do adversário. Depois que ele se foi, passamos a jogar com avidez. Os novos membros da equipe, Ben e Clarence, jogavam com frequência em Pleasant Grove e eram muito habilidosos se comparados a nós. William, Zander e eu assistíamos enquanto eles competiam entre si e trocavam insultos durante o jogo.

Por um momento desviamos nossa atenção para Milton, que desabou com força na entrada da cabana e foi tirando as botas. Secou a boca com uma tira de pano ensanguentada antes de se levantar e, apoiado com força na bengala, dirigiu-se até nós.

— Você está sangrando em cima e embaixo — observou Clarence.

— Eu sei — disse Milton.

Perguntamos o que tinha acontecido.

— Troquei três dentes meus com o Greene — explicou Milton.

— Você deu os dentes em troca de quê? — perguntou William.

— Tempo perdido. Ele disse que eu estava em dívida pelos dias que perdi.

— Pra que ele precisa dos seus dentes? — quis saber Zander, saindo de seu assento para que Milton pudesse estender a perna e descansar o pé ferido sobre o toco de árvore.

Ele fez um gesto de agradecimento para Zander com a cabeça antes de responder:

— Vai colocar na própria boca, claro, assim como George Washington. Eu me viro sem eles.

Milton apertou o trapo nos lábios, depois o dobrou nas mãos.

— Eram os dentes de trás. A ausência deles não vai prejudicar meu sorriso encantador.

— Vamos deixar que a Sarah decida isso — disse William.

A menção ao nome de Sarah pareceu desacelerar os pensamentos de Milton por um instante.

— Faz tanto tempo que não vejo ela...

— Como você vai comer? — perguntou Zander.

— Como se a gente precisasse mastigar muito pra tomar caldo de osso — respondeu Milton.

— Não me parece uma boa troca — disse Clarence, sem tirar os olhos do jogo.

— Não me lembro de ter perguntado.

— Vendi dois dentes meus para meu antigo Ladrão — continuou Clarence. — Recebi moedas em troca do meu incômodo. Mas você não ficou com nada em que possa pôr as mãos.

— Posso pôr as mãos na minha pele — disse Milton. — Prefiro que Greene tire algo da minha boca a das minhas costas.

Clarence deu sinais de desaprovação com um grunhido.

— De qualquer jeito ele sai ganhando.

— Não se preocupe, Milton — disse Zander. — Logo você vai ficar bom. Vai andar perfeitamente. Depois vai correr, e você sabe o que vem depois disso. Voar. Cada vez mais alto, até ficar perto o suficiente para beijar as estrelas.

Ben riu. Sempre que ele ria, Clarence ria junto.

— Você não vai mais pensar tanto em estrelas depois de beijar uma mulher — disse Ben.

— Deixe o menino — disse William. — Ele tem tempo para isso.

Ben sacudiu a cabeça.

— Coisa estranha para dizer a um Sequestrado, que ele tem tempo.

— O garoto ainda cheira a leite — afirmou William. — É só um bebê e devia continuar assim por um tempo antes de começar a ter bebês também. Depois que isso começa, não tem mais volta.

— Eu ia preferir deixar meus bebês em um rio a ver um Ladrão pôr as garras nele — disse Clarence.

Ben grunhiu e passou a mão à toa por seu corpo.

— Eu fiz muito bebê por aí e nem por isso sou pior — gabou-se. Então se virou para Zander: — Você tem mais ou menos a idade certa. Vai ver eu sou teu pai.

— Anjos não nascem de homens — disse Zander. — O Livro diz isso.

— Viva pelas palavras dos Ladrões e estará fadado a morrer por elas — avisou William.

— Não tem outro jeito de morrer — disse Ben. Ele virou e cuspiu no chão.

Clarence fixou os olhos em mim.

— E você, Cato? Você já deve ter feito algum bebê.

— Não que eu saiba. Eu queria, com a Iris. Bom, depois dela achei que isso tinha acabado pra mim.

Ben riu de novo.

— Adivinha quando isso tudo vai acabar pra mim — disse ele. — Quando eu morrer.

Clarence não deixava o assunto para lá.

— Acho que você mudou de ideia, Cato. Você viu a Pandora e tudo mudou.

— Tem alguma coisa boa acontecendo ali — disse Ben. — Dá pra dizer.

Era verdade que Pandora e eu tínhamos nos tornado bem próximos. Mas nunca me senti confortável falando sobre esse tipo de coisa.

— Você especula — eu disse para Clarence —, mas você não sabe.

Ele riu.

— Nós podemos ser Sequestrados, Cato, mas não somos cegos.

— Admito que é bom olhar pra ela. E o que mais gosto é das histórias. Quando Greene mandou me acorrentar no tronco, ela contou fábulas sobre lugares estranhos, encantados.

— Histórias e fábulas — ironizou Milton. — A maioria dos homens chama isso de peitos e bunda.

— Não — disse Ben. — Homens de verdade chamam de tetas e boceta.

Eu achava fácil ignorar Ben. William concordava. Dava para ver que aquela conversa sobre crianças o deixou perturbado. Fiquei imaginando se ele finalmente tinha engravidado Margaret.

— Milton — perguntou William —, como exatamente os teus dentes vão parar na boca do Greene?

— O LeMaire vai fazer isso. Mal senti quando ele tirou os meus.

— Mentiroso — disse Clarence.

— Não, estou falando sério — afirmou Milton. — Eu só cantei a música da minha avó. Me faz aguentar qualquer coisa.

Ignorando a dor, ele murmurou um trechinho da música e balançou o pé bom para marcar o ritmo. Milton tinha sido um dançarino ágil. Podia dançar as gigas e as danças escocesas dos Ladrões com o mesmo rigor deles. Podia se contorcer e saltar em uma ciranda ou deslizar enquanto pés batiam no chão. Dançou com todas as mulheres que pôde, embora só amasse Sarah. Ele dizia ter aprendido a dançar com a avó. Alguém podia imaginar que estávamos todos cansados das histórias da avó dele. Ele tinha tantas histórias que intimamente nós nos perguntávamos se havia imaginado tudo aquilo. Era raro um Sequestrado conhecer um de seus avós assim tão bem. Segundo os relatos de Milton, sua avó colocava os pezinhos minúsculos dele em cima dos dela e deixava que ele a conduzisse pela cabana onde moravam. Ao ouvir as histórias dele, nós nos víamos dentro dessas memórias, girando com os dois, conhecendo a suavidade e os perfumes do amor materno. Girando e rodopiando até ficarmos cansados e prontos para dormir. Um a um nos retiramos, até que apenas Milton ficou, sentado na entrada da cabana. Segurando o trapo apertado na boca e olhando para as estrelas lá no alto.

Margaret

Quatro paredes. Dois pratos, dois copos. Uma mesa, duas cadeiras. Uma cama. Alguns Sequestrados tentavam melhorar a aparência de suas cabanas, fazer alguma coisa bonita com os refugos que encontravam. William não tinha feito nada com o lugar que compartilharíamos além de varrer o chão de terra batida. A única coisa que brilhava era o sorriso dele quando desci da carroça de suprimentos e fui na direção dos braços dele. Talvez ele estivesse deixando a decoração para mim.

Na cabana, respondi aos beijos dele até sentir suas mãos deslizando por meu vestido acima dos meus quadris. Eu o afastei.

— Isso tem que ir embora — eu disse para ele.

— O quê?

— Essa cama de estrado de cordas. Tire daqui.

— Mas eu durmo nela.

— Você não vai dormir nela comigo.

— Por quê?

— Você precisa mesmo perguntar? Cupido e Nila deitavam nessa cama. Ele machucava a mulher aí.

William olhou para a cama como se nunca a tivesse visto antes. Piscou como se tivesse acabado de nascer e a luz machucasse seus olhos.

— Margaret, em que parte dos domínios do Greene um Sequestrado conseguiu não sair machucado? Cada pedra, cada flor, cada folha de grama tem um pouco do nosso sangue.

— Mas você não vai fazer amor comigo nessas pedras. Eu não vou abraçar você nessa grama, segurando você, tentando manter você em movimento dentro de mim em vez de sair. Isso vai acontecer aqui. Não nessa cama.

William observou a cama, as mãos nos quadris. Deixou escapar um longo suspiro, e a quantidade de ar que saiu dele era tamanha que pensei que ele fosse desabar.

— Vai dar um trabalhão juntar cascas suficientes para fazer uma enxerga nova — disse.

— Imagino que eu valha o esforço.

— Não foi isso que eu quis dizer.

— O que quis dizer, então?

Ele desistiu e, depois de jogar as mãos para o ar, moveu a cama e começou a desmontá-la.

Meu bom humor tinha ido embora. Desde que Greene permitiu que eu me mudasse para Placid Hall, passei praticamente cada minuto consumida por pensamentos dedicados a William, imaginando como seria passar a noite inteira com ele, acordar depois de uma longa noite de amor tendo-o ainda ao meu lado. Agora que a hora tinha chegado, isso estava mais longe dos meus pensamentos.

William

Passamos a noite na enxerga que montei às pressas. Não era nem muito longa nem muito larga, mas mesmo assim, de alguma maneira, Margaret conseguiu deixar um espaço considerável entre nós. Ela me deu as costas e mal se mexeu. Eu, por outro lado, me contorcia e revirava, sem conseguir dormir. Depois do que me pareceram horas de intranquilidade, levantei e saí da cabana.

Bati na porta de Jack da Guiné, e, pela primeira vez, ele perguntou quem era. Essa mudança me fez pensar, já que era improvável que outra pessoa além de mim fizesse uma visita para ele a uma hora daquelas. Entendi o resmungo dele como uma espécie de boas-vindas e entrei na cabana. Ele não se levantou nem falou enquanto me aproximei de sua mesa.

— Boa noite — eu disse. — Fiquei com vontade de tomar aquele seu chá especial.

— Você não devia estar tomando chá com sua parceira?

— Margaret não está com disposição para chá. Não está com disposição para nada.

Esperei que Jack da Guiné me convidasse para sentar. Mas ele não me fez essa oferta.

— Dá para entender — disse ele. — O homem que ela ama não é o homem com o qual ela veio ficar.

— Bobagem — eu disse. — Nem entendo o que isso quer dizer.

— Ela ama o William. Não uma versão deformada dele.

Jack da Guiné nunca teve papas na língua. Mas naquela noite as palavras dele tinham uma boa dose de veneno, mais do que o suficiente para machucar. Semicerrei os olhos para vê-lo, embora a cabana estivesse iluminada por uma única vela.

— Isso não é... O que você está falando?

— Estou sendo bem claro. — Ele se levantou e serviu um copo de chá. Depois de soprar cuidadosamente a superfície da bebida, olhou para mim: — Você dorme na cabana do Cupido, você supervisiona seus irmãos em troca de migalhas da mesa de um Ladrão. Já esfolou um Sequestrado?

— Nunca fiz nem nunca farei isso. Você pode me culpar por querer viver um pouquinho melhor, por querer ter minha mulher do meu lado? Chega de caminhadas noturnas pra mim. Chega de desviar de capitães do mato só para ficar com Margaret por uns minutos preciosos e ter de sair correndo para cá antes que amanheça. Chega de correr risco de um ferimento que se recusa a sarar. Converse com o Milton, ele sabe do que estou falando. É por essas coisas que estou fazendo isso.

— E a que preço?

— O preço poderia ser mais alto do que já paguei? Do que todos nós pagamos? O que você queria que eu fizesse?

Ele bebeu um pouco do chá.

— Veja só, você está falando em círculos. Você está quase perdido. Está fazendo exatamente aquilo que o Sequestrador quer que você faça, que é esquecer quem é o verdadeiro inimigo e fazer o trabalho sórdido por ele... e agora você está sendo recompensado com vinho e mulheres. Você não é melhor do que o Cupido. Ele tinha sangue nos olhos. Pelo menos ele tinha uma desculpa.

Minhas pernas bambearam como se o velho tivesse me dado um soco. Com a cabeça latejando e os olhos marejados, protestei.

— Jack da Guiné, você não está sendo justo — eu disse. — Por favor, me ouça.

Nada disse enquanto caminhava para a porta e a abria.

— Enquanto você for o lacaio do Ladrão, não é bem-vindo aqui.

Cambaleei até a porta, perplexo, mas ele ergueu a mão e me fez parar. Suspirei, achando que ele tinha mudado de ideia. Em vez disso, foi até a mesa ao lado de sua cama e voltou com seus dois bonecos esculpidos, a Mãe e o Pai Raiz.

— Tome — falou. — Você precisa deles mais do que eu.

Cato

Mesmo depois de três meses em Placid Hall, Clarence tinha apenas Ben como amigo. Eles sussurravam confidências, compartilhavam divertimentos e, em alguns dias, toleravam o resto de nós com um desdém que mal escondiam. Ben era quieto, tinha um temperamento melhor, a não ser quando o assunto era mulher. Ele se gabava de suas conquistas com um grau de detalhes e um entusiasmo que eu chegava a suspeitar tratar-se de mera imaginação. Clarence, ao contrário, raramente estava em silêncio. Sua tagarelice só era superada por seu odor, que lembrava muito cebolas prestes a apodrecer.

— Por que aquele crioulo está sempre correndo e pulando? — perguntou ele uma tarde perto do pôr do sol.

Havia outros Sequestrados que se referiam a seus irmãos por aquele nome odioso. Cupido fazia isso. No entanto, Clarence era o único que eu era forçado a ter como companhia.

— O nome dele é Zander, como você sabe — respondi. — Ele está treinando para voar.

O garoto estava fazendo suas atividades de sempre, estendendo os braços e correndo para lá e para cá.

— Ele está o quê?

— Zander treina para voar sempre que a noite está clara — expliquei com um prazer maior do que o normal. De algum modo eu sentia que, ao insultar Zander, Clarence estava insultando a mim. — Ele diz que está aprendendo a se guiar pelas estrelas.

Clarence riu tanto que quase morreu engasgado. Mais tarde descrevi para William a conversa que tivemos e fiquei perturbado por ele não se preocupar.

— O que você quer que eu faça? — perguntou William.

— Alguma coisa — respondi. — Você é o capataz. É tarefa sua.

— Agradeço se você fizer o seu trabalho em vez do meu — ele disse. — Vou tolerar o Clarence desde que ele faça o trabalho dele. Eu não sou o Cupido. Não sinto prazer em causar dor.

Não sei exatamente o que eu queria que o William fizesse. Talvez eu tivesse me convencido de que uma conversa dura com Clarence bastaria para mudar o comportamento dele. Ou talvez eu não tivesse certeza de que minhas dúvidas sobre o caráter dele tinham mesmo sentido e não eram um mero caso de conflito de personalidades. Em todo caso, William estava preocupado demais com seus próprios problemas para ser de grande valia.

Se pudéssemos antever a verdadeira extensão da maldade de Clarence e as consequências que isso produziria mais tarde, não tenho dúvidas de que ele teria agido para impedir isso.

Certa manhã na vala, Milton estava enfrentando dificuldades terríveis. Com o pé machucado, não conseguia acompanhar o ritmo da roda que girávamos, e nenhum ajuste melhorou a situação, até que William o pôs de novo na tarefa de varrição. Ele provavelmente deveria ter ido para sua cabana descansar, mas Greene insistiu que ele trabalhasse. E, em vez de encorajar nosso irmão que sofria, Clarence começou a provocar Milton enquanto ele varria. Sussurrou rumores que disse ter ouvido sobre Holtzclaw e Sarah, distraindo Milton de tal modo que ele acabou tropeçando em frente à roda, bem diante de uma das traves giratórias. Levou um golpe avassalador na cabeça e caiu no chão. William fez parar o trabalho, e nós o levamos para a senzala. Não esperávamos que ele sobrevivesse àquela noite.

Margaret

Tão inchada estava a boca de Milton que era impossível fazer passar por seus lábios água ou caldo. Mary Sem Palavras, embora já tendo visto muitas doenças, examinou-o e saiu dali sem solução. Confiando a Pandora o preparo do alimento que seria servido a Greene no almoço, misturou ervas em uma chaleira amassada até que nuvens de vapor rodeassem seu rosto largo. O líquido resultante foi coado em um pano que Mary dobrou e colocou em um cesto com diversos outros. Seguindo suas instruções, pus as compressas úmidas sobre a testa de Milton, voltando de tempos em tempos para repetir a operação. Mary deixou claro que seus esforços não pretendiam mais do que aliviar o sofrimento de Milton. Não havia muito mais que ela pudesse fazer. Eu estava a caminho da lavanderia para retomar meu trabalho de lavar e ferver roupas quando a carroça de suprimentos chegou com provisões para a despensa de Mary. O condutor saltou da boleia e começou a descarregar sacos de farinha, açúcar e sal.

Sarah saiu de debaixo da lona que ele havia retirado. Seus cabelos eram um emaranhado cheio de suor que escapavam do lenço atado em sua cabeça. Anéis escuros circundavam seus olhos. A preocupação tinha um peso tremendo sobre seus ombros. Ela andou em minha direção, e peguei sua mão.

— Sarah — eu disse. — O que deu em você...?

— Era o jeito mais rápido.

— Mas você vai ter que voltar a pé. Você nunca vai retornar a Two Forks antes que deem por sua ausência. Impossível voltar antes do anoitecer. Com certeza você vai ter problemas.

Ela deu de ombros e ajeitou seu vestido de saco.

— Levo a surra. Eu precisava vir. Me leva até ele.

— Quem te contou?

— Ninguém me contou. Eu pressenti. Me leva até ele.

— E a bebê. Onde está?

— Com Nila — respondeu em um sibilo. — Agora chega de perguntas, Margaret. Me leva até ele.

Milton estava deitado de costas em sua cabana. As compressas de algum modo haviam deslizado e estavam sobre os olhos. A respiração se tornara um assobio tênue e trabalhoso. Sarah cuidou dele enquanto as horas passavam, limpando a testa e os cantos da boca, inclinando-se para sussurrar em seu ouvido. Vi da soleira quando ela tirou o lenço da cabeça e mergulhou-o nas concavidades úmidas do pescoço e das clavículas dele. Ela levou o tecido ao nariz antes de colocá-lo entre os seios. Quando o arfar sutil de Milton deu lugar a um ruído preocupante, ela pegou na mão dele e se despediu. Beijava a testa dele quando saí e sentei nos degraus. Logo começou um murmúrio, um som profundo que expressava uma tristeza grande o suficiente para tomar conta de todos nós, maior do que as palavras que se seguiram.

Chega de ser leiloado,
Já chega, já chega.
Chega de ser leiloado,
Milhares já partiram.

Chega de ter dúvidas,
Já chega, já chega.
Chega de ter dúvidas,
Milhares já partiram.

Apesar de não ser bela, a voz de Sarah era poderosa. Sua voz jamais tremeu durante aquele canto que o acompanhou na volta para casa.

Cato

Embora muitas vezes parecesse que cumpríamos com paixão nossas tarefas, nosso coração jamais estava no trabalho. O mais comum era que trabalhássemos com certa intensidade, porque isso nos mantinha atentos ao que fazíamos. Permanecer em estado de alerta protegia nosso corpo, reduzia os riscos de uma perna ou um braço quebrado ou de um nariz destroçado por negligência. O esforço nos distraía da lenta passagem do tempo que não nos pertencia. Trabalhávamos pensando em outras coisas, com plena consciência de que nossos pensamentos eram a nossa propriedade mais preciosa. Tendo Milton em nossa mente, retomamos a lida em um ritmo consideravelmente mais lento.

Ao voltarmos da vala, vimos Margaret de pé na trilha que levava às senzalas, os braços cruzados. Quando chegamos mais perto, ela sacudiu a cabeça e contou que Milton estava morto. Logo ouvimos lamentos. Na soleira da nossa cabana, Sarah chorava nos braços de Mary Sem Palavras.

O Pequeno Zander ia à frente dos demais. Ele parou, quase tropeçando, enquanto assimilava o que via. Depois de olhar para o chão por um longo minuto, secou os olhos com os punhos, como uma criancinha que reúne forças para berrar. A seguir ergueu o queixo.

— Está tudo bem — disse. — Milton está dançando com a avó agora.

Atrás dele, Ben se coçou e bufou.

— Dançar com velha coisa nenhuma — retrucou. — Quando eu for pro céu, quero dançar com putas. Uma em cada braço.

Paramos e nos viramos na direção de Ben, mal acreditando no que dissera.

— Que atrevimento! — falei.

Ben rebateu minha réplica com um sorriso, chegando tão perto de mim que os longos pelos de seu nariz pareciam brotar enquanto ele falava.

— Xoxota lá em cima e xoxota lá embaixo — cantou ele. — Em umas eu entro, em outras me encaixo. Xoxota lá embaixo e xoxota lá em cima. Xoxota no céu é uma coisa que anima. Cato, algo no teu rosto me diz que você acha que eu não vou pro céu.

— Pelo contrário. Estou pensando se tem algo que a gente possa fazer pra te mandar pra lá o mais rápido possível.

— Sério? — Ben me empurrou com força, me jogando em cima de Sam-Mais-Um. Nós dois continuamos de pé.

— Juro pelas minhas sete palavras — respondi, devolvendo o empurrão.

Começamos a conhecida dança com punhos no ar.

— Não — ouvi William dizer. — Hora errada. Lugar errado.

Mas era tarde demais. Ben já não soava como antes. Nem tinha a aparência de antes. Na luz fugidia ele havia se transformado em um inimigo completamente diferente, um inimigo que eu estava decidido a impedir que me assombrasse. Logo, eu sabia, ele passaria a me provocar falando da mulher que eu amava. Não muito depois, eu tinha certeza, ele estaria colocando seu pé sobre minha garganta. Era preciso agir com rapidez. Eu o surpreendi, saltando sobre ele e o derrubando de costas. Vi o terror no olhar dele enquanto eu agarrava sua garganta com as mãos.

— Não aguento mais, Cupido — eu disse, com os lábios entre os dentes. — Basta!

William me agarrou por trás e me arrastou dali.

— Olha o que você está fazendo, Cato — alertou. — Ben! Ben! Fique onde está!

William disse o nome dele duas vezes para me fazer voltar ao presente. Para fazer com que lembrasse onde eu estava e que Cupido estava morto. Fiz que sim com a cabeça para mostrar que entendi.

Ben, arfando, sentou no chão. Tentou passar a impressão de que achou aquilo divertido, mas não me deixei enganar. Ele estava assustado. Sam-Mais-Um foi até ele e ficou ali, mas não fez um único movimento para ajudá-lo. Ben não deu indícios de ter me ouvido chamá-lo de Cupido.

— Eu ia te pegar, Cato — ele disse. — Agradeça a seu amigo William por ter te salvado.

William ergueu a cabeça na direção de Ben, com um leve sorriso, e disse:

— Pode ter certeza de uma coisa: foi você que eu salvei.

Naquela noite, William e eu nos vimos mais uma vez cavando juntos uma cova. Sarah e Mary Sem Palavras tinham lavado o corpo de Milton e o preparado para o sepultamento pela manhã. Concordamos que era melhor deixar Ben e Clarence de fora. Sam-Mais-Um tinha sido convocado para ajudar no parto de um bezerro, e o Pequeno Zander estava abatido demais para ser de grande valia. Trabalhamos em Hush Harbor, o pedaço de Placid Hall onde os Sequestrados encontravam seu descanso. A lua estava tímida, fornecendo apenas uma luz tênue que complementamos com um par de tochas caseiras fincadas no chão a uma distância conveniente. Com os ossos dos mortos à minha volta, meus pensamentos naturalmente se dirigiram a meu fatídico encontro com os Ancestrais. Pensei que eles poderiam decidir me visitar mais uma vez, em um ambiente tão familiar para eles. Mas não vi sinal algum. Se eles estavam observando, não deram indícios disso. Além de pios e gorjeios de criaturas que não víamos, o único ruído era o de nossas pás mergulhando na terra. De início trabalhamos sem falar, até que William rompeu o silêncio.

— Irmãos deveriam poder falar livremente uns com os outros — ele disse. — Fale o que está pensando.

— Certo — eu disse. — Se você tivesse punido Clarence quando eu sugeri, talvez Milton ainda estivesse vivo.

William parou de cavar e limpou o suor da testa com o punho da camisa.

— Eu poderia dizer o mesmo sobre os pensamentos e as preces de vocês. Quando todos vocês impuseram as mãos sobre ele e murmuraram suas palavras mágicas, Milton se sentiu melhor no outro dia? Parou de mancar de repente? Quem sabe se você e os outros tivessem murmurado um pouquinho mais alto, talvez tudo tivesse ficado bem. — Ele se apoiou na pá, esperando. Eu não tinha resposta para ele, por isso não disse nada e continuei cavando. — Cato, e se eu não tivesse feito você e o Ben pararem? E se eu tivesse te deixado continuar?

Joguei para longe um torrão de terra. Adotando postura semelhante à de William, eu disse:

— Nesse caso eu estaria cavando duas covas em vez de uma. Ou então meu corpo estaria esperando para se unir ao do Milton na terra.

— Eu sou teu irmão, lembra? Não ia deixar que isso acontecesse.

— Isso eu não sei. Acho que Clarence ia te manter longe até Ben ganhar de mim.

William riu, uma reação rápida e explosiva que me surpreendeu.

— Não tenho medo do Clarence — ele disse. — Por outro lado, tenho medo da ira da Pandora. Pobre daquele que lhe der más notícias.

Ele sorriu, e eu também sorri. Depois nos lembramos da nossa triste tarefa, e a melancolia substituiu imediatamente nosso breve momento de alegria. Atacamos a terra como se nosso amigo já estivesse debaixo dela e somente nossos esforços fossem capazes de retirá-lo das profundezas úmidas.

Pandora

A menina Calíope ficou debaixo da janela da Guincho da Coruja. Em um estranho momento de compaixão, a esposa de Greene havia permitido que ela apoiasse o penico no alto da cabeça sobre um lenço, em vez de segurá-lo no ar com os braços estendidos, como me mandava fazer. Calíope ficou em silêncio, à espera, imaginei, da dura ordem de sua senhora, o sinal para que virasse o penico sobre a cabeça. E, no entanto, também me perguntei se haveria chance de a Guincho da Coruja poupá-la dessa afronta, por achar que ela fosse jovem demais para oferecer uma concorrência inconsciente aos olhos errantes de Greene. Havia também a questão do rosto dela, praticamente arruinado pelo jarro d'água que a Guincho da Coruja havia estilhaçado em seus lindos traços. A cicatriz ia desde o couro cabeludo até o queixo, um vermelho pulsante que cortava a púrpura de sua negritude. Anos mais tarde, quando eu pensava nela, o que me vinha à mente era a imagem de uma ameixa escura, com uma brasa candente em meio à polpa no lugar do caroço. Encontrei Calíope logo depois de Greene ter nos convocado ao quintal na manhã seguinte à morte de Milton.

Falando de sua varanda, ele nos incentivava a refletir sobre a morte como uma oportunidade para pensar no caminho justo que leva a uma vida eterna gloriosa. Lá, prometeu, os mais virtuosos dentre nós poderiam gozar de uma recompensa eterna como servos atendendo às necessidades de nosso Criador. Era um discurso que já tínhamos ouvido, mas eu tinha dúvidas de que Greene conseguiria chegar ao final dele naquela manhã. Durante o tempo em que passei com ele, eu me tornei tão acostumada a seus hábitos e à sua postura que sabia imediatamente reconhecer os sinais de seu desconforto.

Ele fazia pausas por longos períodos entre as frases, por exemplo, e esfregava a barriga com as mãos enquanto falava. Fez as duas coisas nesse dia, o que me levou a suspeitar que o café da manhã ou a ceia do dia anterior não tinha lhe caído bem. Depois de ter pronunciado umas cinco frases, o rosto dele assumiu um vermelho-rosado, e ele parou bruscamente, deu meia-volta e entrou às pressas. Esperamos, alguns de nós conversando baixinho, outros se balançando sobre as pernas e lutando para permanecer acordados, até que ele voltou, parecendo frágil, mas de algum modo recomposto. Retomou o discurso, mas novamente precisou abandoná-lo de súbito e correr para dentro, para se aliviar. Os murmúrios entre nós se tornaram um pouco mais ousados em sua ausência, e aproveitei a oportunidade para andar um pouco pelo quintal. Meus caminhos me levaram a Calíope.

Moscas voavam em grossas nuvens ao seu redor, arrastando-se sobre ela com tamanha despreocupação que cheguei a cogitar se a menina poderia ter morrido ali em pé, até que ela piscou em meio ao juntamento que não parava de zunir. Entre seus pés, um enxame igualmente ativo de insetos revelou que ela havia sujado a si mesma e também ao chão. Precisei de toda a minha determinação para me aproximar dela.

— O que aconteceu, criança?

Ela começou a falar, mas primeiro precisou cuspir e repelir as moscas mais ousadas, que viram em seus lábios entreabertos uma nova oportunidade.

— Eu me s-s-servi de... b-biscoitos — respondeu.

Ela deveria saber que só tínhamos permissão para comer os biscoitos de Mary Sem Palavras em ocasiões especiais. Fora disso, eles eram apenas para Greene, sua família e seus convidados. Mais tarde eu soube que a Guincho da Coruja fazia Calíope passar fome na esperança de retardar o desenvolvimento das curvas femininas que seu marido achava tão atraentes. Na época, atribuí a transgressão da menina a uma combinação de inteligência fraca e insolência infantil. Mesmo assim, não a censurei, sabendo que os Greene eram muito mais liberais com repreensões do que com comida.

— Meu Deus — eu disse. — Esse é o tipo de coisa que te causa problema.

— Eu sei — ela disse, para minha surpresa. — Eu estava com muita fome. Só dei uma mordida.

— Há quanto tempo você está aí?

— N-não sei.

Os dentes dela batiam, apesar do calor crescente da manhã, e a fadiga a tornava quase delirante.

— Me dá isso aqui — eu disse —, deixe eu dividir esse fardo com você.

Estendi as mãos para pegar o penico. Eu mal tinha colocado os dedos em torno da alça quando um grito estridente soou sobre nossa cabeça. Dei um passo atrás e, ao olhar para cima, dei com a Guincho da Coruja nos encarando de sua janela.

— Fique longe dela! — berrou.

Temendo ter piorado as coisas para Calíope, dei um tapinha nos ombros dela.

— Me desculpe — sussurrei, antes de voltar para a frente da casa, onde todos esperavam que Greene terminasse seu discurso.

William

Depois de um tempo, Greene reapareceu na varanda. Havia trocado de camisa e secado o máximo que conseguiu do suor nos cabelos e na testa. Esperando até obter nossa total atenção, respirou fundo e nos aconselhou a confiar a alma de Milton ao Todo-Poderoso, um deus que aninhava na palma de sua mão o mundo inteiro com sua fartura. Quase ao mesmo tempo, Pandora voltou a se unir a nós na frente da casa. Greene, porém, estava tão perturbado por seu intestino e seus estrondos que não deu pela presença dela. Ele suspirou e olhou para seus pés. Esfregou a barriga e manteve a cabeça baixa por um longo momento. Por fim ergueu os olhos e falou rápido:

— Claramente o Senhor não quer que eu fale hoje. Vocês estão dispensados. Façam o sepultamento sem demora.

Antes que saíssemos às pressas para sepultar Milton, Sarah se aproximou da varanda. Parou no primeiro degrau, sem ousar ir mais longe.

— Patrão Greene — disse ela. — Patrão Greene, sinhô.

Ele havia desabado em uma cadeira e esticado as pernas. Parecia que não tinha forças para entrar na casa, embora fosse claro que precisasse fazer isso.

— Sim, o que foi?

— Sou eu, sinhô, a Sarah.

— Sim, Sarah, diga.

— Agradecida por me deixá ficá com o Milton.

— Foi uma união frutífera — disse ele, fechando os olhos.

— Patrão Greene?

— Que foi agora?

— Posso ficá em Placid Hall até a hora da vorta pra casa de noite? Eu ia ficá bem agradecida de escutar o pastor Ransom.

— Sarah, veja bem, não basta o fato de não ter te esfolado por ter vindo até aqui? Se abrir uma exceção pra você, vou ter que começar a dar tratamento especial pra todo crioulo. Além disso, o Holtzclaw está aqui pra te levar.

Sarah estava de costas para nós, por isso não pude ver seu rosto, mas imagino que havia nele o mesmo horror e a mesma surpresa que vi em Margaret. Mais tarde nos demos conta de que ela fora às pressas para Placid Hall por dois desejos, ver Milton uma última vez e escapar de Holtzclaw, que, ao saber da rápida piora de Milton, já tinha feito arranjos com Greene para fazer o que queria com Sarah.

Margaret

Algumas horas depois de termos deixado Milton no lugar de seu descanso final, esperei com Sarah ao lado da carroça de Holtzclaw. Em geral, quando precisava cumprir uma tarefa em Placid Hall, ele mandava um Sequestrado, mas dessa vez preferiu fazer ele mesmo o trajeto de oito quilômetros. Nós o vimos na varanda, apertando a mão de Greene. Na outra mão, segurava um saco que provavelmente estava cheio de pães e doces da mesa do almoço de Greene. Quando abracei Sarah, algo pareceu errado; ela estava rígida, e a expressão era tão vazia que me preocupou. Tive a sensação de que ela podia fazer algo terrível.

— Tome cuidado — eu disse. — Além do Greene tem o Holtzclaw...

Ela me olhou com curiosidade, os lábios franzidos em uma expressão de desdém.

— Você fala em nome do Greene agora? Ele te colocou no comando?

Quase perguntei a ela por que tamanha raiva. Só não perguntei porque sabia o motivo.

— Estou tentando cuidar de você. Se fizer o que o Greene quer, aumentam as chances de ele tratar bem sua filha.

Detestei as palavras quando elas saíram de minha boca. Mas eu não sabia o que mais dizer.

Sarah riu, um som amargo.

— Minha filha.

— Sim, a sua *bebê*. Nós sussurramos para ela.

Sarah olhou por cima dos meus ombros, os olhos dela em Holtzclaw enquanto ele se aproximava, arrogante, em nossa direção.

— Não tem bebê nenhuma aqui, Margaret — disse. — Só tem negrinhos e crioulos, mulher nova, mulher velha, homem de cabeça branca. Ninguém aqui tem direito de ser bebê.

Olhei em silêncio enquanto Holtzclaw erguia Sarah para colocá-la na traseira da carroça. Tentei olhar nos olhos dela uma última vez, mas eles estavam fechados, e os lábios estavam cerrados com força, como se ela estivesse evitando sentir um fedor terrível. Continuei onde estava enquanto a carroça se afastava pelo caminho, protegendo meus olhos do sol com a mão. Para meu desgosto, Ben e Clarence apareceram a meu lado, em meio a alguma tarefa. Também eles viram Holtzclaw e Sarah desaparecer do nosso campo de visão.

— Ele mal esperou o corpo do homem dela esfriar — disse Clarence.

Ben, longe de qualquer cavalheirismo, bateu no peito e cuspiu.

— Eu também não ia esperar.

V
FANTASMA

Sarah intentava olhar para o sol enquanto Holtzclaw a levava de volta para Two Forks, fitar diretamente a luz até que ela a cegasse. A maior das diversões dele era segurar o rosto das mulheres enquanto ele se mexia em cima delas, forçando-as a encarar seus olhos enquanto se deleitava. Cegar-se seria uma pequena vitória particular, pois já não importaria que Holtzclaw segurasse sua cabeça à força. Mas então ela pensou na possibilidade de a ausência de visão aumentar a capacidade dos demais sentidos: o toque abrasivo dele, o odor fétido e pungente de seu corpo. Milton, o oposto de Holtzclaw em todos os sentidos, fora uma alma gentil e clemente, e ela ficava feliz em sentir o calor dele. Enquanto respirasse, ela saborearia a memória do sorriso rápido e dos pés ágeis, do dom magnífico de fazer retratos. Fizera as pazes com o passamento dele. O sofrimento de Milton chegara ao fim, ela havia feito o que podia por ele, e ele se dedicara a ela mais do que tinha por obrigação. Ela sempre soube que aquilo não podia durar. Que nada podia durar.

A cor da bebê jamais se intensificara. Às vezes são necessários dias, semanas, para que o negrume, desde sempre presente em nádegas e orelhas, se espraie pelo corpo todo. Mas a menina de Sarah, da cor de uma rosa quando nasceu, jamais ultrapassaria um tom de bege. Embora não fossem exatamente avessos a fofocas, os moradores da senzala pouco comentavam a disparidade entre a compleição da menina e o rosto escuro dos pais. Aquilo não era incomum, afinal, e, quando Sarah tentou falar disso com Milton, ele gentilmente a fez silenciar. Seu amor pela bebê era genuíno, ele disse, e portanto ela era dele. Sarah e Milton aproveitaram ao máximo o tempo que tiveram juntos, pois estava claro que formavam uma boa combinação. E, no entanto, os dois reconheciam que o prazer que sentiam na companhia um do outro era um privilégio, uma dádiva que poderia ser retirada assim que a pessoa que a concedera desejasse. Sarah havia jurado que saber desse fato brutal não implicaria sua morte.

Enquanto a carroça sacolejava e seguia em frente, ela passava em revista todas as palavras que conhecia, procurando em vão por um substantivo ou adjetivo vasto o bastante para descrever como os acontecimentos daquele dia lhe haviam ensinado sobre como ver a si própria: exausta, sozinha e acreditando que nada mais poderia surpreendê-la.

Tendo se servido dos pães e doces feitos por Mary Sem Palavras (sem oferecer a Sarah uma mordida sequer), Holtzclaw deduziu que talvez tivesse ingerido tudo com rapidez excessiva. A meio caminho entre Placid Hall e Two Forks, sentiu o estômago revirando-se e demandando que ele se aliviasse. Parou a carroça na parte externa de uma estrada ladeada por árvores, desceu e foi às pressas até um matagal de videiras. Sarah conseguia ver o topo da cabeça dele enquanto ele se agachava e grunhia. Também conseguia ver uma pedra, de tamanho substancial, embora possível de carregar, no chão entre ele e a carroça. Ela estudou o cenário, imaginando o que poderia fazer com a pedra e calculando quanto teria de ser rápida e furtiva para percorrer aquela distância. Lenta e silenciosamente, passou as pernas pela lateral da carroça. Antes que tivesse chance de pôr os pés no chão, um lampejo de movimento nas árvores acima de sua cabeça fez com que ela parasse. Olhou para cima e viu, agachada sobre um galho, uma criatura de outro mundo.

A criatura descansava todo o seu peso sobre uma das pernas, tendo a outra estendida ao longo do galho, com os dois braços esticados para cima e agarrando um ramo superior. As roupas do ser eram feitas para parecer parte do tronco, permitindo que quase desaparecesse contra a árvore ao fundo. O mais impressionante era o rosto, pintado em faixas de marrom e verde tão próximas umas das outras que não havia pele à mostra. Seria um fantasma? Um anjo? Sarah estava perplexa demais para arriscar um palpite. Sem se desequilibrar, a criatura dobrou um braço com elegância e pôs um dedo sobre os lábios. Sarah quase perdeu o fôlego quando a criatura saltou e caiu com graciosidade sobre pés silentes. Agachou-se e, atraindo a atenção de Sarah, desenhou na terra com seu indicador. Depois de ter certeza de que Sarah havia visto as marcas feitas por ela, a criatura apagou-as. Rápida como a morte, subiu na árvore e voltou a seu poleiro.

Tendo resolvido sua questão intestinal, Holtzclaw voltou para a carroça e percebeu um brilho no rosto de Sarah. Ele deu uma risadinha, chegando à conclusão de que aquilo era um sinal do entusiasmo que ele causava nas mulheres Sequestradas.

Sarah viveu o suficiente para experimentar mais coisas surpreendentes, porém nenhuma foi tão espantosa quanto seu encontro com aquela figura mística que descia mergulhando das árvores. Soube já naquela época que sempre se lembraria das marcas feitas na terra pelo anjo, ainda que jamais viesse a compreendê-las. As letras crípticas queimaram em sua memória como se tivessem sido escritas a fogo.

"Na hora certa", era o que as palavras diziam.

VI
BRILHO

Ransom

Branco era a cor do luto, porém panos dessa tonalidade eram raríssimos entre os Sequestrados. No dia a dia, a maior parte vestia andrajos ou sacos convertidos em roupas. Até mesmo aqueles que trabalhavam dentro da casa, e por isso precisavam de roupas melhores, tinham os trajes manchados pela poeira e pelo suor da labuta diária. Por isso cabia a mim a tarefa de manter as faixas de tecido de luto limpas. Eu mesmo as lavava, agitando-as em uma tina de lixívia fervente e colocando-as para quarar ao sol. Essas tiras de pano eram guardadas para que ficassem protegidas, até que surgissem ocasiões como o sepultamento de Milton. Quando chegava o momento, eu as entregava, a fim de que as pessoas reunidas para homenagear o morto fizessem uso delas. Alguns amarravam os trapos na cintura, outros em torno do braço, e havia ainda quem os pusesse na cabeça.

Os sepultamentos eram realizados sempre no dia, o mais perto possível do momento da morte. O enterro de Milton foi postergado para que Greene compartilhasse seus pensamentos em um discurso que eu soube ter sido excepcionalmente breve. Depois disso, pedras, folhas, pedaços de casca de árvore, um bracelete feito de cabelos de milho e cordões, as bandagens especiais que haviam aliviado os momentos finais de Milton, além de sua caneca de barro, foram todos postos em um saco e baixados com o corpo. Depois de o túmulo ter sido enchido com terra, uma tigela foi colocada de ponta-cabeça sobre o montículo. Na parte de baixo havia um X, representando uma encruzilhada, inscrita em um círculo. Monumentos dessa espécie, muitos deles reduzidos a fragmentos e levados por pássaros e outras criaturas, adornavam todos os túmulos em Hush Harbor.

Os sepultamentos eram feitos à noite e dependiam da boa vontade dos Ladrões. Com a permissão deles, Sequestrados de várias propriedades podiam se encontrar e dar apoio uns aos outros em um ritual que começava sombrio, mas que normalmente se encerrava em regozijo. Era comum que pessoas que nem conhecessem o falecido participassem; nossos ritos eram uma ocasião para conviver com nossos semelhantes e renovar nossa índole pela formação de novos laços. Eu estava arrasado por Sarah não estar presente, embora fosse fácil adivinhar a razão de sua ausência. A participação de William foi uma surpresa bem-vinda, pois ele tinha por prática evitar reuniões desse tipo. Atribuí sua presença à influência de Margaret, que vi ocupada em amarrar a tira de pano branco em torno do braço dele.

Tochas posicionadas ao longo do perímetro da clareira empurravam as sombras para as árvores do entorno. Depois de permitir que uma dupla de rabequeiros entrasse no círculo formado por nós, juntamos as mãos. Os músicos deram início à cerimônia tocando seus instrumentos com sutileza. Uma melodia melancólica saiu das rabecas, uma suave onda sonora que nos envolveu como uma carícia. Esperamos, assimilando tudo, cada um de nós aproveitando o momento para lembrar Milton, alguma palavra ou gesto gentil que aquecesse nosso coração. Quando a música se tornou mais lenta e a melodia se reduziu a um tênue refrão, dei um passo à frente.

— Irmãs, irmãos — eu disse. — Cantarolemos.

Fechamos os lábios e emitimos o som comum forjado no ventre dos navios para superar as línguas distintas, que vinham de dezenas de vilarejos na África. O cantarolar de Mary Sem Palavras era o mais vigoroso, um ronronar vívido que oferecia uma riqueza de expressão costumeiramente negada por seu silêncio. Em momentos como esse, a sensação era de que seríamos capazes de mover o mundo com nossas vibrações: inesgotáveis, retumbantes e muito mais antigas que qualquer um de nós. Depois alternamos para uma frequência mais grave, e vários dos presentes ao sepultamento de Milton se revezaram nos depoimentos, tendo como pano de fundo salvas de palmas e a cadência de instrumentos feitos de ossos.

Duas mulheres falaram com carinho do modo de Milton dançar. *Hum, hum, clap.*

Cato elogiou sua sagacidade sempre oportuna. *Hum, hum, clap.*

— Com seus desenhos, ele me mostrou o Canadá — disse Zander. — E também a África. *Hum, hum, clap.*

Surgiu uma brecha entre o murmúrio e a palma, e Margaret incitou William a falar. Hesitante, ele entrou no círculo.

— Alguns de nós acreditam que Milton está fazendo seu caminho de volta para a África — ele começou —, onde vai encontrar descanso nos braços amorosos de seus ancestrais. Outros, que ele voltou para o barro que o Criador usou para moldá-lo.

William olhou para Margaret, para que indicasse se ele estava no caminho certo. Ela sorriu para ele e fez que sim com a cabeça.

— Para todos nós — continuou ele —, uma verdade é certa: ele não vai mais precisar suar conosco aqui neste inferno criado pelos Ladrões.

William fez uma pausa, como se tivesse mais a dizer. Ao que parece, ele pensou melhor, pois balançou a cabeça e saiu do círculo. Margaret pegou a mão dele, e Cato deu um tapinha em seu ombro.

Aproveitei a pausa como deixa para recomeçar. Levantando a voz, incentivei todos a deixar o luto e partir para o movimento, a deixar a tristeza e partir rumo à alegria. Toda vez que eu falava, uma voz soava em resposta, confirmando o que eu dizia.

— Milton não está perdido — eu disse.

— Não!

— Milton não acabou.

— Isso mesmo!

— Milton não partiu.

— Ainda estou vendo ele!

— Milton não quebrou nem se dobrou nem se curvou.

— Tem razão!

— O que aconteceu é que ele... agora é livre.

— Muito bem!

— Livre, irmãs e irmãos! Livre de tudo *isto*. Pois Milton, toda manhã de agora em diante, começará sempre bem seus dias!

Todo o círculo aderiu ao canto:

— Livre! Livre! Livre!

Repetimos isso até chegarmos a um frenesi, nossas vozes tomadas pela empolgação. Retirando os trapos brancos de nossos corpos, deixamos que a tristeza caísse no chão. As mulheres viravam estrelas no chão. Os homens retorciam seus corpos e giravam. Em meio a um turbilhão de risos, cantos descontrolados e aleluias, sacudíamos e gritávamos. Gritávamos e sacudíamos. Os rabequeiros pegaram outra vez seus instrumentos e tocaram furiosamente, serrando as cordas, arrebatados. Aqueles que tinham os instrumentos de ossos faziam um acompanhamento em *stacatto*. O Pequeno Zander, berrando e correndo, virava cambalhotas, de um lado para o outro, para a frente e para trás, para trás e para a frente. Poderíamos celebrar a liberdade de Milton até a aurora, não fosse pelo rápido correr do tempo. O nascer do sol não estava distante. Os campos não iam esperar.

Ao meu sinal, ralentamos os movimentos, levando nossa rapsódia a um resfriamento, até atingir uma temperatura razoável. Após despedidas afetuosas e apertos de mãos, os enlutados de Milton partiram apressados. Embora tivessem licença para estar fora essa noite, muitos precisavam percorrer longas distâncias. Não mais abafados pelas rabecas e por nossos cantos e gritos de júbilo, os sons regulares da noite emergiram para retomar a posse da clareira. Margaret se demorou, me ajudando a recolher as tiras de pano branco espalhadas em nosso delírio. Ao colocar a última em meu bolso, ela se virou para mim. William estava por perto, à espera dela.

— Pastor — disse ela —, e se Deus for um Ladrão?

Tive a sensação de que ela estava fazendo a pergunta tanto em nome de William quanto em nome dela.

— Quero que Deus seja maior que os Ladrões — eu disse a ela. — Quero que Deus seja maior do que *tudo* isto.

— E ele é?

— Eu não sei.

Margaret me olhou nos olhos, primeiro em um, depois no outro, como se o olhar dela pudesse fornecer maior clareza às minhas palavras.

— E, no entanto, você acredita — disse ela.

— Sim.

— E isso serve de algo?

— Talvez não. Mas também não faz mal.

— Essa sua fé é estranha, pastor.

— O mundo é estranho, não é?

Ela pensou nisso. Um meio sorriso se formou em seus lábios, sugerindo que estava satisfeita.

— Sim, ele é — respondeu.

Ela se afastou, porém William surgiu à minha frente antes mesmo de ela ter terminado de virar as costas. Ele me olhou com a intensidade de sempre — sem crueldade, mas também sem nenhum tipo especial de bondade.

— Você devia ter todas as respostas — disse ele. Parecia uma acusação.

Eu ri e pus a bolsa no ombro.

— Quem me dera fosse só isso — falei. — Eu nem mesmo tenho todas as perguntas.

Margaret

Quando eu tinha sete colheitas, peguei o hábito de ficar olhando para a estrada, esperando que minha mãe voltasse do lugar para onde fora vendida. Parada no quintal, passei a conhecer cada torrão de terra e cada pedrinha da trilha que levava para fora da fazenda. Eu era capaz de apontar o local onde o calor se transformava em serpentinas que subiam sinuosas do chão, o modo como a grama crescia dos dois lados do caminho e o movimento das sombras à medida que as horas passavam. Eu imaginava a voz de minha mãe em cada lufada de vento que fazia farfalhar o carvalho no limite da fazenda e se debruçava sobre a bifurcação que levava às terras do meu Ladrão, ouvia seu sussurro atravessando os galhos arqueados sobre cada cavalo e cada carroça que viajava sob as árvores. Os meses de espera foram se transformando em anos, e eu seguia na esperança de que as nuvens de poeira erguidas pelos cascos de cavalo magicamente se desdobrassem para revelar minha mãe, que andaria em minha direção com os braços abertos e um sorriso no rosto. Nenhuma agitação atrás de mim, nem mesmo a ameaça de um perigo, era o bastante para me afastar do meu posto. Mais de uma vez algum gentil Sequestrado adulto me pegou no colo e me livrou de uma provável punição enquanto eu esperneava e gritava em protesto. Precisei de quatro colheitas para superar essa propensão e até hoje vejo coisas a distância melhor que aquelas perto de mim.

Goldwood foi a única fazenda que conheci antes de vir para Two Forks, tendo chegado ali ainda na barriga de minha mãe. O lugar pertencia a Elbridge Hooper, que amealhou grande parte de sua riqueza ao se casar com uma viúva simpática chamada Abigail. Ela quase não recebia visitas além de seu irmão, Jeremiah, o qual adorava com todas as forças. Quanto a Elbridge, ele preferia estar sobre o cavalo a ter os pés no chão. Gostava de ficar sentado na sela observando seus cativos trabalharem, mas jamais sujava as próprias mãos. Seu cunhado era útil nesse ponto. Jeremiah era um estorvo, porém sua inclinação para a agricultura fazia com que Elbridge reduzisse sua intolerância com ele. O que sabíamos da família Hooper vinha dos Sequestrados que trabalhavam dentro da casa. Por eles tivemos conhecimento de que Elbridge destinava quase toda a sua bondade para a amada filha, única integrante de sua prole, que tinha cerca de vinte colheitas de idade. Depois que a jovem casou e se mudou, ele passava os dias em viagens solitárias para além dos limites de sua propriedade, entrando em territórios vizinhos. Havia acabado de voltar de um passeio desses quando os problemas começaram, problemas que Elbridge poderia ter evitado, segundo se dizia, caso simplesmente se desse ao trabalho de descer do cavalo vez por outra.

O quintal estava repleto de Sequestrados em plena atividade. Eu trabalhava no grupo encarregado de arrancar ervas daninhas quando a porta da sede da fazenda abriu de um golpe só. Jeremiah passou correndo pela porta, descendo às pressas os degraus da varanda com Elbridge em seu encalço. Poucos passos adiante, Elbridge já o tinha derrubado no chão.

— Tire as mãos de mim! — gritou Jeremiah.

— Só quando você estiver morto! — berrou Elbridge em resposta.

Mesmo tendo apenas sete colheitas, eu já tinha visto homens se atacarem como cães. Mas sempre eram Sequestrados, por vezes brigando porque haviam sido forçados por seus Ladrões. Em outros casos, a briga tinha começado por causa da disputa por uma mulher ou por algo tão simples quanto uma espiga de milho. Nunca, no entanto, eu tinha visto dois Ladrões vestidos em trajes finos rolando na terra. A senhora da casa, alvoroçada como uma galinha, se lamentava na varanda. Nem Elbridge nem Jeremiah eram lá grandes lutadores, e nenhum dos dois estava na primavera da vida. Basicamente o que conseguiram foi rasgar o colarinho um do outro e bagunçar seus penteados. Quatro ou cinco Sequestrados, todos eles superiores no uso de seus punhos, observavam a distância. A senhora gritava para que fizessem algo, mas eles sabiam muito bem que não deviam se intrometer. Encontraram novas tarefas até que os Ladrões cansaram, se puseram de pé aos tropeços e cambalearam para dentro da casa.

Os detalhes logo chegaram à senzala. Elbridge descobrira algo que já era de conhecimento de alguns Sequestrados: a esposa vinha mantendo relações com o próprio irmão e fazia isso havia mais de vinte anos. Ao anoitecer, eu estava brincando com outras crianças, revezando-nos entre pular corda e inventar histórias para nossas bonecas de pano. O tempo todo, ouvíamos a conversa dos adultos que nos vigiavam sentados nos degraus de suas cabanas. Diziam coisas como "bem debaixo do nariz dele!" e "a vida inteira dos dois!". Os risos arrefeceram quando o céu escureceu, e as piadas cederam vez a preocupações de caráter mais pessoal. O que será que ia acontecer com Goldwood? O que ia acontecer conosco?

Se estava aflita, minha mãe não me deixou perceber. Depois de me alimentar e me lavar, ela cantou minha canção de ninar preferida até que eu adormecesse.

Boa noite, meu bebê,
Um novo dia já vem vindo.
De manhã prometo a você
um bolo e um cavalinho.

Eu lhe darei uma canoa
Com um remo bem pequeno.
E também uma mula boa
Com um jeito bem sereno.

O baio e o alazão,
O preto e o tordilho.
Boa noite, bebê, não chore, não.
Tudo será seu, querido filho.

— • —

Essa foi a última noite que passei nos braços dela. O rosto de minha mãe desbotou em minha memória, mas a voz dela permanece.

Na casa-grande, sob a luz do lampião, chegou-se rapidamente a um acordo. Com Elbridge vigiando da varanda e Abigail chorando em algum cômodo da casa, Jeremiah partiu de manhã cedo, escoltado por dois funcionários e levando consigo um grupo de Sequestrados que incluía a minha mãe. Nossa separação foi violenta e terrível, um abraço desesperado antes de minha mãe ser agrilhoada e amarrada a outros atrás de uma carroça. O ar fugia de meu corpo à medida que eu me debatia contra os braços que conspiravam para me segurar. Conforme meus soluços e minhas orações desesperadas se uniam às demais que irrompiam à minha volta, a procissão de Jeremiah seguia pela estrada que seria o objeto de meu olhar pelos anos seguintes.

Cresci mais olhando do que chorando, pois não tinha muito tempo para a autopiedade. E, é claro, também já não contava com o seio materno onde, em outros tempos, deixava as marcas da tristeza. De que servia o choro sem a mãe para nos embalar suavemente e dizer palavras gentis?

Continuei a trabalhar para Goldwood por mais sete colheitas, até que Elbridge foi encontrado morto, tombado em sua sela. Em seu testamento ele deixou Two Forks, outra de suas propriedades, para a filha, a garota assustadiça cuja ascendência se tornara tema de dúvidas. Fui mandada para lá junto com vários outros para servir a ela e ao marido, um homem chamado Cannonball Greene. Quando cheguei, eles estavam casados havia quase dez anos e juntos controlavam três fazendas e dez mil acres. Logo vim a saber que na senzala a sra. Greene era conhecida, sem o menor indício de afeto, como Guincho da Coruja.

Ela raramente aparecia durante os meus dois primeiros anos em Two Forks, e poucas vezes tive motivos para me aventurar perto da casa-grande quando ela estava. Quando fui montar minha casa com William em Placid Hall, passei a vê-la com mais frequência durante suas visitas regulares ao cemitério da família, onde três pequenos túmulos abrigavam os restos mortais de seus falecidos filhos. A fragilidade e as dificuldades que a Guincho da Coruja apresentava no parto tiveram como resultado bebês que jamais viveram o suficiente para completar sua primeira colheita. As vezes em que a vi privadamente chorando seus mortos foram os únicos momentos em que senti algo semelhante a ternura por ela, pois tive noção do fardo que ela carregava.

Muito antes de William surgir na minha vida, eu tinha aprendido a ver os dois lados da minha situação, a pensar que talvez, em algum lugar, minha mãe estivesse olhando para uma estrada semelhante, uma trilha empoeirada e tortuosa que a levaria até mim. Havia tamanha perda, tamanho vazio nessa possibilidade que nada no fato de ser mãe ou filha Sequestrada parecia oferecer qualquer consolo; nós, de toda forma, acabávamos perdendo. Quanto a ser filha, eu não tinha opção. Mas, à medida que eu crescia e a feminilidade chegava, apesar de todos os meus esforços para adiá-la, resolvi, como haviam feito tantas Sequestradas, que eu jamais traria uma criança à luz, que jamais seria arrancada dos braços de um filho e arrastada por uma estrada na qual ele fixaria seu olhar por anos inteiros. Para nossa tristeza, logo viemos a saber que não tínhamos direito a tomar decisões sobre nosso corpo e sobre o que poderia ou não ser feito dele. Se gerar uma nova vida significava poder ficar com William, eu tinha toda a disposição para, e inclusive o desejo de, fazê-lo.

Eu não sabia que homens Sequestrados tinham as mesmas preocupações que as mulheres até conhecer William. Na maioria dos homens, o desejo pela carne feminina superava tudo. Porém, embora o apetite de William fosse forte, ele conseguia mantê-lo sob controle. Aquela autocontenção, de início algo admirável para mim, passou a me incomodar a ponto de me deixar acordada à noite. Ainda que ele muitas vezes alegasse o contrário, eu não precisava dele para lembrar que raros eram os Sequestrados que tinham a oportunidade de manter uma união por toda a vida e, mais raros ainda, os casos em que tal união era livremente escolhida pelos dois e que, independente dos caprichos de Cannonball Greene, nossas chances não eram boas. Era verdade, eu bem sabia, que um número ainda menor de nós tinha a chance de ver os filhos crescer. A morte de Milton antes mesmo de conhecer melhor a filha, o silêncio eterno de Mary Sem Palavras após levarem seu bebê, a obsessão do próprio William pelas crianças mortas que encontrara tanto tempo antes — todas essas coisas só o tornavam mais receoso. Ao mesmo tempo, ele ficava incomodado em saber que Greene via nossa demora em fazer um bebê como uma falha que devia ser resolvida. Distraído, ele concordou em me acompanhar ao funeral sem perceber com o que estava consentindo.

Ele não sabia que então eu tinha também uma distração. Depois de ver Sarah partir com Holtzclaw, Ben mandou Clarence embora e quis seguir a meu lado até a senzala. Tentei impedi-lo, assegurando que eu não tinha o menor interesse em sua companhia.

— Não importa — ele me disse, aproximando-se mais. Temi por um momento que estivesse se preparando para lamber meu rosto com aquela língua nojenta. — O Patrão Greene me disse que eu sou o próximo da fila se você e o Billy Boy continuarem aparecendo de mãos vazias.

Uma dor terrível atravessou meu peito, tive dificuldade para respirar.

— Como assim? — perguntei.

— Você sabe — respondeu. E pôs a mão sobre si mesmo. — Você sabe o que quer dizer "próximo da fila", claro. Só preciso de uma vezinha, apesar de que você vai querer bem mais. Tenho mais seiva que um liquidâmbar.

Fiz um movimento para lhe dar um tapa, mas ele segurou meu pulso.

— Melhor tomar cuidado — alertou ele.

— O William te mata — eu disse.

— E o Patrão Greene esfola ele — falou com um sorriso. — Ou então vende o William. E aí você fica como?

— Não com você — respondi, libertando-me da mão dele. — Nunca com você.

Ben deu uma risadinha.

— Pode ir sozinha, não tem problema. O Ben é mais paciente do que você imagina.

Ele não deixou marcas na minha carne, mas suas palavras nojentas penetraram na minha pele e se alojaram ali como o ferrão de uma vespa. Ainda assim, consegui quase me esquecer delas durante o funeral de Milton. Com William a meu lado, eu me deixei levar pelos cantos e gritos. A breve conversa com o pastor depois também fez com que me sentisse melhor, mas só por um instante. Ao voltarmos para nossa cabana, um nervosismo incômodo crescia em mim, aumentando e inchando até se tornar uma ânsia desesperada.

Na madrugada, tomei William em meus braços, determinada a fazer com que ele terminasse o que havia começado. Esfregava as costas dele enquanto ele se movia dentro de mim.

— Estou em algum lugar lá fora — sussurrei. — Estou em terreno livre. Não há nada entre mim e você exceto um campo aberto. Não há chibatas, não há Ladrões, não há cães atrás de nós, apenas grama, luz do sol e uma brisa fresca e suave. Corra até mim — incitei-o. — Pegue minha mão. Corra até não conseguir mais.

Ele segurou minha mão, e juntos caminhamos a passos largos até ele terminar a travessia.

William

Eu estava feliz por ter ido à despedida de Milton, embora não pretendesse admitir isso para Margaret. Canto e dança jamais vão estar entre meus passatempos preferidos. Apesar disso, fui atraído pelo sentimento visceral que parecia fluir entre todos os participantes; o evento produziu em mim uma felicidade intensa que poucas vezes tinha sentido. Eu continuava tendo dúvidas sobre Ransom. Fazia muito tempo que o via como um sujeito presunçoso, repleto de segredos e possivelmente até mesmo um espião de Greene. Porém, durante um breve momento em que estive sozinho na nossa cabana no dia seguinte, relembrei as boas palavras que ele dissera. Ele não havia proferido nada que me parecesse estranho ou ardiloso. Além disso, eu não discordava nem um pouco da insistência dele em dizer que Milton estava livre. Também fiquei positivamente surpreso com o fato de ele confessar não saber tudo, nem mesmo se aquilo em que acredita é verdade. Percebi a gentileza que teve com Margaret, a qual me pareceu ter origem em um afeto sincero e nada mais. Fiquei com a impressão de que talvez tenhamos mais em comum do que eu estava disposto a admitir. Há muito me acusam de não acreditar em nada, mas meus dias — e noites — com Margaret despertaram meu espírito, a ponto de eu achar que isso me tornaria fraco e acabaria me consumindo. Embora eu não me fiasse na repetição de sete palavras ou nas súplicas a um deus que morava no céu, eu havia me deparado com uma fé tremenda. Eu acreditava em Margaret. Eu acreditava em nós.

Quando vi, estava tirando a Mãe e o Pai Raiz de minha bolsa, sentindo o peso da madeira em minhas mãos. Supostamente eles deviam ser vistos como o começo de uma história muito antiga, de acordo com o que Jack da Guiné me dissera. Como Margaret e eu nos encaixamos nessa história? Como ela acabaria?

— Você não está meio velho pra brincar de boneca?

O Pequeno Zander, sempre se movendo em silêncio, tinha aparecido na minha porta sem um único ruído. Rapidamente tirei a Mãe e o Pai Raiz do campo de visão dele.

— Você sabe que não pode ir chegando assim e dando susto nos outros — falei.

— Quando aterrisso — disse Zander —, faço menos barulho ainda. Você ouviu aquele noitibó-cantor ontem à noite?

Margaret tinha me mantido tão entretido à noite que eu pouco ouvi além dos sons do nosso amor, que nos esforçamos para não serem altos demais. Decidi entrar no jogo.

— Talvez — respondi. — Por quê?

— Bom, não era um noitibó-cantor. — Recostado na porta, Zander se balançava sobre uma perna, o calcanhar apoiado no joelho oposto.

— Então era o quê?

— Não o quê, mas quem.

— Zander, não tenho tempo para charadas. Quem era?

— O pastor.

— Ransom? Explique.

— Ele sabe mais sobre anjos do que parece. Eu sei disso. Eu vi você e Margaret falando com ele depois do funeral. Fui atrás quando ele saiu. Segui os passos dele até o riacho. Ele fez barulho de passarinho, e um Buba Yali respondeu. Desceu das árvores. Não foi a primeira vez que eu segui o pastor. Já vi os dois antes. Eles conversaram. O Buba Yali foi embora.

— E?

— E só isso. Voltei correndo para a minha cabana antes que o pastor me visse. Eu sabia que não devia falar disso com ele. Ele ia dizer que não era nada.

— Como assim?

— É o que eu disse, eu sei coisas sobre ele. Já vi os dois juntos.

A essa altura eu já havia entendido que Zander tinha caído em mais uma de suas fantasias. Fiquei me perguntando se nesse caso, assim como no sonho dele sobre dois anjos lutando com um demônio, pelo menos parte era verdade.

— Me diga o que aconteceu — eu disse —, mas tente usar palavras que gente sem asas consegue entender.

— Você é engraçado, William. Aposto que não tem muita gente que sabe disso, que entende quanto você contempla quase tudo. Da primeira vez que vi os dois, o anjo mergulhou o pastor na água. Batizou o pastor. Mas não consigo saber por que ele precisava daquilo. Ele está salvo faz tempo. Está na palma da mão de Deus.

— Por que você sempre fala dessas coisas?

Ele sorriu.

— Por que você não fala?

Na verdade, eu estava começando a pensar nessas coisas mais do que falava sobre elas em voz alta. Decidi guardar minha resposta para outro dia.

— Você perguntou para ele sobre aquilo que viu?

— Fiz umas perguntas.

— O que ele falou?

— "Na hora certa" — respondeu ele. — "Na hora certa."

Guardei a estranha conversa com Zander para remexer nela em um momento mais propício. À medida que o verão passava, por vezes voltei a ela, peneirando as palavras em busca de um sentido oculto, mas sempre saindo sem nada.

Greene a essa altura havia decidido nos manter trabalhando na vala sem a ajuda de mais um homem. Ele estava ocupado, contou Pandora, preparando seus "estudos" depois de atrair o interesse de uma universidade local. Havia dias em que parecia que Ransom estava mais presente em Placid Hall que o Ladrão que era dono do lugar. Margaret passou a estimá-lo como conselheiro, e os dois falavam sobre vida, morte e destino. Ela havia nitidamente decidido que eu não estava à altura de conversas tão elevadas. Quando perguntei por que quase nunca mencionava esses assuntos comigo, ela desdenhou de mim, dizendo que eu não tinha crença. Hesitante, garanti que havia mais tipos de crença do que ela supunha. Uma coisa era certa: eu não tinha a mesma habilidade do pastor para falar de um modo que levasse as pessoas a pensar como ele. Meus ciúmes infantis foram acalmados pela presença de outras pessoas durante suas sessões com Margaret; seus seguidores mais interessados passaram a formar um grupo que eu conhecia bem. Além dela, o Pequeno Zander, Pandora e Cato participavam; Mary Sem Palavras também, quando conseguia uma rara brecha em suas tarefas. Pressionei Cato em busca de detalhes depois que as perguntas que eu fazia a Margaret não ajudaram a esclarecer nada. Mas ele só apresentou uma justificativa ao partir para realizar um trabalho que, segundo ele, não podia esperar.

Cato

Eu tinha passado a cogitar a possibilidade de que a visita espectral de Isaac tivesse servido a um propósito importante que se revelaria no momento oportuno. Eu havia procurado em vão em Hush Harbor por sinais de sua presença enquanto William e eu revirávamos a terra para abrir o lugar de descanso final de Milton. Quando ele finalmente apareceu, semanas mais tarde, quase perguntei por que tinha demorado tanto. Surgiu atrás de mim enquanto eu aproveitava uma oportunidade para lavar o rosto no riacho. Eu estava acocorado na margem, represando a água nas mãos. Depois de anos de angústia, finalmente me sentia confortável observando meu próprio reflexo. Pela primeira vez em muitas colheitas, tinha carinho por aquilo que via.

— Você matou a cobra, não matou?

Eu me virei na direção dele, sorrindo. Estava vestido com trajes finos que não reconheci, como um próspero cavalheiro de uma terra estrangeira. Nada em suas vestes sugeria que ele houvesse conhecido a servidão ou a fome. Suas botas cintilavam, assim como os botões de seu casaco, o qual parecia pesado e quente demais para nosso clima; seu rosto, no entanto, estava seco, sem indícios de suor ou desconforto.

— Isaac — disse. — Nunca contei a ninguém sobre aquilo.

Eu havia passado a desprezar serpentes com intenso fervor depois da morte de Iris. Elas me lembravam o medo que me paralisou quando eu deveria ter dado um passo adiante para defendê-la. Se eu tivesse intervindo, se eu tivesse corrido atrás da carroça, arriscado tudo para tentar convencer Greene a não vendê-la, talvez eu tivesse alterado a cadeia de consequências, trocado a minha vida pela dela. Porém hesitei quando o novo

Ladrão dela me mandou ficar parado, e na minha mente aquela pusilanimidade terrível deixou à solta uma cobra que deslizou em frente à carroça que transportava Iris, assustando o cavalo, e deu andamento à tragédia. Essa cobra não existia, claro, mas ela se tornou meu tormento. Sonhei por anos com ela depois de perder Iris. O tempo passou, e, à medida que meu afeto por Pandora crescia, a cobra foi sumindo da minha consciência. Mas aí uma noite ela voltou. No sonho, eu estava colocando a última camada de terra no túmulo de Milton quando me virei e a vi, quase da altura de meus ombros, empinando o corpo e sibilando. Matei-a com a pá que tinha em mãos, separando a cabeça do corpo.

Isaac sorriu.

— Mas ela morreu, certo?

Levantei e olhei em volta. Não havia ninguém à vista.

Como na outra vez, Isaac parecia ler meus pensamentos.

— Estou aqui só para você, meu amigo — disse. — Mais ninguém pode me ver. Continue o que estava fazendo.

Segui a sugestão dele e fui caminhando na direção da senzala.

— Não há nada entre Pandora e você no momento — continuou ele. — Nada que te segure.

— Minha afeição por ela é imensa.

— Então o que está esperando?

— Tenho medo de fracassar com ela — confessei —, como fracassei com Iris.

— Não vai acontecer — garantiu Isaac. — E a Iris? Ela entende. Sabe por que você sobreviveu à dor que o Greene o fez passar depois de se apresentar para salvar a Nila? Sabe por que continua respirando?

— A única coisa que sei com certeza é que eu não teria sobrevivido sem você.

Isaac deu uma risadinha.

— Você ia sobreviver de qualquer jeito. Porque você não está destinado a morrer aqui. Nem Pandora. Acho que o Ransom já te disse isso.

Era verdade. Nas semanas anteriores à morte de Milton, o pastor vinha enchendo nossa cabeça com ideias ousadas que ele afirmava serem profecias. Eram ideias tão audazes, maravilhosas e imprudentes que eu me inclinava a desprezá-las como meras tolices, em nenhum sentido mais críveis do que as histórias do Livro dos Ladrões. E, no entanto, elas me infectaram, tomando conta da minha imaginação nos momentos mais oportunos.

— É hora de contar para ela sobre seus sentimentos, Cato.

Ele deu meia-volta para partir. Me despedi, depois o chamei antes que ele tivesse se afastado demais. Perguntei como havia descoberto sobre a cobra e como conseguia falar com Iris.

Ele sorriu.

— Sou um Ancestral, lembra? Nós sabemos tudo.

Até esse momento, minha "corte" com Pandora consistia basicamente em longos olhares e pequenas gentilezas que ela retribuía do mesmo modo. Minha reticência e a paciência de Pandora eram o júbilo de Ben e Clarence. Ben se coçava, cuspia e fazia sugestões horrendas, ao passo que Clarence ria de tudo o que ele dizia. Embora eu ocasionalmente sentisse a tentação de calar Ben com uma pancada na cabeça, as provocações deles não tinham efeito duradouro. Foi a visita de Isaac que me levou a agir. Com a cobra banida de meus sonhos e o incentivo de Isaac em meus pensamentos, procurei Pandora em um domingo, quando Cannonball Greene havia nos concedido uma breve folga depois de nossos rituais com Ransom. Mary Sem Palavras ofereceu a Pandora e a mim uns alimentos leves, os quais colocamos em uma cesta e levamos para um local afastado. Fizemos nossa refeição sobre uma coberta, comendo em um silêncio confortável, até que finalmente senti disposição para falar. Pandora estava reclinada de costas enquanto eu me sentava a seu lado.

— Sinto o mais terno dos afetos por você — eu disse.

Ela sorriu.

— Qualquer um vê isso, Cato. Estimo muito a sua bondade.

— É um sentimento poderoso, Pandora. Está aqui — falei, pondo a mão sobre o coração —, mas não sei como tirá-lo do peito.

— Deixe que fique aqui — Pandora me disse. — Eu pego.

Estendeu as mãos na minha direção, colocando seus lábios de leve sobre os meus.

— Nunca mais estive com uma mulher depois da Iris — falei. — Quero dizer, estar de verdade com uma mulher. Eu não vou, eu não posso...

— Silêncio, homem.

Eu me deitei sobre ela, segurando meu peso. Senti as mãos dela se movendo nas minhas costas. Nós nos beijamos de novo, por mais tempo.

— Está vendo? — perguntou ela. — Acho que está se saindo muito bem.

Na manhã seguinte, senti os olhos de William sobre mim quando nos reunimos diante da tina d'água. Quando Cupido era o feitor, nós nos considerávamos felizes caso pudéssemos molhar rapidamente o pescoço antes de iniciar a labuta. Por sua vez, William era generoso com a água, e as reuniões matinais tinham se tornado uma oportunidade de camaradagem e fortalecimento. Enquanto nossa turma seguia para a vala, William me pediu para acompanhá-lo até o galpão de ferramentas. Parecia que ele estava me avaliando, pensando sobre algum enigma que o incomodava. Eu havia iniciado o dia determinado a falar em particular com William e estava feliz em ver que ele tinha a mesma determinação. Desde a última vez que falamos, eu tivera tempo para apreciar completamente quanto Pandora estava comprometida comigo, assim como o peso das palavras de Isaac. Ousei acreditar que sua profecia, na verdade, também se aplicava a William. Ele estava fadado a não morrer em Placid Hall.

Chegamos ao galpão, e ele fingiu procurar uma picareta.

— Tenho perguntas — começou ele.

— Eu também — interrompi.

Ele semicerrou os olhos.

— Muito bem, então. Posso?

— Eu falo primeiro. William, o que você quer dizer quando diz que somos irmãos?

— Quero dizer que a vida não é pouca coisa e que devo a minha a você. Acho que fui claro.

— Irmãos trocam confidências, certo?

— Certo.

— Tenho uma ideia. Uma ideia que precisa ficar entre nós.

— Você tem a minha palavra de que ela não sairá daqui.

Fiquei bem em frente a ele, com as mãos em seus ombros.

— O que você faria se um Ladrão se oferecesse para contar uma história?

— Você sabe — respondeu. — Eu ia... espere. Você está sugerindo que a gente devia...

— Fugir — eu disse. — Vamos fugir.

Eu tinha certeza que William havia pensado nesse tipo de coisa, tinha imaginado de algum modo como seria estar em outro lugar. Ele muitas vezes se recusava a participar de nossas especulações sobre liberdade, se aquilo era possível e qual seria a sensação. Desdenhava daquilo como uma tagarelice inútil, mas todos nós víamos que ele era igualmente vulnerável a essas visões. Quem dentre nós não tinha em algum momento se deixado levar por devaneios, olhando para o nada e sonhando com tudo?

— As coisas que passamos — continuei. — As coisas que fizemos. Tudo aponta para esse resultado.

William me encarou, tentando encontrar em meu olhar alguma pista de que eu não estava falando sério. Deu meia-volta e voltou a se ocupar com as ferramentas.

— Só nós?

— Não — respondi. — Pandora e Margaret, Zander.

— Ele é só um menino.

— Um menino que sabe se guiar pelas estrelas. Você sabe fazer isso?

William colocou uma picareta sobre os ombros.

— Só nós cinco — disse baixinho.

— Não exatamente — falei. — Nós teremos ajuda.

William

Incitado por Cato, concordei em falar com Ransom. Mas ele sumiu e só voltou a aparecer nos últimos dias do verão. Seus seguidores explicaram que ele estava em uma viagem para fazendas distantes onde havia necessidade urgente da Palavra Sagrada. Como sempre, a capacidade dele de se mover livremente pelo mundo dos Ladrões me deixava incomodado. Eu entendia que ele usava a lábia para se livrar de problemas — se alguém era capaz disso, esse alguém era Ransom —, mas com que frequência? Ele parecia viajar de acordo com seu próprio cronograma, sem ser limitado pelos Ladrões. Mas eu sabia que isso não era possível. E eu também não tinha esquecido minha curiosa conversa com o Pequeno Zander. Continuei a suspeitar que ou ele não tinha me dito tudo que viu, ou havia me confidenciado aquilo em uma espécie de teste, para ver se eu conseguia ver o pastor como um aliado, e não como um inimigo. Era nas palavras de Zander que eu estava pensando quando finalmente encontrei Ransom em um domingo de setembro. No longo e esparso caminho de terra entre as fileiras de cabanas, os Sequestrados relaxavam e se divertiam nas poucas horas que restavam antes da escuridão. Margaret e Zander haviam se unido a Cato e Pandora sobre uma coberta à sombra de uma árvore, rindo e conversando baixinho. Para manter o namoro em segredo, Cato e Pandora raramente apareciam juntos. Greene não havia demonstrado sinais de que arranjaria um par para Pandora, talvez desejando que ela fosse sua.

A vários metros de distância, Ransom e eu sentamos em um banco rústico feito de tábuas. Partiu um pedaço de pão que Mary Sem Palavras havia feito para ele e me ofereceu, mas recusei.

— Olhe o Cato — disse, sorrindo —, acho que ele ganhou aquele brilho.

Era verdade que a aparência de Cato estava melhor, que ele inclusive parecia mais jovem. Sempre imaginei que ele tivesse visto umas dez colheitas a mais que eu, antes que eu chegasse a este mundo. Havia alguns meses, eu começara a pensar que talvez ele tivesse cinco colheitas a mais. Observando sua troca de sorrisos manhosos com Pandora, eu começava a pensar que talvez tivéssemos a mesma idade.

— Que brilho? — perguntei.

— Iluminação.

— O que isso quer dizer?

— Quero dizer que ele está vendo com clareza agora. Com uma clareza que nunca teve antes.

Ransom me contou sobre um grupo de "agentes", que era como ele os chamava, que em segredo ajudavam Sequestrados a fugir. Disse que o nome do grupo era Chariot e que todos os seus membros haviam jurado combater os Ladrões até a morte. Cato tinha visto a luz, ele me disse.

— É por isso que ele parece tão diferente. Tem os olhos voltados para a liberdade. Quando ele partir... quando vocês todos partirem... a Chariot vai guiar e ajudar vocês.

— Chariot — repeti. — Quem sabe disso?

Acenou na direção de meus amigos.

— Todos debaixo daquela árvore.

Eu tinha ouvido sobre a Chariot, é claro. Até aquele momento, eu imaginava que era mais uma daquelas estranhas ideias que iam sendo passadas de mãe para filho, assim como a importância de dizer as sete palavras antes de dormir. Eu me levantei de repente.

— Por que eu deveria confiar em você?

Ransom pareceu triste. Suspirou e disse:

— Sente, por favor. Por favor.

Voltei a meu lugar.

— Você é forte, William. Corajoso, também, às vezes a ponto de ser insensato. Mas não é muito esperto, não é, meu filho?

— Eu não sou seu filho. Parece que já estão com tudo planejado. Por que precisam de mim?

— Precisamos da sua coragem. Cupido bateu em todos os Sequestrados homens desta fazenda. Mas nunca levantou a voz e muito menos ergueu a mão para você. Porque ele sentia que você não tinha medo. É uma qualidade rara, sabe? Quando você for para o norte, não vai ter como antecipar tudo que vai encontrar. Quando fugitivos encontram uma surpresa indesejada, é útil ter à mão alguém que não hesite.

Pensei nisso por um momento.

— Cato diz que nós não vamos morrer aqui — falei. — Acha que nosso futuro é em algum lugar lá fora.

Ransom sorriu.

— Você devia escutar o que ele está dizendo. Como eu disse, ele viu a luz.

Ele voltou a me oferecer pão. Aceitei.

— Mais uma consideração, William. Cannonball quer te manter no *agora*. Quer que você estude a possibilidade de que é possível encontrar conforto no presente, na imobilidade que te protege da maldade que se agarra a tudo. A última coisa em que ele quer ver você pensando é naquilo que está por vir; ou, pior ainda, naquilo que poderia ser. Quando Sequestrados começam a pensar nos dias que virão, é aí que o mundo do Greene acaba.

Para sermos bem-sucedidos com esse esquema, precisaríamos de tempo, muito tempo, para aumentarmos nossa força e coletarmos informações. Isso, pelo menos, foi o que eu pensei. Na nossa cabana naquela noite, Margaret rapidamente me corrigiu.

— A gente não pode simplesmente levantar e ir. Precisamos planejar — eu disse.

Margaret tinha dificuldade em ficar parada no mesmo lugar quando estava ansiosa ou irritada. Andava por nosso pequeno cômodo com tal vigor que imaginei o piso de terra batida cedendo sob seus calcanhares nus.

— Nós *já* planejamos, William. Você podia ter se unido a nós, mas sempre evitou Ransom como se ele fosse o inimigo. Você é bem mais gentil com Greene do que com ele.

— Garanto que não. Eu simplesmente vejo Greene como ele é. Eu olho para Ransom, eu olhava para Ransom, e não sabia dizer. Agora entendo.

Na verdade, ainda não estava totalmente convencido de que o pastor não ia nos trair depois de nossa partida, mas não falei de minhas dúvidas.

Margaret me olhou.

— Bom, você é lento para entender as coisas. Nós gostamos do Ransom porque ele nos faz lembrar que existe algo lá fora, que não existem só estes lugares horrorosos onde sangramos e suamos para engordar a algibeira dos Ladrões. Ele ajuda a gente a lembrar disso. Mas você, não. Não quer ouvir isso, muito menos falar disso.

— Isso é para eu poder continuar. Isso é para eu poder seguir em frente todo dia. Isso é para...

Margaret desviou o olhar de mim e, em troca, me ofereceu a palma de sua mão.

— Não é hora dessa fala mansa. Estou me sentindo indomável agora. E preciso que você também se sinta assim. Vou para o norte antes que esfrie demais para isso dar certo. O inverno não está longe. Quero que vá comigo.

— Você não pode só ir saindo daqui tranquilamente, toda feliz da vida. E, mesmo que fosse possível, o que a gente ia fazer em seguida?

— Sair tranquilamente? Pareço alguém que faz as coisas tranquilamente? Amo como alguém que faz as coisas tranquilamente? Lembre com quem você está falando, William. Lembre quem eu sou.

— Você é muitas mulheres em uma. E quero que todas elas vivam.

Eu estava muito satisfeito com o que eu tinha dito, mas Margaret não queria saber de nada daquilo.

— Quanto mais tempo vivermos *aqui*, mais perdemos. Dedos. Dentes. Língua. Pessoas que amamos. Estou cansada de perder, William.

Ergui as mãos e recuei, me rendendo.

— Escute, Margaret. Estou dentro. Estou com você.

— Então é melhor você se mexer. Pra mim parece que está parado.

— Você suportou este inferno colheita após colheita. E de repente quer ir embora imediatamente. Por quê? O que mudou?

Os olhos dela brilharam de lágrimas, então ela pegou minhas mãos e as pôs em sua barriga.

— Tenho um filho seu dentro de mim — disse ela.

Eu me lembrei da noite em que deixei que ela fosse mais forte que eu, em que me puxou para dentro de seu corpo e me manteve ali até eu me exaurir. A noite em que me disse para correr, correr, correr.

VII
LEGIÃO DE ANJOS

Daria na mesma se o sujeito estivesse debaixo d'água. Cannonball Greene ouvia sua fala, via seus lábios mexer, porém o som que saía era quase indecifrável. A sensação de que havia algo errado, o temor que tomava conta dele e a horrenda corrosão no seu estômago o absorviam a tal ponto que até mesmo uma simples conversa parecia lhe escapar. Naquela manhã, Mary Sem Palavras havia lhe oferecido uma refeição com sua magia culinária de sempre, mas ele deixou o desjejum intocado. A abstinência nada tinha a ver com as habilidades da cozinheira; a simples verdade era que não havia comida no mundo capaz de distraí-lo de suas aflições atuais. Seis meses antes, Cupido, a quem ele tanto tinha dado, fugira sem deixar rastro. Ainda não havia se recuperado totalmente dessa perda quando acordou em uma manhã fresca de outono — depois de uma semana de problemas estomacais acocorado miseravelmente sobre penicos — e descobriu que cinco outras propriedades suas haviam desaparecido na noite escura. Qual era o sentido de se importar com os crioulos e de alimentá-los se eles podiam, com tamanha facilidade, se tornar presas da depravação e adotar condutas tão imprudentes e pouco prestativas? Depois que conseguisse chegar ao fundo desse mistério, depois que tivesse recuperado suas ingratas propriedades e punido a todas por suas transgressões, ele transformaria suas descobertas em mais um capítulo da gestão de fraquezas de crioulos. Outros já haviam sugerido bons nomes para certos tipos de histeria dos negros — palavras sólidas, repletas de autoridade como "drapetomania" e "vadiagem". Ele tinha certeza de que podia fazer melhor do que isso depois que seu estômago tivesse recuperado a calma costumeira e que o infernal latejar de suas têmporas tivesse sumido. Enquanto isso, estaria preso à sua varanda, forçado a suportar a companhia desse celerado que prometera trazê-los de volta vivos. Ou teria prometido apenas trazê-los de volta?

— Se alguém conhece crioulos, esse alguém sou eu — o sujeito parecia estar dizendo. — Por consequência, sei quando estou vendo uma conspiração de crioulos. Esse esquema fede tanto que logo vai perturbar as narinas de Nosso Senhor nos céus.

Greene encarou Josiah Norbrook. Se havia algo que esse sujeito conhecia, era o fracasso. Seu vício em jogos e em prostitutas era notório, e ele dera cabo de sua frágil fortuna com uma estupidez tão ávida que agora era forçado a aceitar trabalhos incompatíveis com homens de sua estatura. Não que ele conseguisse muitos trabalhos. Greene se esforçava para lembrar por que havia contratado os serviços de Norbrook. Porque ele tinha reputação de ser hábil na caça e na punição. Porque não tinha um pingo de bondade. Porque podia realizar a tarefa com frieza e crueldade absolutas.

Ao perceber que Norbrook estava se inclinando para a frente à espera de algo, Greene começou a suspeitar que havia uma pausa na conversa que, segundo o costume, deveria ser preenchida por ele. Fazia quanto tempo que esse silêncio durava? Quanto sua mente havia vagado? Ajeitou-se na cadeira, assustado.

— Desculpe, sr. Norbrook — falou. — Não me sinto muito bem.

Seu convidado assentiu com a cabeça, compassivo.

— Eles fazem isso com a gente.

— São os machos — disse Greene. — As fêmeas não dão trabalho. Não pensam muito e fazem o que você manda. Eu podia dar meu rifle para uma delas segurar e me deitar para uma longa soneca. Quando acordasse, ela estaria cuidando de mim, segurando a arma gentilmente nos braços e arrulhando para o rifle como se fosse um bebezinho de colo.

Norbrook grunhiu.

— Não confio em fêmeas de cor nenhuma.

— Só existem fêmeas de uma cor, sr. Norbrook. Nossas mulheres são damas. Quanto aos machos, só há um deles que parece capaz desse tipo de traição, e esse seria o William. Eu o estimava, talvez contrariando meu bom senso. Ele tem uma espécie de masculinidade extraordinariamente rara entre os da sua cor. Fala com você e parece ser obediente. Depois ele se afasta e você diz: "Esse crioulo estava me olhando no olho o tempo todo?". O Cato não tem esse hábito preocupante. Ou ele olha para a distância ou, mais submisso, para o chão. Não é capaz de machucar uma mosca. Quando ajudou Cupido a fugir, mantive Cato acorrentado por princípio e como uma lição para os outros. Mas ele ficaria ali naquele poste o tempo que eu mandasse, estivesse em ferros ou não.

Norbrook engoliu o fim de seu chá e limpou a boca com a manga. Depois arrotou.

— Se quer saber a minha opinião — disse ele —, é pra esse tipo que não se pode dar as costas. Quando ele está olhando para a distância, como disse, está pensando em fugir. Quando está olhando para o chão, está contando os passos entre as mãos sujas dele e o seu pescoço rosado.

Greene encarou seu convidado.

— Na verdade, não perguntei sua opinião. Poupe-me de sua peculiar... filosofia.

Norbrook estudou Greene. Se um sujeito falasse com ele nesse tom de desdém em um ambiente mais informal, como uma taverna, digamos, ele acabava com a empáfia do tipo e ainda arrancava umas moedas dele. Greene estava falando como se não tivesse sido ele quem lhe vendera William, para começo de conversa. Mesmo que muitos crioulos houvessem caído em suas armadilhas e ele tivesse esfolado outros tantos, havia algo sobre aquele crioulo em particular que ainda estava preso em sua garganta.

Norbrook decidiu não fazer nada e disse, sorrindo:

— Verdade, esqueço que você é um sagaz observador da espécie inferior. Veja bem, é possível que um ou dois escalpos inferiores se percam nesse negócio.

— Nada de escalpos, Norbrook. Quero todos vivos e inteiros.

— Vivos, então, desde que você perceba que a recuperação de propriedade é uma empreitada arriscada. Acidentes acontecem. Existe a tendência de crioulos perderem partes do corpo. Orelhas. Dedos dos pés. Coisas dessa natureza.

Greene levantou de repente.

— Já basta de hesitação, meu caro. Creio que já está guarnecido o suficiente. Agora, ao trabalho. Por favor, deixe minha propriedade imediatamente.

Norbrook deu de ombros e então levantou devagar.

— Como eu disse, não há necessidade de preocupação infundada. Nenhum desses crioulos sabe a diferença entre norte e sul. É possível que estejam andando em círculos, batendo aquelas cabeças de cabelos ruins nos galhos mais baixos. Certa vez, um crioulo tinha uma semana de vantagem, e mesmo assim o capturei antes de ele sair do distrito. São burros como portas. Peguei o sujeito entocado em um tronco de árvore oco, fedendo mais que gambá, a boca cheia de dentes amarelos tagarelando. Confie em mim: quando eu pegar seus crioulos, eles vão ficar felizes com isso. Não existe crioulo capaz de sobreviver sozinho.

Greene não falou nada, concordando tacitamente que aquilo que Norbrook havia dito era a verdade. De tempos em tempos um crioulo escapava, mas em geral voltava, ou arrastado e agrilhoado, ou aos tropeços, à beira da loucura, com o rabo entre as pernas.

— Mas fique à vontade — disse Norbrook. — Vou começar.

Norbrook murmurava sozinho ao se aproximar dos estábulos de Greene, pensando, como tantas vezes fazia, na grande injustiça cósmica que o forçava a labutar como um homem comum enquanto à sua volta havia seres inferiores relaxando em um ambiente palaciano. Que tormento fora tomar chá com Greene, cujas mãos eram tão macias quanto as de uma mulher! Ele não tinha nada do encanto austero que Norbrook via quando se olhava no espelho. O espelho refletia um sujeito que havia enriquecido por conta própria, embora, em algumas manhãs de bebedeira, ele não reconhecesse a si nem ao homem. Só a perspectiva de encontrar e pegar crioulos o impedia de passar o dia bebendo, em autopiedade. Desde que começara a trabalhar com isso, jamais deparou com um crioulo esperto o bastante para ocultar seus rastros por mais de um ou dois dias. Sua mente fixou na memória suas capturas favoritas, e ele entrou no estábulo e despertou seu cavalo.

O animal, no entanto, não se moveu. Não era sono; ele se recusava a obedecer comandos. Bater nele com o cabo do chicote foi igualmente infrutífero. O animal se encolhia toda vez que ele ia montar.

— Eia! Vamos! Qual é o problema? — Inclinou-se para ver melhor. — Não vá ficar doente bem agora, criatura ordinária.

— Ele num tá doente. Tá desanimado.

Norbrook quase deu um pulo, mas escondeu sua surpresa. Há quanto tempo aquele crioulo assustador estava olhando? Ele desprezava o modo como alguns deles se materializam no ar. Virou-se para o rapaz, que parecia distraído.

— Crioulo, você fez alguma coisa com o meu cavalo?

— Sam-Mais-Um.

— O quê?

— Sam-Mais-Um é o meu nome.

Norbrook se endireitou e tentou se fazer imponente. O rapaz pareceu não notar.

— Eu perguntei seu nome? Não. Perguntei se você incomodou meu cavalo.

— Amo essas criatura, sinhô. Nunca que eu ia fazê mal pra qualquer uma delas.

— Você acha que vale mais que um cavalo, menino?

— Acho, não.

— O que você disse?

— Não sinhô. Nunca achei isso.

— Você é um crioulo simplório, não é?

— Não sinhô. Meu irmão que é. Eu sou o esperto.

— Vocês são dois?

— Sim sinhô. Sempre foi assim. Esse cavalo precisa repousá. Pelo menos até de noite. Eu não só amo essas criatura, sinhô. Conheço elas de verdade.

Norbrook suspirou.

— Prepare uma enxerga para mim, então. Dá tempo de sobra para um gole e uma soneca.

William

Fugimos de Placid Hall em um sábado de outubro, sabendo que só dariam pela nossa ausência na segunda pela manhã. Com o frio já se aproximando, Ransom tinha insistido que fugíssemos antes que o clima virasse de vez. Pandora havia garantido que Greene ficasse doente demais para deixar o penico antes de sairmos.

Quando o momento chegou, nós nos reunimos na Mulher Chorosa, pouco depois do último limite de Placid Hall. Cato, Zander e eu tínhamos estado naquela árvore uma vez antes, debatendo se o ar em torno dela parecia ou não de algum modo mais livre. O mundo além dali era um mistério que estávamos determinados a solucionar.

Ransom precisava fazer suas rondas, segundo ele, e nos acompanharia apenas durante parte da viagem. Ele nos trouxe roupas extras para que ficássemos diferentes das descrições que provavelmente fariam de nós depois da fuga. Antes de pôr os pés na estrada, fui ter um último encontro com Jack da Guiné. Eu pretendia agradecê-lo por sua gentileza e informá-lo que eu estava levando Mãe e Pai Raiz comigo. Quando cheguei à cabana dele, o lugar estava vazio, e não havia indícios de vida exceto por uma mesa virada, um toco de vela, restos de nós de pinho jogados no chão e dois copos quebrados. Teias de aranha pendiam pesadas como cortinas. Para onde ele teria ido? Era velho e frágil demais para andar tão longe e não podia se ausentar por muito tempo. Alguém teria percebido. Não vi pegadas perto da porta. Fiquei ali intrigado, levemente tonto, até sentir alguém puxar minha manga.

— Você me deu um susto, velho — eu disse, virando e dando de cara com Zander, que me olhava curioso.

— Eu entendo — ele disse. — Você quer um momento só pra você. Sei que a gente devia te deixar em paz nessas horas, mas a Margaret e os outros começaram a ficar com medo. Quem você estava chamando de velho?

— O Jack da Guiné, claro.

— Quem?

— Não me amola, Zander. Você sabe quem é o Jack. O velho africano.

— Você está se sentindo mal, William? Nervoso, talvez, por causa... bom, por causa da nossa empreitada?

— Posso garantir que estou tranquilo — falei. — É só que o Jack da Guiné e eu não andamos nos melhores termos. Eu tinha esperança de fazer as pazes com ele. Tolice minha, talvez.

— Não cabe a mim te chamar de tolo, William. — Zander olhou nervoso para o cômodo, como se para ter certeza de que eu não estava tirando sarro dele. — Mas você tem minha palavra de que não existe Sequestrado com esse nome por aqui.

— Por que está falando essa bobagem? Ele mora bem aqui.

— Ninguém vem aqui faz muitas colheitas, William. Só você.

— Eu e o Jack da Guiné. Passei muitas noites com ele naquela mesa, tomando chá naqueles copos.

— A gente não especulava o que você vinha fazer aqui. A gente só sabia que era pra te deixar em paz. A Mary Sem Palavras mandava biscoitos para acompanhar seu chá.

— Mandava biscoitos para *mim?*

— Eu perguntava para ela se eu podia vir sentar com você. Mas ela fazia que não com a cabeça. *Assunto de gente grande. Fique fora disso.* Mas ela nunca me disse nada sobre Jack da Guiné nenhum.

— Mas...

— William, a Margaret vai arrancar meu couro se a gente não aparecer logo. Está na hora de ir.

Eu continuava profundamente confuso quando Zander e eu encontramos Margaret, Cato e Pandora no lugar marcado. Mas a chegada de Ransom foi, por si só, curiosa o bastante para não me fazer mais pensar em meu amigo desaparecido.

Ele caminhava ao lado do cavalo de Tanner. O capitão do mato cavalgava lento o suficiente para que o homem acompanhasse seu ritmo. Nossa preocupação crescia à medida que os víamos se aproximar. Será que alguém tinha delatado nossos planos? Será que Ransom estava tramando contra nós desde o começo? Eles pararam a menos de cem metros de nós antes de trocarem algumas palavras que não pudemos ouvir, e o pastor veio andando em nossa direção. Tanner deu meia-volta com seu cavalo e começou a se afastar.

O sorriso de Ransom, conforme ele chegava mais perto de nós, não ajudava a diminuir nossa preocupação.

— Por que aquele capitão do mato te deixou ir? — perguntei. — Ele está preparando uma armadilha?

— É claro que ele vai contar para os outros que viu a gente aqui — disse Cato —, sem nenhuma justificativa ou documento que explique nossa presença.

Ransom ergueu as mãos e deu tapinhas no ar, como se acalmasse uma criança nervosa.

— Tanner é amigo — explicou. — Não quer o mal de vocês.

— Ele é um capitão do mato — eu disse. — O nosso mal é exatamente o que ele quer.

— É isso que o mundo precisa pensar — disse Ransom, ainda sorridente. — Pensem. Ele viaja pelas estradas secundárias a noite toda, atravessa a floresta pelas trilhas. Esconde-se com o inimigo, conhece o jeito como ele pensa, ouve seus planos. Depois conta tudo que sabe para nós.

Balancei a cabeça.

— Não consigo ver ele fazendo isso tudo.

Ransom deu uma risadinha.

— William, creio que você julgou aquele homem pela cor da pele dele.

Pensei nas várias vezes em que Tanner ficou nos olhando de cima do cavalo enquanto seu parceiro fazia seus joguinhos conosco. Jack da Guiné havia mencionado a incapacidade dos Ladrões em nos diferenciar de um bando de animais e pedras. Seria eu cego a ponto de não saber diferenciar um homem de seus irmãos? Era uma ideia pesada demais para suportar.

— Não é isso — protestei. — É só que ainda não vi um Ladrão em que a gente... em que eu... pudesse confiar.

— Você ainda não viu. Ainda não.

Repassei minhas memórias de Tanner, metade do rosto escondida debaixo do chapéu, os cabelos completamente ocultos. Pensei como nenhum de nós conhecia de fato muitos de seus traços, apenas um trecho tostado pelo sol entre a barba e a aba baixa do chapéu. Voltei minha atenção para Ransom. Ele deu uma piscada. Depois se voltou para o Pequeno Zander.

— Vamos ouvir de novo — disse ele.

Durante muitas noites antes de nossa fuga, Zander desenhou nossa rota planejada na terra, um tracejado imperfeito que todos tentamos decorar. Debaixo da sombra da Mulher Chorosa, Zander recitou uma última vez:

— O primeiro trecho vai daqui até a Junção Lindell, quase trinta quilômetros. O segundo vai da Junção Lindell até o Cinturão de Murphy, mais ou menos oitenta quilômetros. O terceiro trecho vai do Cinturão de Murphy até Sigourney, pouco mais de trinta quilômetros, onde vamos encontrar um Sequestrado livre que mora perto do rio.

(Até mesmo agora estou deixando de fora detalhes fundamentais, e não sei se algum de nós um dia vai contar a história toda. O medo de contar em demasia continua.)

Ransom explicou, mais uma vez, que, por ser um agente diurno, ele não nos acompanharia.

— Talvez vocês me vejam em algum ponto da jornada — disse. — Talvez não. Quem irá atrás de vocês será o Norbrook. Ele vai estar a cavalo, claro, e conhece cada zigue-zague e cada atalho daqui até a liberdade.

Não pude evitar um resmungo.

— Norbrook sozinho? Nós somos cinco.

— Ele já trouxe de volta muitos Sequestrados, pode acreditar. Ele vai pensar um pouco, beber um pouco, dormir para passar a bebedeira. Ele bebe mais do que pensa, mas é bom em achar rastros. Vai deixar vocês terem dianteira para transformar isso em um jogo.

— Como pode ter certeza do que ele vai pensar e fazer?

Pandora respondeu antes que Random tivesse oportunidade:

— Nós precisamos saber o que eles pensam antes de eles mesmos saberem. É assim que a gente sobrevive.

Sorri para ela.

— O que você quer dizer com sobreviver? Quer dizer suar e cagar? Isso um verme também faz.

— Você pode suar e cagar em Placid Hall — disse Ransom — ou pode fazer isso em terra livre. Para mim parece que faz muita diferença.

Eu nunca tinha ouvido Ransom falar palavras de baixo calão antes. Dava para ver que eu estava testando a paciência dele, mas isso não me preocupou. Eu queria estar certo de que estava mesmo do nosso lado, de que não estava preparando uma traição.

— Agora as regras — continuou ele. — Olhar atento. Não deixem nada, nem ninguém, surpreender vocês. Vocês precisam ver as coisas, e as pessoas, como elas são. Não existe espaço para erro. Nunca esqueçam o que vocês estão deixando para trás.

— E quem — acrescentou Margaret. Ela ficara em silêncio até esse momento. Eu sabia que ela estava pensando no Milton. E na Nila. E na Sarah, o que me levou a pensar em Holtzclaw. Propus que fizéssemos um pequeno desvio para matá-lo.

— Não é uma boa ideia — disse Ransom. — Two Forks fica na direção errada. Fizemos um plano, não vamos nos afastar dele antes de começar. Já temos riscos o bastante diante de nós sem precisar procurar mais.

Ouvi Ransom falar, mas na minha mente via Sarah sentada naquela carroça, esperando Holtzclaw levá-la de volta para Two Forks. Margaret me falou sobre a última conversa delas e sobre o olhar resignado de Sarah.

— Você sabe o que ele fez? — perguntei. — Sabe o que ele faz?

Ransom parecia esperar minhas perguntas.

— E você sabe quantos Holtzclaw existem? Hoje à noite, olhe para as estrelas e conte. Para cada estrela, existe um

Holtzclaw. Ele não é nossa preocupação no momento. Nossa maior preocupação é...

— Chegar à terra livre — interrompeu Zander.

— Exato — disse Ransom. — Muito bem, vai ter gente ajudando vocês. Às vezes as pessoas vão se revelar, mas vai ser igualmente comum que não apareçam. Não presumam nada. Só deixem que façam seu trabalho. A vida delas corre tanto risco quanto a de vocês. Abram a boca somente quando absolutamente necessário e, quando falarem, falem baixinho. Estejam dispostos a deixar qualquer um para trás. Qualquer um.

Todos concordamos com a cabeça, a expressão séria, mas Ransom estava olhando na minha direção.

— Melhor perdermos um do que todos — continuou. — Muitas fugas falharam porque as pessoas se recusaram a seguir essa regra. A partir de Sigourney vocês vão chegar ao rio. Deixem os nomes de vocês aqui. Vocês vão precisar de novos nomes para a nova vida, portanto pensem nisso. Um sujeito chamado Char vai levar vocês remando até o outro lado. Quando estiverem em terra firme, sigam direto para a Sete Curvas, uma casa-grande com vista para a água. Só sigam a lanterna. E, por fim, sigam em frente, independentemente do resto.

Tínhamos ouvido todas essas instruções antes, mas Ransom nos alertara que, no calor da fuga, era fácil esquecer tudo. Não era possível ouvi-las com tanta frequência. Finalmente, recuamos para os carvalhos do entorno, usando gravetos para varrer as marcas deixadas por nossos pés. O objetivo não era dificultar quem viesse no nosso rastro, disse Ransom. Nossos Ancestrais acreditavam que coletar as últimas pegadas de alguém amado era um modo de garantir que a pessoa voltaria a salvo. Ao assegurarmos que ninguém recolheria nossas pegadas, nossa esperança era jamais voltar a pisar nas terras assombradas de Placid Hall.

— Vai parecer que levantamos voo — disse Zander —, como uma legião de anjos.

— • —

Nossas primeiras horas nada tiveram de memorável, embora perto da meia-noite todos tenhamos ficado com sono e passado a andar com dificuldade. Parecia cedo demais para que o cansaço nos atingisse, mas ele já se infiltrava em nossos ossos, embotando nossos sentidos. Talvez isso se devesse ao reconhecimento do que tínhamos feito, à enormidade da tarefa que pesava sobre nós. Tínhamos passado a vida trabalhando sob um sol feroz e punitivo e descansando o corpo dolorido durante noites apenas ligeiramente mais frescas. Nossa fuga exigia que fizéssemos o contrário, que nos movêssemos rápido em meio à escuridão e descansássemos em qualquer sombra que pudéssemos encontrar enquanto o resto do mundo estava desperto. Zander era o único que não demonstrava sinais de exaustão. Mexia-se, inquieto, e era comum que andasse tão rápido que eu precisava lembrá-lo de ficar por perto.

Margaret

Depois de andarmos por mais de quatro horas, desabamos em meio a um milharal para um primeiro breve descanso. Agachados atrás de um paredão de pés de milho, compartilhamos a comida e cuidamos de nossos pés. Comi pouco e, o que comi, comi rápido demais. Todos nós comemos muito rápido por medo de perder tempo, mas as consequências foram diferentes para mim. Minhas vísceras ficaram agitadas.

Ransom nos instruiu a permanecer nas sombras, mas poucos espaços eram mais assustadores do que esses. Eu via o rosto pálido de um Ladrão cintilando atrás de cada árvore e observando em meio às pilhas de feno em cada pastagem. Até mesmo a brisa fraca transportava o cheiro deles, de álcool e tabaco. Cada graveto em que pisávamos me fazia imaginar o barulho dos cascos dos cavalos dos capitães do mato que vigiavam as estradas. Fugir era algo que me passava pela cabeça havia muito tempo. Depois de finalmente agir, um horror súbito e amorfo ameaçava me esmagar. Eu alertara William contra a fraqueza e, no entanto, ali estava eu, tomada por um pânico que quase me fazia dar meia-volta e retornar correndo para Placid Hall. Não queria que ele me visse trêmula. Procurei um espaço distante dos outros para esconder meu desconforto.

Para me acalmar, eu me recordei de uma canção que cantávamos muitas vezes na clareira depois que Ransom encerrava a pregação.

Ó Canaã, doce Canaã
Meu destino é a terra de Canaã,
Disseram que haveria
Leões pelo caminho;

Não pretendo ficar
Por muito tempo mais.

As palavras me deixavam mais forte, embora eu não ousasse cantá-las em voz alta. Minha determinação, porém, não durou muito, pois logo descobri que não conseguia manter a comida no estômago. Olhei em torno, procurando algo para limpar a boca. Pandora apareceu, segurando uma folha que eu não reconheci.

— Isso vai servir — disse ela.

— Vai ter que servir. Obrigada.

Ela se abaixou ao meu lado.

— Cuidado — falei. — Fiz uma bagunça.

— Sei como evitar me sujar. É o bebê?

— Não, acho que estou com medo apenas, só isso. Pandora, como você sabia?

Ela sorriu.

— Eu percebo coisas.

— Verdade. Percebe mesmo. — Retribuí o sorriso dela. — Você nunca tem medo?

— O tempo todo.

Sentamos por um momento, as duas quietas, cada uma consolando a outra meramente com a presença. Não tenho como adivinhar quais pensamentos se passavam na cabeça dela, mas os meus giravam em torno da minha mãe, no pouco que eu sabia sobre ela além do vazio que sua ausência deixara em mim. No silêncio aproveitei outra liberdade que nossa nova empreitada oferecia a cada um de nós, uma liberdade na qual eu nunca havia pensado antes. Além de ir para onde eu quisesse e de amar quem eu escolhesse, eu agora podia desfrutar da liberdade de remoer algo na minha cabeça, de pensar nele sob cada ângulo, até que meu exame me levasse a uma certeza. Era nisso que pensava enquanto ficamos sentadas em silêncio e, ao fazê-lo, fui lembrada da resolução que me compeliu a cair na estrada. Eu ia conhecer meu filho. E meu filho ia me conhecer.

Enquanto isso, William também pensava. Depois que nos reunimos e nos preparamos para partir, ele tocou meu ombro.

Virei para ele. Conversas íntimas sempre foram mais fáceis para ele sob o manto da escuridão.

— Margaret, e se eu tivesse ficado? Você teria mesmo fugido sem mim?

Segurei a cabeça dele em minhas mãos e lhe dei um beijo terno.

— Você sabe a resposta — eu disse.

Cato

Chegamos aos limites da Junção Lindell no começo do domingo, mais ou menos três horas antes do nascer do sol. As instruções de Ransom nos levaram a uma pequena ponte sobre um riacho, onde, segundo ele, íamos encontrar o Holandês, um amigo de nossa causa. Esperamos debaixo da ponte por uma hora até que ele aparecesse. Para segurança dele e nossa, não posso dizer muito além do fato de ele ter reconhecido nosso sinal. Ele assentiu com a cabeça e nos deixou ali por mais uma hora antes de voltar para nos levar a outro lugar. Caminhávamos sempre à margem, andando por vielas, e longe da rua principal, embora ela estivesse vazia. O romper do dia pairava no horizonte, ameaçando nos expor. Fomos às pressas até uma casa de tijolos de dois andares com uma varanda estreita e alta. A porta estava entreaberta, e uma vela acesa queimava sobre a mesa. O Holandês nos levou até o porão, onde devíamos repousar por várias horas. O chão, menos clemente que o de nossas cabanas, estava umedecido por uma infiltração que penetrara o alicerce. Como consequência, tivemos de escolher com cuidado o lugar onde dormiríamos. Ransom nos dissera que conforto deveria ser a última de nossas preocupações. Podíamos dormir em um milharal, ele disse, e no dia seguinte nos galhos de uma árvore ou em uma pilha de feno tendo camundongos como companhia. Ele por certo tinha razão quanto aos camundongos.

Embora tenhamos ficado por seis horas no porão, o sono genuíno nos escapou. William e eu dormimos com as costas na parede, vigiando o restante do grupo, que se espalhou pelo chão ali perto. Estávamos todos inquietos, e Zander gritou uma vez, pego em um sonho. Pandora fez sinal para que ficasse em silêncio, e ele voltou a ficar parado por um tempo. Eu mesmo sonhei com a detestável vala de Cannonball Greene. Acordei com os ombros doloridos como se tivesse estado amarrado à imensa roda dele, condenado a uma vida andando em círculos. Indaguei a mim mesmo se estava fadado a sonhar somente com trabalho, se teria tempo para aprender a sonhar com outras coisas mais.

Mantendo seu costume, o Pequeno Zander foi o primeiro a levantar. Quando Ransom apareceu e nos acordou, o menino tinha dito suas sete palavras e estava correndo como um coelho. Ransom não tinha prometido que voltaríamos a vê-lo, por isso saudamos o pastor com considerável ardor. Ele nos levou uma refeição gordurosa, que dividimos enquanto ele subia para conversar com o Holandês.

Quando sentei em meu banco improvisado ao lado de William para consumir minha porção, ele me confidenciou que também havia lutado contra um sonho difícil. Tinha a ver com o estranho desaparecimento de Jack da Guiné, um ancião que ele reverenciava — um homem que mais ninguém havia visto ou conhecido.

— Margaret não acredita em mim — disse ele. — Zander também não. Ninguém.

— Eu tenho uma teoria — falei.

William em geral não tolerava conjecturas. Nesse caso ele foi surpreendentemente paciente.

— Acho que o homem que você chama de Jack da Guiné esteve aqui antes de nós, naquele mesmo lugar. Viveu e morreu em Placid Hall antes de termos chegado lá.

— Um Ancestral. O que te faz pensar assim?

— Antes de Placid Hall, conheci um Sequestrado chamado Isaac, um bom homem. Ele morreu. De vez em quando, ele aparece para mim. Fala comigo. Só comigo. Conta coisas que eu preciso saber, me dá um empurrão quando preciso. E você? O Jack da Guiné faz isso?

William fez que sim com a cabeça.

— Então acredito em você.

Uma agitação nos interrompeu. Zander, depois de se servir de um biscoito do saco de Pandora, estava prestes a dar uma mordida quando ela derrubou o biscoito da mão dele.

— Não coma esse — disse. — Esse não. — Ela pegou o biscoito, limpou-o e cuidadosamente o embalou de novo em um pano antes de devolver ao saco. — Mary Sem Palavras tem uma receita especial. Venenosa. Começa no estômago. Depois provoca diarreia e uma febre antes de morrer encharcado em suor. Demora, mas funciona.

Pensei em Greene mordiscando biscoitos em uma bandeja de prata. Pensei nela em pé em silêncio enquanto ele comia.

— Toda cozinheira Sequestrada na região sabe como fazer a receita da Mary Sem Palavras — continuou Pandora. — Elas aprenderam a cozinhar ao lado dela, por insistência dos Ladrões. Os biscoitos especiais são marcados com uma cruz e já se mostraram úteis.

— Vamos tomar cuidado com eles — disse William.

— Sim — concordou Margaret. — Enquanto isso, vamos dar graças a Mary por suas boas obras. Lamento que nenhum de nós tenha sua receita.

— Na verdade — disse Pandora —, um de nós tem.

Mais uma vez pensei na bandeja de prata, nas idas frequentes de Pandora à cozinha de Mary Sem Palavras. Mal tínhamos tido tempo para absorver essa informação quando Ransom e nosso anfitrião desceram os degraus, dividindo entre eles o fardo de uma caixa grande e desajeitada. Juntos, com batidas e tilintares, eles a abriram e dispuseram seu conteúdo no chão. William e eu nos levantamos para ver, enquanto Margaret agitava uma vela sobre a pilha, iluminando uma mistura de correntes, grilhões e ferros de prender no pescoço. Por um momento congelamos, enquanto o medo e a confusão nos dominavam. Então William deu um salto.

William

Em um instante dominei o Holandês. Segurei-o diante de mim, seu pescoço preso em meu braço.

— Eu sabia! — falei. — Você traiu a gente!

Ransom permaneceu calmo.

— Ah, William — disse ele —, se você pudesse trocar ao menos uma parte da sua coragem por uma porção ainda que pequena de sabedoria... Sou um pecador, é verdade. Como todo homem, tenho tendência à fraqueza moral e sou capaz de maldade infinita. Mas isso de que me acusa está além das minhas capacidades. Por favor, tenha um pouco de fé.

— Você vai nos vender rio abaixo — eu disse —, mas pelo menos um Ladrão vai morrer por isso.

Apertei a traqueia do Holandês. Não foi surpresa que tal ação tenha me dado prazer.

— Pastor — disse Margaret. Ela parecia decepcionada, desesperada. — O que está fazendo? O que está acontecendo?

— Pense, querida. Nós não temos gente. Não temos munição. Para superar nossos opressores, precisamos lutar usando uma abundância de inteligência. Eles têm mais armas, portanto precisamos ganhar deles em esperteza. Incentivá-los a ver as coisas como eles querem que seja, e não como são.

Ransom pegou um ferro e pôs em torno do próprio pescoço.

— Para chegar ao próximo porto seguro, precisamos passar pelo centro da cidade. No momento em que há mais gente. Em plena luz do dia. Não foi o que planejamos, mas novas circunstâncias tornam isso necessário. Ninguém vai olhar desconfiado para uma fila de escravos agrilhoados.

Ninguém se moveu. Mantive nosso anfitrião como refém. Não havia som, salvo por sua respiração compassada, sibilante.

— Por favor — disse Ransom, e olhou diretamente para mim. — Confie.

Cato deu um passo adiante.

— Eu tenho fé. Não muita, mas tenho. — Pegou um ferro de pescoço e o colocou em si mesmo.

— Você tem muita — disse Pandora, unindo-se aos agrilhoados.

O Pequeno Zander foi o próximo.

— Eu sei no que você acredita, William — disse ele. — Você acredita em nós.

Isso podia ser verdade, mas eu ainda tinha dúvidas quanto a Ransom e não confiava nada em nosso anfitrião. Nem poderia, sabendo tão pouco sobre ele. Em Placid Hall, eu raramente me permitia pensar muito na probabilidade da liberdade. Eu via a fantasia como uma forma de fraqueza. E, ao pensar nisso, jamais me ocorreu fugir amarrado aos próprios instrumentos dos quais tinha escapado. Eu pensava na morte como uma opção bem mais adequada quando Margaret me disse:

— Lembre-se, nós não vamos morrer aqui.

Chorando, ela foi até a fila e colocou um ferro em torno do pescoço.

Soltei o Holandês. Ele caiu no chão sobre as mãos e os joelhos, ofegante.

— Se isso for um truque, vai ser o seu último.

Depois de sairmos, andamos de cabeça baixa, evitando os olhares dos Ladrões enquanto nosso aliado nos fazia cruzar a cidade. Olhando de soslaio, vi uma taverna, um armazém de secos e molhados, um sapateiro, uma ferraria e vários estabelecimentos comerciais. O barulho de nossas correntes se juntou ao ruído dos cavalos e ao bater dos martelos, ao som dos esforços dos trabalhadores, aos cantos roucos de Sequestrados labutando e ao riso de jovens Ladrões que brincavam, alegres como passarinhos.

Margaret

Seguimos o novo plano de Ransom sem problemas, por fim entrando nos fundos de uma igreja maltratada pelo tempo já nos limites da cidade. Pudemos vislumbrar rapidamente o entorno antes que nosso acompanhante fechasse a porta e nos livrasse de nossos falsos grilhões. Ainda com certas dúvidas, agradecemos. Ele assentiu com a cabeça e partiu. A igreja tinha sinais de reparos contínuos. Buracos haviam sido cobertos aqui e ali com tábuas lascadas e até mesmo com galhos que pareciam recém-arrancados de árvores.

Lá dentro, Ransom nos reuniu em um círculo debaixo de um telhado que parecia feito parcialmente de céu.

— Provavelmente não voltarei a ver vocês — disse ele. — Cato, quer dizer algumas palavras?

Cato limpou a garganta.

— Ancestrais, nos ajudem a lembrar. Nós viemos dos Fortes.

Baixamos a cabeça, esperando por mais. Mas foi só isso.

— Uma lembrança oportuna — disse Ransom.

Não consegui evitar o choro quando abracei o pastor uma última vez. William foi o último a lhe falar antes que ele nos deixasse.

— Eu... eu... eu — começou William, sem conseguir ir em frente.

— Eu sei — disse Ransom, e pôs as mãos nos ombros de William. Os dois homens balançaram a cabeça positivamente. Ransom sorriu e nos deixou aos cuidados de nosso novo anfitrião, que vou chamar de Diácono.

Alto e de fala mansa, ele nos guiou pelo santuário e nos fez entrar em uma espécie de espaço onde era necessário rastejar e o qual pudemos acessar depois que ele retirou algumas tábuas do piso com um cuidado de quem já possuía muita prática. Como nosso novo abrigo não chegava nem à altura da cintura, precisávamos ficar com as costas inclinadas para a frente durante a maior parte do tempo em que permanecemos ali. Para evitar de nos machucarmos, revezamos deitando no chão para poder esticar o corpo, enquanto os outros se amontoavam para dar espaço. Uns poucos e miseráveis raios de luz eram filtrados por uma série de minúsculos buracos nas tábuas dos pisos acima de nossa cabeça. Gestos manuais e sussurros tomaram o lugar da conversa, seguidos por completo silêncio sempre que ouvíamos passos ou vozes, sem saber se pertenciam a amigos ou inimigos. Tínhamos conosco uma ração de pão de milho e um balde com água, nosso único sustento ao longo de horas de agonia. A sede era pior que a fome, uma vez que os nervos amorteciam nosso apetite. Cãibras assolavam nossos músculos escorregadios de suor.

Na última parte de nosso tempo ali, um coro ensaiou no santuário. Ouvimos lamentos que viemos a compreender serem vozes elevadas em canto, embora mal pudéssemos entender as palavras. Algo sobre vastos firmamentos e céus azuis e etéreos. Ali permanecemos até o fim da noite de domingo.

Antes de partirmos para o Cinturão de Murphy, o Diácono nos presenteou com comida e roupas novas, incluindo botas. Nenhuma das botas coube perfeitamente em nós, mas estávamos exultantes por tê-las. Embora Pandora e eu andássemos basicamente descalças e estivéssemos, portanto, menos acostumadas, estávamos tão ansiosas quanto os outros em calçá-las antes de sair às pressas para as árvores nos fundos da igreja. Com o corpo comprimido depois de tanto ficarmos curvados e inclinados, andamos com dificuldade por certa distância antes de recuperar nosso ritmo costumeiro. Exceto por Zander, que não mostrava sinal de dores ou cansaço.

— Eu podia fazer o resto do caminho voando — ele se gabou —, mas não se preocupem. Vou manter os pés no chão.

Seguindo as instruções do Diácono, esperávamos chegar a uma ferraria abandonada onde poderíamos passar o dia abrigados. Chegamos lá antes do nascer do sol, depois de várias horas andando aos tropeços e abrindo caminho em meio a matas fechadas, incluindo trechos tão densos e escuros que fora preciso segurarmos uns aos outros para não perder o equilíbrio. Uma ferradura, pregada às tábuas lascadas acima da entrada, era o sinal que procurávamos. A porta estava entreaberta, e pela abertura dava para ver uma única vela sobre uma mesa. William entrou primeiro e olhou em torno antes de chamar todos nós. O ar estava abafado e úmido, embora o espaço lá dentro fosse maior do que esperávamos. Além dos vestígios de uma forja, vi as ruínas de quatro baias, cada uma grande o suficiente para conter um cavalo. Fragmentos de ferro, enegrecidos e baços, estavam espalhados pelo chão. Faziam companhia a um par de tenazes retorcidas, alças de madeira quebradas, foles rompidos e pregos espalhados sem cuidado. Na luz tênue e inconstante, era difícil dizer se essas coisas estavam ali havia muito tempo ou se tinham sido deixadas para trás recentemente por alguém que partira às pressas. O ar cheirava a ferrugem e cinzas, e tudo estava tomado por teias de aranha. Um saco de grãos fora deixado no chão sob a mesa. Dentro dele encontramos pão e várias espigas de milho assadas. Três cântaros — todos eles cheios de água — estavam sobre o peitoril de uma janela fechada com tábuas.

William, Cato e eu sentamos em um semicírculo. Pandora se debruçou sobre a mesa e pressionou os cotovelos para baixo, como se testando a firmeza do móvel. Zander corria de um canto para o outro, parando de vez em quando para se juntar à nossa conversa, feita em sussurros. William lembrou que só íamos encontrar outro agente da Chariot pouco antes da meia-noite. Teríamos de ficar imóveis e em silêncio até lá e racionar com cautela nossas provisões.

— Um tempo imensamente grande, umas dezessete horas, calculo — disse Zander.

— Com sorte vamos passar boa parte dormindo — afirmou Cato. — Melhor tentar enquanto ainda está escuro.

Embora estivéssemos exaustos, foi difícil sossegar. Zander, como de costume, foi quem demorou mais.

— William — disse ele —, que tal um jogo de sementes e caroços?

William olhou para ele e respondeu:

— Que tal um jogo de paz e silêncio? Você está vendo alguma semente ou caroço?

Zander insistiu:

— Dava para usar aqueles pregos e talvez migalhas de pão.

— Você desperdiçaria pão em um jogo? Quer jogar enquanto Norbrook se apronta para cavalgar? Lembre-se das palavras do pastor — disse William. — A essa altura, Cannonball Greene já deu por nossa falta.

Suspirei e perguntei:

— Vocês se deram conta de que andamos quilômetros e quilômetros, por horas e horas, sem falar nele? Sem falar neles?

— É verdade — disse Cato.

William sacudiu a cabeça.

— Não falar de Ladrões não faz com que eles desapareçam. Eles continuam lá. Em toda parte.

Eu sabia disso, mas ele não tinha entendido o que eu queria dizer.

— Não falar deles, não pensar neles, ainda que por alguns instantes — insisti. — Talvez a liberdade seja um pouco isso.

— Ainda é cedo para falar em liberdade — disse William. — Tem que ser melhor do que sentir meus ossos endurecendo. Neste exato instante, estamos do mesmo modo que estávamos em Placid Hall: à mercê deles. Não temos nem ar nem comida para chamarmos de nosso. Sentamos quando nos mandam sentar, vamos quando nos dizem para ir. Cada lugar em que paramos pode ser uma armadilha.

Durante nossas conversas com Ransom, ele nos alertara para não pensar muito no que aconteceria se fôssemos pegos. Isso só nos atrasaria, dizia. Entendi a frustração de William, sua inquietude. Os momentos de fuga nunca pareciam tão arriscados quanto aqueles em que ficávamos parados, quando ouvíamos nosso coração batendo como gotas de chuva em um telhado. Mas Ransom nos aconselhou a não viajar à luz do dia, a menos que ficássemos sem escolha.

— Não importa — falei —, nosso corpo exige descanso, ainda que o espírito não consiga ficar em repouso.

— Norbrook não vai ficar descansando tanto — disse William.

— Mas vai impor um ritmo leve — disse Cato —, para não forçar o cavalo.

— Curioso — observou Pandora. — Os Ladrões tomam cuidado para não exaurir seus animais, mas fazem os Sequestrados trabalhar até a morte.

— Com ritmo leve ou não — disse William —, ele está a caminho.

Ele lançou um olhar cheio de significado na minha direção antes de ir até a porta assumir seu posto. Cato e Pandora encontraram o canto mais distante do resto de nós, onde começaram a se acariciar.

Zander se agachou a meu lado.

— Margaret, o que você acha que tem lá fora?

— Não sei, o que você acha?

— Acho que é o fim.

— O fim do quê? Do mundo?

— De tudo — respondeu, os olhos brilhando. — O fim de tudo. Dá pra correr. Pra pular. Pra cair. Mas não dá pra ficar sentado.

— E se for isso mesmo?

Zander sorriu.

— Sabe, ia ser muito bom. Muito bom.

Ele levantou e começou a dar cambalhotas pelo lugar.

— Basta dessa tolice — disse William. Deu um minuto para que Zander encontrasse um lugar no chão antes de levantar e apagar a vela. Depois que o garoto finalmente havia parado e os únicos sons eram de grilos e roncos, encontrei William no escuro.

— Você devia descansar — disse ele. Me aconcheguei no peito dele, me aninhando ali, até que ele me envolvesse com os braços.

— Você também. Eu posso vigiar um pouco.

Ele deu uma risada baixinho.

— Tenho certeza que sim. Talvez daqui a uma hora ou duas eu te acorde para você me render.

— Nós dois sabemos que isso nunca vai acontecer.

Ele me deu um beijo de leve no alto da cabeça. Permaneci em silêncio, saboreando seu perfume, seu calor, o suave erguer e baixar de sua respiração.

— Margaret?

— Hum?

— Você já escolheu seu novo nome?

— Tenho uma ideia. E você?

— Estou pensando, mas ainda não decidi. Me conta o seu.

Peguei a mão dele, entrelacei seus dedos nos meus.

— Como você disse, ainda é cedo — falei. — Só quando estivermos livres. Aí nós contamos.

Cato

Nosso próximo guia viria em uma carroça coberta por lona. Um de nós iria com ele na frente, enquanto os outros seguiriam escondidos entre as mercadorias e as peles, sendo assim transportados até o Cinturão de Murphy. O Diácono disse que o reconheceríamos pelo tapa-olho no lado esquerdo.

Dormimos mal, como era nosso costume, e então, até que os últimos raios de luz solar sumissem, nós nos distraímos de acordo com nossas naturezas individuais. Para mim, isso significava ficar perto de Pandora. Tínhamos nos tornado habilidosos em expressar afeto por meio de sorrisos e gestos, e mesmo isso por vezes era desnecessário. A proximidade bastava. Zander, cansado de capturar besouros e de fazê-los apostar corrida uns contra os outros, passou a admirar uma aranha que trabalhava duro na moldura de uma janela fechada com tábuas. Ele observava com tanta atenção que nem percebeu William parado a seu lado.

— A aranha é a Ladra dos bichos — disse William. — Está vendo aquele besouro no peitoril? Ele está dizendo suas sete palavras. Enquanto isso, a aranha monta sua armadilha. Vai tecendo e tecendo até o insetinho se ver sequestrado.

William estendeu a mão para prender a aranha entre o indicador e o polegar, mas seu movimento foi casual demais, deliberado demais.

Zander segurou o pulso dele e gritou:

— Não!

— Silêncio, menino — sussurrou Pandora. — Você está se deixando levar. Você não chegou tão longe para nos entregar com um grito.

Zander segurou o pulso de William até ter certeza de que ele não faria mal à aranha.

— Chegar tão longe — disse ele. — Pelas contas de Ransom, a terra livre fica a pouco mais de cento e cinquenta quilômetros de Placid Hall. Uma distância pequena, na verdade, mas poucos de nós chegam lá.

As observações do menino nos deixaram sem palavras. Ele se recolheu para uma das baias, enquanto chafurdávamos em dúvidas.

No fim da tarde, as sombras se estenderam até chegar a ter o mesmo tamanho da ferraria, e nós já não conseguíamos discernir as expressões uns dos outros. Quando o sol se pôs, estávamos sedentos, famintos e atormentados pela perspectiva do fracasso. Os recursos escasseavam, e nossa paciência diminuía na mesma proporção. Mais tarde, ficamos ainda mais frustrados quando os sons ocasionais da humanidade haviam praticamente sumido e só o que ouvíamos era nossa barriga roncando e os uivos ameaçadores de criaturas distantes. Quando tivemos certeza de que a meia-noite havia passado, nosso problema ficou claro: ninguém viria para nos ajudar.

Até mesmo Zander havia perdido seu entusiasmo usual.

— Devíamos ir sozinhos — incitou. — Dá para seguir as estrelas. Mostro pra vocês.

— Faz sentido — disse Pandora. — Se ficarmos aqui, vamos virar pó e ossos.

— De acordo — concordou Margaret.

As duas se juntaram e se prepararam para ir. Eu me levantei, me alonguei e sacudi as pernas. William parou diante da porta, os braços cruzados. Ele se virou para mim.

— Alguma ideia?

— Nenhuma melhor.

— Então vamos. — Ele abriu a porta sem fazer ruído.

Margaret olhou para William enquanto passava por ele.

— Ah — disse ela —, você acha que nós estávamos esperando você decidir?

Saímos nos arrastando sob um céu completamente desprovido de estrelas. Os conhecimentos de Zander seriam inúteis. Não havia som ou cheiro que fornecesse pistas da direção correta. Arrastamos nossos pés temerosos em meio à escuridão inflexível, segurando uns nos outros, tão perdidos no tempo quanto no espaço. O negrume no céu pairava a pouca altura e pesava como algo sólido; quanto mais nos movíamos, mais ele descia, até que passamos a correr com as costas arqueadas, por medo de bater a cabeça caso ficássemos eretos. Ao contrário de nós, o som parecia se mover com relativa facilidade. Passos, batidas do coração e gravetos partidos nos desestimulavam a falar, o que aumentaria o ruído. Talvez tenhamos viajado por três horas, mas na verdade eu não sabia. Sentia como se estivesse andando no sentido errado, perdido. Meu receio era que estivéssemos nos aproximando de um desespero hipnótico contra o qual Ransom havia nos alertado. Ele disse que Sequestrados em fuga por vezes começavam a sentir desejo daquilo que conheciam, não importava quão terrível tudo aquilo tivesse sido. Pelo menos era um inferno conhecido.

O solo sob nossos pés se tornou pouco confiável, ameaçando nos trair caso nos mexêssemos ou parássemos. A sensação era de que estávamos descendo de um terreno alto, cada vez mais baixo, mais baixo, rumo ao centro da Terra. Depois subíamos de novo, fazendo esforço e lutando para evitar um deslize que nos faria recuar rumo a um vácuo informe. Seguimos em frente, reconhecendo uns aos outros pelo ritmo e pela violência de nossa respiração. Inspirar. Expirar. Tropeçar. Pausar. Tropeçar. Meus músculos conspiravam contra mim, e meus olhos ardiam pelo esforço de ver.

— O musgo — sussurrou Pandora. — Lembrem-se do musgo.

Ransom havia dito que o musgo crescia no lado norte das árvores. Havia poucos troncos a nosso redor, mas, quando tocávamos um pedaço de madeira, deslizávamos as mãos. Só o que encontrávamos eram lascas e pedaços soltos de casca. Pandora suspirou, alto demais para nossas circunstâncias. Eu a ouvi afundando na terra pouco atrás de mim. Outro suspiro e um baque leve me informaram que Margaret havia se juntado a ela. Tateando o caminho, me abaixei perto de Pandora e envolvi meus braços em torno dela. Zander foi o próximo a sentar, seguido, depois de um longo intervalo, por William.

Exaustos demais para falar, nos aninhamos juntos e caímos em um sono intermitente.

Quando o dia estava prestes a raiar e nosso grupo permanecia intacto, cogitei a possibilidade de que afinal a sorte pudesse estar a nosso lado. Levantamos e alongamos, exceto por Zander; ele continuou no chão, agachado. À nossa direita, leves tons de rosa e laranja riscavam o céu, agora reduzido a um tom de cinza.

— O sol está nascendo lá, portanto o norte deve ser aqui — disse William, apontando. — Estávamos andando de lado.

— Sim — concordou Margaret —, mas exatamente qual distância cobrimos?

— Exatamente? Difícil calcular — respondeu William. — Agora que estamos vendo para onde vamos podemos corrigir isso.

— Também podemos ser vistos — disse Margaret. — Talvez devêssemos achar um lugar para servir de abrigo até escurecer.

William bufou.

— Não existe nenhum abrigo à vista. Ficar parados aqui está fora de cogitação.

— Mas estamos exaustos — protestou Zander, ainda agachado.

Era incomum, talvez inédito, que o garoto admitisse exaustão. William não atentou para isso.

— O tempo está correndo — disse, estendendo a mão para Zander. — Já estivemos exaustos antes.

O dia seguiu lúgubre e repleto de trovões que não levavam à chuva. Abrimos caminho em meio a milharais, sugando orvalho das folhas e nos alimentando com espigas soltas. Cruas, eram um peso no estômago, e comemos com cautela apesar da fome. Passamos por campos que para alguns olhos talvez parecessem belos, mas posso dizer sem hesitação que não prestei atenção em seu esplendor. Até que eu pusesse os pés em terra livre, toda terra me pareceria mais maldita do que abençoada, lembraria menos um paraíso pastoral do que um inferno a ser suportado. Durante a servidão, suspeitamos frequentemente que o ambiente estivesse trabalhando contra nós. A natureza conspirava tanto quanto qualquer outra força para influenciar nossa privação.

Com o sol já diminuindo, chegamos perto de um bosque. Carvalhos, bordos e álamos sugeriam um lugar para deitar e descansar até o cair da noite. Havia um trecho de quase duzentos metros em que estaríamos completamente expostos antes de alcançar as árvores. Andamos abaixados, forçando o passo até chegarmos ao meio do caminho, e depois explodimos em um trote irregular. Entrando na mata, inclinamos o corpo e inalamos grandes lufadas de ar antes de podermos falar.

— Nós descendemos dos Fortes — disse Pandora.

Estendi a mão para pegar a dela enquanto seguíamos em frente. William e Margaret estavam imediatamente atrás de nós, com Zander fechando a fila. Tínhamos dado cerca de trinta passos quando Pandora parou abruptamente. William quase pisou nos meus calcanhares.

— O quê? — perguntei a ela. — O que foi?

— Moscas.

Um súbito enxame de insetos nos envolveu. Afligiam nossos olhos e orelhas, voavam ao redor de nossa boca e nossas narinas. Nós as atacamos com fúria, sobretudo Pandora; abriu a boca para gritar, mas as moscas entraram. Cuspiu, engasgando. Tremendo violentamente, caiu de joelhos e pressionou as mãos e a testa contra o solo. Eu me atirei sobre ela até que a nuvem passasse.

Perplexos, esfregamos as mãos pelo corpo e pelas roupas.

— Que coisa bizarra — disse Margaret. — O que foi aquilo?

— Ali — respondeu Zander.

Seguimos a direção que seu dedo apontava. As moscas voavam até o corpo de um Ladrão caído sobre os destroços de uma carroça. Uma única trilha se estendia para além da robusta árvore que o morto havia atingido; os sulcos no solo eram rasos e não deviam ter oferecido tração suficiente para as rodas. Os cavalos haviam sumido, assim como as botas de seus pés. Um dedo com bolha saía pelo buraco de uma meia puída. Havia um tapa-olho torto sobre os resquícios de um globo ocular.

— Nosso acompanhante — eu disse.

— Ele devia estar indo nos encontrar — especulou Margaret. — Estamos na direção certa.

— A não ser que ele também estivesse perdido — falei. — Além disso, não sabemos se ele estava vindo do Cinturão de Murphy.

— Levaram todos os suprimentos dele — disse William. — Alguém esteve aqui antes de nós.

— E, seja quem for, pode estar por perto — acrescentou Pandora.

Saímos dali imediatamente, às pressas, e adentramos mais a mata. Sob as copas densas, Pandora e Margaret encontraram uma depressão rasa com pouco mais de dois metros de extensão e largura suficiente para nos abrigar se deitássemos um ao lado do outro. Entramos e nos cobrimos com folhas, como se fossem uma colcha, estando William e eu em extremos opostos. Zander ficou posicionado entre as mulheres.

— Como isto parece um túmulo — observou ele, mas Pandora rapidamente o fez silenciar.

Exceto pelo comentário dele, nenhum de nós ousou sequer se coçar, até que sentimos que o perigo tinha passado. Àquela altura a noite estava plena sobre nós.

A longa imobilidade havia me enrijecido além de qualquer noção de conforto. Meus músculos se rebelavam, furiosos por eu os estar convocando mais uma vez sem lhes fornecer o alimento necessário. Espantei a vertigem enquanto me levantava e alongava. Dava para sentir o sangue pulsando dentro de meu crânio.

William não deu indícios de incômodo, fosse físico, fosse de outra natureza. Estava ansioso para retomar o caminho. Para sua consternação, nossas mulheres não estavam nem prontas nem dispostas. Ainda em nosso esconderijo, Margaret, com folhas em torno dela, estava sentada com as mãos no colo. Pandora permanecia ao lado dela, observando preocupada.

— Não consigo andar mais por hoje — disse Margaret.

— *Nós* não conseguimos andar mais — acrescentou Pandora, e com ternura pôs uma das mãos nas costas de Margaret.

— Nós precisamos andar — disse William, olhando para ela. — Será que eu preciso te lembrar que ficar imóvel...

— Será que *eu* preciso *te* lembrar que estou grávida? — Margaret levou as mãos para a barriga. — Mostre um pouco de consideração.

William suavizou o tom.

— É claro. Perdão.

— Talvez — disse Margaret. Deu meia-volta e olhou para as árvores. A exaustão dela se espalhou como uma praga, esvaziando nossos corpos e espíritos. Naquele momento, estávamos desprovidos de argumentos, de opiniões, de imaginação. Demos a ela o que sobrara do milho. O restante de nós ia esperar até a aurora, quando o orvalho diminuiria nossa sede. Até lá lutamos para manter a língua úmida e pensamos na ideia de revirar pedras em busca de minhocas e besouros comestíveis. Todos nós compreendíamos que teríamos de fazer o que fosse necessário.

Quando deitei ao lado de Pandora, ela estava falando baixinho dentro de suas mãos:

— Ancestrais, fazei-nos gratos.

— Gratos? — perguntei. — Hoje essa palavra soa amarga em minha boca.

— Homem, do que você está reclamando?

— Não temos comida nem água. Não temos ideia de para onde estamos indo.

— Você tem a mim, certo?

— Sim.

— E é melhor que eu tenha você.

— Sim, você tem.

— Isso basta. Pare de resmungar e descanse um pouco.

William acordou antes de mim. Eu o vi de pé a alguns metros de distância. De costas para mim, ele olhava para o chão. Eu levantei e me aproximei dele. Logo vi o foco de sua atenção: pegadas. Não eram nossas. Antes de termos ido nos deitar, William e eu havíamos cuidadosamente apagado todos os sinais que pudessem revelar nossa presença.

— Um visitante — disse William sem se virar para me olhar. — Parece que ficou aqui por um tempo, mas recuou sem se aproximar.

— Norbrook?

— Talvez, mas ele não teria deixado rastros.

— A não ser que quisesse que soubéssemos — falei.

Ainda se alongando e bocejando, Pandora e Margaret se uniram a nós. Margaret estava com uma aparência melhor que na noite passada, embora ainda fraca. Pandora se agachou e estudou nossa descoberta.

William se virou para mim.

— Queria que soubéssemos o quê?

— Que está nos vigiando.

— Então por que não nos capturou quando teve a chance?

— Porque ele gosta da perseguição — disse Margaret.

Enquanto lutávamos para entender esse novo desdobramento, uma brisa soprou e nos envolveu, levando em si o inconfundível relincho de um cavalo.

Zander se aproximou.

— Mais alguém ouviu isso?

Pandora fez que sim com a cabeça.

— Todos nós ouvimos — disse ela.

— A gente tem que correr — falei. — Agora.

William discordou.

— Se for o Norbrook, a gente dá conta dele.

Margaret estava incrédula.

— Dá conta dele como? Já é loucura ficar perto de um Ladrão morto, e agora você está falando em machucar outro?

— Nós nem sabemos se é ele — eu disse. — Não sabemos quem é. Nem quantos são.

De repente, Zander começou a rir. Ele se dobrou, fora de si de contentamento.

Pandora colocou a mão no ombro dele.

— Você está bem?

— Acho que sim — respondeu, endireitando o corpo. — Só pensando nas minhas sete palavras, só isso. Eu não repeti as sete hoje de manhã.

— Certamente esse não é o momento para pensar nessas coisas — objetou William.

— Pra você, sim, William. Já eu não lembro quando foi a última vez que esqueci...

Um estampido o interrompeu. Zander caiu de joelhos. Balançou, depois tombou. Pandora se ajoelhou ao lado dele, mas ele acenou levemente para que fosse embora.

— Melhor perdermos um do que perdermos todos — falou. Sangue escorria por baixo dele.

Outro estampido forçou todos nós a deitar. A casca de uma árvore explodiu ali perto, espalhando poeira e pedaços de madeira. William começou a rastejar na direção de Zander, mas eu o agarrei e o mantive no lugar.

— William — eu disse —, pense no seu filho.

— Zander é filho de alguém.

Ele se debateu contra mim, mas eu o segurei com força.

— Eu sei — falei. — Eu sei.

Os olhos de Zander estavam fechados, os lábios se moviam em silêncio. Dizia suas sete palavras, tenho certeza.

— Desculpe, Zander — disse William. — Vamos voltar pra pegar ele — falou para mim.

Ajudei William a ficar de pé. Ao virar, vimos que tanto Margaret quanto Pandora já estavam correndo. Na frente de nós, ziguezagueando por entre as árvores.

VIII
BUBA YALI

— Ora, ora, alguém me dê uma peruca e me chame de George Washington. Veja só o que encontrei. Um negro fujão.

Norbrook lambeu os lábios e sorriu para Zander. O menino estava encostado na carroça virada, caído sobre uma roda. Atrás dele, tombava o condutor morto. Com metade do corpo para dentro da carroça e metade para fora, apodrecia sem as botas, esquecido, enquanto as moscas devoravam seu cadáver.

Com as mãos nos quadris, Norbrook andava empertigado para um lado e para o outro, diante da pequena fogueira que havia acendido.

— Por que matar esse pobre homem? Vocês iam pegar a carroça dele? Vi que a carga dele sumiu. Você roubou. Você e os outros.

Seu cativo nada disse.

— Eu falei para o Greene que ia ser fácil rastrear essa crioulada. Meu Jesus, vocês deixaram um rastro que até um cego seria capaz de achar. Sabe quantos crioulos eu cerquei e capturei? Nem eu, de tantos que foram.

— Em torno dele posicionavam-se serafins — disse Zander, sibilando em meio aos dentes quebrados. — Cada um deles tinha seis asas: com duas cobriam o rosto, com duas cobriam os pés e com duas voavam.

Ao longo de várias horas, Norbrook tinha perfurado, arrancado, torcido, queimado e quebrado, tinha até mesmo coletado um ou outro suvenir. Não haviam sobrado grandes coisas desse crioulo. Ele girou o braço com força, acertando em cheio, com as costas da mão, a boca de Zander.

— Chega dessa baboseira! Quem colocou você nisso? Quem te ajudou? Você vai me contar, ou eu te esfolo vivo.

Zander cuspiu sangue e riu. Disse:

— Voar não tem nada a ver com fazer esforço para decolar. Fique amigo do vento, envolva o ar com seus braços. O vento vai te levar se você deixar.

O menino era simplório, capaz apenas de pronunciar bobagens inúteis. Sua incapacidade de responder à altura aos tormentos impostos a ele diminuíra havia muito o prazer antecipado por Norbrook. Essa criatura demente era uma decepção, simples assim. Ele ia dizer para Greene que o garoto tinha pulado nele como um animal furioso. Temendo por sua vida, ele se defendeu e o matou para salvar a própria pele.

— Olhe para o outro lado, menino.

Desafiando Norbrook, Zander olhou para cima.

— Buba Yali — disse.

Norbrook se inclinou e cortou a garganta do garoto. Então ouviu um farfalhar furioso. Seguindo o derradeiro olhar de Zander, viu o anjo congelado no ar, fora do tempo. E então a rápida descida.

Quando Norbrook abriu os olhos, o menino não estava por perto, e ele havia sido amarrado à roda. Preso e amordaçado, piscava enquanto uma figura encapuzada se agachava diante de sua fogueira, revirando um galho afiado sobre as chamas. Quando ela se levantou e ficou diante dele, soube imediatamente quem era. Swing Low tirou o capuz, e ele viu seus lábios cheios, os ângulos de seu rosto, sua beleza iniludível.

Enquanto sepultava Zander, ela viu as marcas nas costas dele, as mesmas que possuía, e percebeu que em algum momento ele tinha vivido na mesma fazenda em que ela trabalhou quando criança. Um dia, anos antes de ela nascer, um Sequestrado se recusou a trabalhar. O Ladrão encarregado, furioso, ordenou que ele sofresse um corretivo por meio da aplicação de pregos incandescentes. Ele reuniu os pregos e os pressionou contra as costas do homem, que gritava, até que resfriassem. Mais tarde ele se encantou pelo desenho que as marcas fizeram: seis indentações circulares, em duas linhas verticais equidistantes. Então determinou que o processo fosse repetido em todos os seus Sequestrados, e aquilo que começou como uma punição se tornou um símbolo bem conhecido da riqueza e do prestígio do Ladrão. A tradição da família foi continuada pela geração seguinte, e todas as propriedades nascidas na família ou adquiridas via comércio recebiam a marca. Swing Low e o garoto tinham uma história compartilhada; talvez fossem até parentes.

Ela havia treinado a si mesma para manter a calma, para jamais perder a compostura e os nervos. Mesmo assim, queria matar Norbrook lentamente, fazer com que sofresse como o menino. Queria dar a ele tempo suficiente para sentir o calafrio da dúvida se espalhar pelos olhos e pela medula como uma aflição, tempo suficiente para se perguntar se ele havia passado a vida toda de cabeça para baixo, vendo branco onde só havia preto, seu suposto direito à abundância retirado como se fosse uma pele e deixando à vista uma paisagem imensa e deplorável, uma decepção cruel, um mundo virado do avesso.

Mas ela não tinha tempo a perder. Tirou o galho do fogo. Depois o enfiou pelo olho de Norbrook e o moveu para cima, até chegar ao topo de seu crânio.

IX
DIAS FUTUROS

William

Corremos até não poder mais, temendo o tempo todo que capitães do mato estivessem se aproximando a cavalo. A imaginação de cada um transformava qualquer som no uivo de cães se acercando, e forçamos o passo até o solo se tornar macio e úmido sob nossas botas. Ao parar para respirar, sentimos os pés afundando em poças de lama. Mais uns passos, e o lodo chegou à altura dos tornozelos, levando aqui e ali a poças de um líquido escuro. De cada poça se elevava uma névoa, e todas exalavam um cheiro ruim. Mais além, árvores altas se aglomeravam. O musgo que antes não encontrávamos agora parecia estar em toda parte, cobrindo troncos e galhos. Samambaias e arbustos juntavam-se ao solo.

— Ransom não mencionou nenhum pântano — falei. — Quando desenhou seus mapas na terra, ele jamais incluiu algo assim.

— Não importa — disse Margaret —, desde que a gente chegue ao lugar certo. Tem que haver mais de um caminho para chegar até lá.

Percebi uma caverna improvisada pântano adentro, formada por uma imensa árvore caída. Galhos e folhas pendiam do alto até o chão. Apontei o lugar para os outros.

— Podíamos acampar ali — sugeri —, onde ninguém pode ver. Acho que até vi uns arbustos de mirtilo.

— Não vou entrar aí — disse Pandora. Ela cruzou os braços sobre o peito.

Margaret bufou.

— Você tem uma ideia melhor?

Pandora apontou para uma trilha estreita, pouco visível. Ela desviava para a direita, contornando o pântano.

— Não sei se é melhor, mas a gente devia levar em consideração.

— Se formos, vamos juntos — Cato disse para ela.

— Apesar de a gente ter deixado o Pequeno Zander para trás — falei. Eu sabia que os outros também estavam pensando nele.

— Não tinha nada que a gente pudesse fazer — disse Cato gentilmente. — Ele estava exposto. Voltar seria perigoso demais.

Eu não estava convencido disso.

— Tem certeza? Ele ainda estava respirando.

— Ele sabia dos riscos — disse Margaret. — Ele entendia. Todos nós entendemos.

— Mas ele era só um menino.

Ela pôs a mão sobre meu braço. Quis tirá-la dali, mas me contive.

— Não — ela disse. — Ele era quase um homem.

— A gente pode voltar pra buscar ele — falei.

— Não — disse Cato. — Não podemos.

Um grito poderoso foi se acumulando dentro de mim. Mas ele não tinha para onde ir. Virei as costas para os outros e enfiei o rosto nas mãos.

— William — disse Margaret. Ela repetiu meu nome, mas não respondi. Ela ficou atrás de mim e envolveu minha cintura com os braços. Gradualmente o calor que havia em mim se acalmou. Peguei as mãos dela; e ela encostou o rosto em minhas costas.

— Desculpe interromper — disse Pandora. — Temos outra questão urgente.

Nós nos soltamos e viramos na direção dela.

Pandora apontou para seus ouvidos.

— Por que o mundo ficou em silêncio?

Tínhamos visto pássaros e esquilos, surpreendemos tâmias. A certa altura três guaxinins ficaram nos encarando, o que teria sido divertido se não estivéssemos em uma fuga que valia nossa vida. Quando interrompemos a busca dos animais por comida, eles pararam e nos observaram, aparentemente sem maiores preocupações, antes de correrem para a mata. De repente tudo havia sumido. O canto e os passos dos animais aos quais tínhamos nos acostumado desapareceram. Um vago receio nos cercou como um vento gelado.

— É a caverna ou aquela trilha — disse Cato. — Temos de escolher...

Ele congelou, olhando por cima de nossos ombros. Todos nos viramos para olhar.

— Ancestrais, por favor — suplicou Pandora —, nos salvem. — Ela olhou para longe, o rosto subitamente pálido.

Eu sabia da existência de ursos desde a infância. Ladrões que faziam visitas no inverno normalmente se agasalhavam com pele de castor, mas de vez em quando aparecia alguém coberto até o pescoço com pele de urso. Tremendo em meus andrajos de sempre, eu desejava tocar os pelos densos, que pareciam infinitamente quentes. De acordo com os Sequestrados que trabalhavam dentro da casa de Cannonball Greene, havia uma cabeça de urso na parede do gabinete dele. Não fosse por tal conhecimento, talvez eu tivesse achado que aquelas criaturas não passavam de uma estranha fantasia, tão irreais quanto anjos.

O urso em cujo território tínhamos entrado estava sobre as quatro patas, respirando pesado. Algo no animal sugeria que estava tão incomodado quanto nós. Embora estivesse a apenas um metro, perto o bastante para nos atacar, eu me senti calmo.

— Vamos recuar bem devagar — sussurrei. Enquanto recuávamos, o urso avançava, quase no ritmo dos nossos passos. Olhei em volta, em busca de algo que pudesse servir como arma. Ainda recuando, eu me abaixei e peguei uma pedra na terra fofa.

— Não! — Ouvi Margaret dizer.

Ao pegar a pedra, eu me virei e fiquei em pé em um único movimento. O urso agora estava sobre as patas traseiras e era um pouco mais alto que eu. Os pelos, densos e negros, eriçavam em seus ombros. Cheirava como se tivesse enfiado havia pouco a fuça em algo vivo, desamparado e ensanguentado. Meu primeiro erro foi olhar diretamente para seus olhos pequenos e vazios. O segundo foi me virar e gritar para Margaret e os outros, mandando que todos corressem. O urso lacerou minhas costas com as garras, rasgando a camisa e levando uma pequena quantidade de carne. Eu estava mais bravo do que machucado a essa altura. Talvez estivesse atordoado demais para sentir a dor. Girei e com as duas mãos bati a pedra na fuça do urso. Meu esforço rasgou o lenço de Margaret que estava no meu pescoço. Senti o tecido pairar solto e naquele momento eu soube que estava perdido.

Ele respondeu com um rugido, batendo em mim com as costas da mão, como se eu fosse um inseto irritante. Caí no chão sob um frenesi de golpes de garra. Ouvi Margaret gritar. Zander tinha sido o primeiro de nosso grupo a tombar. Percebi que eu seria o próximo e torci para que fosse também o último. O urso se ergueu e ficou acima de minha cabeça. Em meio a meu esforço, vi um ataque de flechas, que passaram zumbindo a poucos centímetros da minha pele. Elas começaram a penetrar a pele robusta do urso, forçando-o a se defender com ambas as patas. Ao perceber sua distração, gastei minhas últimas forças deslizando para trás, me afastando dele. À minha direita, Margaret gritou. Ela foi a última coisa que eu vi, movendo-se rapidamente para longe de mim, como se arrancada por mãos que ninguém via. Ela se debateu e gritou antes de desaparecer nas árvores. Tudo ficou branco.

Pandora

Petrificada, observei Margaret e Cato correrem para ajudar William. A breve oração que fiz quando vi o urso parecia banal e desesperada na comparação com a ação rápida dos outros. As garras lampejantes e os dentes à mostra, úmidos e lustrosos, me fizeram lembrar os ogros e as bestas dos contos de fada. Enraizada onde estava, sacudi a cabeça para espantar a névoa que ameaçava tomar conta de mim. Em meio a meu estupor, vi Cato agarrar Margaret, tirando-a da rota do perigo. Satisfeito por tê-la dominado, ele se pôs de pé e em seguida agachou, como se estivesse à espera do momento oportuno para entrar na luta. Só então pude me mover. Corri e me atirei sobre ele. Ele ficou parado, sem querer me arrastar para mais perto da violência.

— Me deixe ir — exigiu. — Ele é meu irmão!

— E o que eu sou, Cato? O que eu sou?

— Você é tudo pra mim.

— Então você não deve morrer.

Ele assentiu com a cabeça, pegou minha mão e gritou para Margaret.

— Vamos!

— Eu não vou — ela respondeu, erguendo-se. Ela gritava e chorava a um só tempo. — Não vou deixar o William!

Eu compreendia a angústia de Margaret. O que não compreendia era o que ela esperava fazer ou conseguir. Ela pretendia de fato ver seu homem sendo estraçalhado?

Cato falou gentilmente meu nome.

— O que foi?

— Acho que estou ouvindo homens. Vindos do pântano.

As palavras dele me deram esperança.

— Cavaleiros, talvez, bem como a história acaba nos meus contos de fada. Soldados enviados pela rainha.

Ele franziu a testa, me olhando.

— Mais provável que sejam capitães do mato.

Algo na voz dele me fez voltar à realidade. Decidi fazer um último apelo.

— Margaret, por favor — implorei.

— Corram! — ela disse. — Melhor perdermos dois do que perdermos todos.

Nossos olhos se encontraram, ambas certas de que jamais voltaríamos a nos ver. Eu me virei, e Cato e eu fomos pela trilha que eu havia proposto. Atrás de nós, ouvimos os grunhidos do urso, ásperos e guturais, sucedidos pelos gemidos de William e pelos gritos de Margaret. Fizemos uma curva, ainda contornando os limites do pântano.

Longas frondes cruzavam o caminho. O chão sob nossos pés produzia sons secos, quase sugando as botas. As frondes, respondendo aos empurrões de Cato, retornavam como um chicote sobre mim, que o seguia às pressas. Para evitá-las, eu andava com o rosto voltado para o chão, como se à procura de algo perdido. Os ruídos de criaturas ocultas retornaram e foram sumindo à medida que nosso caminho se afastava do pântano. Depois de várias horas andando aos tropeços e em pânico, a trilha sumiu, e passamos a nos debater com árvores presas em um solo firme. Após um bom tempo, com a língua ressequida e o estômago ardido de tão vazio, vimos um arbusto de mirtilos. Incapazes de confiar em nossa sorte, hesitamos e olhamos ao redor, temendo uma armadilha preparada por capitães do mato ou um urso que estivesse à espreita sem que o víssemos. Convictos de que estávamos a sós, atacamos as frutas. Em um frenesi de fome, comemos rápido e em quantidades não aconselháveis. Saciados, sentamos com as costas contra o tronco de árvores próximas. Eu não tinha a intenção de fechar os olhos, porém a fadiga me venceu. Eu havia dormido apenas alguns minutos quando acordei ouvindo o som de alguém vomitando.

Cato estava perto, dobrado sobre si mesmo, e esvaziava o estômago no chão.

Arranquei folhas de um galho baixo e levei para ele.

— Estão mortos — disse, secando a boca. — William e Margaret. E nós nos empanturrando de frutas. Só de pensar fico enjoado.

Coloquei a mão nas costas dele.

— Você não tem como ter certeza — eu disse.

Não pareceu que ele tivesse me ouvido.

— Primeiro Zander — continuou. — Ele disse que éramos uma legião de anjos, lembra? Agora nossos melhores amigos.

— Lamento tanto quanto você pelo Pequeno Zander — eu disse. — Quanto a William e Margaret, eles descendem dos Fortes como nós. Talvez consigam escapar, se os Ancestrais assim desejarem. A culpa é minha, de todo modo. William queria ir na direção da gruta, e recusei. Se eu tivesse aceitado, estariam aqui conosco. O fardo é meu, e vou carregá-lo.

— Se você tivesse aceitado, teríamos ido direto para o covil daquele urso. Ele ia chegar e nos pegar ali dentro.

Eu não tinha pensado nisso.

— Talvez — admiti.

— Não existe talvez. Certamente seria assim. Podemos discutir isso depois de chegar ao outro lado. Não estamos indo em frente apenas por nós agora. Estamos fazendo isso por nossos amigos também. Não podemos esmorecer.

Endireitou o corpo e passou as mãos na barriga dolorida.

— Vamos?

Pouco antes de encontrarmos o urso, uma brisa fresca, pressaga, havia surgido e nos atingido, afligindo nossos cabelos e nossa face. Enquanto Cato e eu fazíamos o melhor que podíamos para cobrir os rastros e nos preparávamos para continuar, tive certeza de que ela estava ganhando forças para soprar outra vez em nossa direção. Nada parecia mais importante do que nos pormos à frente dela.

Em duas ocasiões o som de viajantes nos forçou a sair da trilha, agora mais aplainada pelo uso constante. Da primeira vez foi um homem a cavalo, que, pelos trajes e pela postura, parecia um pároco. Apesar da face pálida, me lembrou Ransom. Onde estaria ele, me perguntei conforme nos ajoelhávamos em meio ao mato que crescia até a altura do peito. Será que estava preocupado com nosso grupo ou já se ocupava de uma nova missão? A segunda vez foi uma procissão de um homem e uma mulher Sequestrados, bem trajados, com uma jovem Ladra. Tinham a expressão solene e se moviam com determinação, quase marchando. O casal ia de cabeça erguida, como se jamais tivesse conhecido o desdém de Ladrões ou a chibata. Não fosse pela presença da moça, poderíamos ter nos aproximado e perguntado por comida e abrigo. Em vez disso, esperamos muito para retomar nosso trajeto depois que passaram. Por vezes eu arrastava Cato, por vezes ele me arrastava. Quando chegamos a uma encruzilhada marcada por um cartaz com a localização, meus pés doíam tanto que pareciam fazer barulho. Parte de mim queria tirar as botas e atirá-las longe; parte relutava em retirá-las por receio do que veria.

— Louvemos os Ancestrais. Chegamos ao Cinturão de Murphy — disse Cato. Perguntei se tinha certeza. — Pelas minhas sete palavras, eu tenho.

— Louvemos e demos graças — falei. — Ransom disse que já teríamos deixado o pior para trás ao chegar aqui. Isso significa que temos trinta quilômetros entre este ponto e a terra livre. Espere. Cato, como você sabe? Você leu o cartaz?

— Li.

— E desde quando você sabe ler?

Ele me deu um sorriso rápido, constrangido.

— Desde criança.

— Você é cheio de enigmas, Cato.

— É uma longa história.

— Posso imaginar.

— Sei que pode. Mas não precisa. Eu te conto.

A mata ao redor do Cinturão de Murphy incluía ameixeiras, que mal chegavam ao dobro do tamanho de um homem adulto, e cerejeiras selvagens, carregadas de frutos. O solo ao redor das árvores mostrava sinais de cervos, mas não havia nenhum por perto. Pudemos coletar as frutas e comer sem ser incomodados. Sentei sob uma sombra fresca, ouvindo Cato contar lições de uma Ladra gentil, me apresentar às regras de civilidade e me falar da vez em que, temendo ser descoberto, mastigou o que havia aprendido e engoliu. Saboreando as palavras que saíam de sua boca, desfrutando dos movimentos e gestos que eram só dele, imaginei os anos se abrindo diante de mim, um futuro em que jamais ficaríamos sem histórias para compartilhar. Mais do que nunca desejei uma vida longa cheia de amor e filhos, terminando enfim com sua voz pousando suave em meu ouvido. Sentada ao lado dele no crepúsculo, eu me senti genuinamente à vontade, como se tivéssemos superado todos os ventos malignos às nossas costas. Descansamos, saboreando a quietude, até que a luz sumiu por completo.

Exceto por lareiras acesas e por uns poucos globos de vidro contendo chamas bruxuleantes, o vilarejo à nossa frente estava basicamente na escuridão. O aliado do pastor Ransom ali era um ex-Sequestrado que havia comprado a liberdade trabalhando como alfaiate. Ele podia abrigar até onze foragidos por vez em seu porão. Partimos à procura dele, determinados a ficar nas sombras até vermos um rosto escuro. Quando víssemos, perguntaríamos como chegar à alfaiataria. Nosso plano era uma aposta, nós sabíamos. Quem abordássemos podia nos entregar. Algumas pessoas do nosso povo não confiavam na liberdade, Ransom nos havia dito. Outras ainda não conseguiam reconhecer o estado de privação a que estavam confinadas. Ao contrário do pastor, eu hesitava em condená-las. Talvez dependessem da fantasia para aliviar a dor de sua situação, como frequentemente acontecera comigo. Eu fazia isso não por ser covarde ou por aceitar meu cativeiro. Eu simplesmente me fiava na imaginação para sobreviver ao dia, que eu sabia que seria exatamente igual ao anterior e ao seguinte. Em momentos de fraqueza durante nossa fuga, eu por vezes voltava a sentir a tentação de encontrar conforto na fantasia. Se não fosse por Cato, eu talvez tivesse cedido.

Fomos a passos leves na direção do vilarejo, na esperança de que, se um Sequestrado se recusasse a nos ajudar, ele simplesmente sairia do caminho sem chamar atenção. Estávamos tão concentrados em encontrar alguém de nosso povo que não reparamos no Ladrão esfarrapado que apareceu de repente diante de nós. Seus cabelos eram longos e viscosos, assim como ele. A impressão era de que ele não se alimentava havia muito tempo e não se lavava fazia mais tempo ainda. Nossa aparência provavelmente teve efeito semelhante nele, mas mesmo assim tomamos um susto.

Lutamos para permanecer calmos enquanto o Ladrão nos avaliava da cabeça aos pés, nossa tensão crescendo à medida que o tempo passava sem que ele falasse. Por fim, fixou o olhar em nosso rosto. Parecia que havia chegado a uma decisão.

— Vocês parecem ter caído de uma carruagem — disse.

Cato e eu nos olhamos. Com sua escolha de palavras, talvez esse desconhecido estivesse nos dizendo que era simpático à nossa causa.

— Suponho que precisem de uma ajuda — continuou.

Cato me olhou de novo. Fiz que sim com a cabeça.

— Precisamos, dotô — disse Cato, sorridente. — Muito agradecido, dotô.

O homem respondeu com outro sorriso. Faltavam vários dentes em sua boca.

— O prazer é meu, certamente. Bom, venham comigo. Vou levar vocês ao lugar que precisam ir. Meu nome é Christian. Christian Quarles. Quem são vocês?

— Eu me chamo Greene, dotô. E esta é a Prissy.

— Olá.

Christian estendeu a mão, e Cato fez o mesmo para cumprimentá-lo.

— Muitos de vocês passam por aqui a caminho da liberdade. É uma pena que tantos sejam pegos. Os quilômetros que nos separam de Sigourney estão cheios de capitães do mato. Mas não precisam se preocupar. Minha presença ao lado de vocês vai permitir que sigam em frente sem ser molestados. Vamos?

Sem esperar por uma resposta, deu meia-volta e começou a andar.

Toquei no ombro de Cato.

— Prissy?

— Desculpe — sussurrou ele.

Quarles se deslocava em um passo que desmentia a aparência frágil de seu corpo. Nós nos apressamos para acompanhar seu ritmo, enquanto ele atravessava trechos estreitos e se abaixava perto de janelas. Cumprimentava os poucos habitantes que cruzavam nosso caminho (todos eles Ladrões) com um olá alegre e um toque na aba de um chapéu imaginário. Ouvimos bem mais gente do que vimos, conversando e mastigando ruidosamente em torno de mesas, cantando felizes acompanhadas de instrumentos harmoniosos, brindando em voz alta seus camaradas no salão de uma taverna. Os últimos, ouvimos enquanto nosso guia nos levava a um recinto que dividia uma parede com o bar. Quarles manteve a porta aberta e esperou enquanto Cato e eu passávamos pela soleira. Fechou a porta depois de termos entrado e acendeu um lampião pendurado em um gancho, jogando luz em um cômodo mais comprido que sua estreita porta de madeira poderia sugerir. Talvez pudessem caber vinte e cinco pessoas ali se ficassem perto umas das outras. Tábuas largas, cinzentas, espalhadas de maneira desigual, cobriam a maior parte do piso de terra batida. Um monte de palha e um balde virado ocupavam um canto malcheiroso. A parede que estava bem à nossa frente estava manchada com uma marca do tamanho de uma pessoa bem no centro. Vestígios de manchas irregulares avançavam até a junção com o teto.

Nós dois desconfiamos no mesmo momento. Quando nos viramos, o Ladrão apontava uma pistola para nós. Ele deu uma risada.

— Prissy e Greene, essa é boa. Acham que eu nasci ontem? Eu sei quem vocês são. Vocês dois fugiram das terras da Viúva Shockley. Ela está procurando vocês. Tem uma recompensa, e vou ficar com ela.

— Acho que o sinhô se enganou — disse Cato, erguendo as mãos em um ato de rendição.

— O que você disse?

— Nós num sabe nada dessa viúva, dotô.

— Rá! Vocês não sabem nada de nada. Era isso que meu pai me dizia. Não sabem nada e não vão ser nada. Olha aqui, Pai, viu o que eu fiz? Peguei dois crioulos fujões. Vai pro inferno, Pai.

Depois de confrontar o pai ausente, Quarles agitou a pistola como se estivesse ansioso para disparar.

— Sentados — disse —, ou eu atiro.

Sentei. Cato se agachou.

— Senta direito — mandou Quarles.

Relutante, Cato obedeceu, relaxando os músculos da coxa e baixando até o chão.

— Ela precisa de água, dotô — disse ele.

— Tem um balde no canto.

— Aquilo não é para água, dotô. Ela precisa de comida também.

— Vocês não vão ganhar nada.

— Eu não. Só ela, dotô. Por favor.

— Você se preocupa muito com essa mulher.

— Amo ela, dotô.

— Ama? Rá! Um crioulo falando de amor. Essa é boa!

Desde que ficamos juntos, Cato e eu raramente dependíamos de falar para tornar nossos sentimentos conhecidos. Longos silêncios que poderiam deixar outros casais nervosos reforçavam ainda mais nossos laços. Durante toda a nossa fuga de Placid Hall basicamente transmitimos pensamentos com o uso de gestos e acenos de cabeça. No nosso encontro com Quarles, nem movimentos foram necessários. Só precisamos de um olhar. Quando os olhos de Cato encontraram os meus depois de sua declaração de amor, eu sabia que ele estava decidido a deixar aquele lugar por conta própria ou então a morrer lá dentro. Ele estudou as mãos por um longo momento antes de voltar a me olhar. Estava a poucos segundos de lançar sua força contra a do Ladrão, e eu não tinha dúvida de que ele venceria. Mas em que situação isso nos deixaria? Descobrir que Cato sabia ler havia me dado ainda mais um motivo para admirá-lo. Ainda assim, eu via minha familiaridade com os Ladrões, com suas tendências e seus pontos fracos, como outro tipo de conhecimento e igualmente valioso. Antes que Cato pudesse fechar as mãos em punhos, eu, lenta e ruidosamente, peguei o saco de biscoitos que estava na bolsa debaixo de meu vestido. Fingi mexer na corda que fechava o saco.

— Diga — falou Quarles. — O que tem aí?

— Sinhô — eu disse. — Se o sinhô não vai dar comida pra nós, não come nossos biscoitos. A gente está com fome demais.

— Cada um que carregue a sua cruz.

Agitando a pistola em uma das mãos, andou na nossa direção e pegou o saco com a outra. Sentou encostado na parede oposta e derrubou os biscoitos no chão à sua frente. Estavam secos e duros, mas ele não pareceu se importar. Segundos depois de pegá-los do chão, estava devorando os biscoitos.

— Por favor, sinhô, tem piedade — pedi. — Isso é tudo que nós tem.

Quarles me olhou de cima a baixo, farinha cobrindo os lábios e o nariz.

— Isto não é tudo que vocês têm. Mas vou me dedicar a um apetite por vez.

Tirou uma garrafa do bolso interno e com um gole de álcool ajudou cada bocado a descer. Meia dúzia de biscoitos desapareceram em sua garganta, todos contendo uma dose dupla dos ingredientes especiais de Mary Sem Palavras. Continuou a nos xingar e a maldizer seu pai até que suas palavras ficaram mais lentas e ele segurou a barriga com as mãos, esquecendo a pistola.

— Tem alguma coisa acontecendo — ele disse, a voz cheia de espanto. — Vai pro inferno, Pai — foram suas últimas palavras antes de cair. De acordo com Mary Sem Palavras, ele provavelmente não ia morrer, mas sofreria dores excruciantes e cólicas violentas por várias horas até ficar incapaz de se mover por outras várias horas. A essa altura estaríamos longe, a caminho de Sigourney.

Quando tivemos certeza de que ele estava inconsciente, levantamos. Na soleira, Cato me mandou esperar. Voltou correndo e pegou a arma de Quarles. Nós não tínhamos documentos, nenhuma história para contar se fôssemos pegos. Não perguntei a Cato o que ele faria caso alguém nos parasse. O olhar dele me disse tudo. Do lado de fora, eu me recostei nele, e fomos na direção do vilarejo, ficando longe das luzes. Um aguaceiro nos surpreendeu mais ou menos um quilômetro depois de termos começado a andar, despejando sobre nossa cabeça e nossos ombros uma chuva dura e fria.

Margaret

Eu passava um pano úmido na testa de William quando ele abriu os olhos.

— Você ficou — disse ele.

— Fiquei.

— Por que não fugiu?

Eu me inclinei e o beijei.

— Você sabe a resposta — respondi.

— Onde estamos? Como...

— Nós fomos resgatados. Você dormiu por sete dias.

Mais duas semanas se passaram até que William fosse capaz de andar sem auxílio, e mais duas ainda antes que estivesse perto de sua força plena. Aos poucos, contei a ele sobre os dias que havia perdido e estavam entre os mais notáveis de minha vida. Notáveis, de fato, a ponto de me manterem em grande medida distante do terror que os tornara possíveis.

Enquanto William lutava contra o urso, uma chuva de flechas veio do pântano, penetrando o couro grosso até que o animal tombasse. Ele caiu parcialmente sobre William. Antes que eu pudesse tentar libertá-lo dali, fui pega por trás. Resisti, chutando e dando cotoveladas, até que puseram um capuz na minha cabeça. Fui meio arrastada, meio carregada de costas, meus calcanhares abrindo um sulco no lodo.

Meus captores me levaram para dentro do pântano e me deixaram no chão. Quando tiraram meu capuz e meus olhos se acostumaram com a luminosidade, fui capaz de ver os contornos brilhantes de um grupo de pessoas esfarrapadas. Homens, mulheres e crianças se reuniam em um semicírculo, todos olhando para mim. Eles se fundiam quase perfeitamente com a área pantanosa ao nosso redor. Em um instante achei que estivesse olhando para um homem, mas em seguida tive certeza de que era apenas uma árvore. Em outros momentos, eu me senti como se estivesse na verdade olhando *através* desses desconhecidos, dessa gente do pântano. Magros e com olhares duros, alguns deles carregavam arcos e tinham aljavas cheias de flechas nas costas. Alguns poucos levavam ou varas de pescar, ou barbantes onde carregavam peixes recém-pescados. Eu havia chegado à conclusão de que talvez estivesse sonhando quando uma mulher deu um passo à frente. Não era jovem, ainda que alta e esguia. Tive certeza de que ela poderia pular em mim e me deixar inconsciente com um único golpe de seu punho. Usava um colar com garras de urso e fumava um cachimbo branco de barro.

— Bem-vinda ao Povo — disse. — Eu me chamo Grace.

Logo eu saberia que o território do Povo, totalmente oculto, era uma ilha de uns vinte acres. Em seu centro havia um lago azul repleto de peixes e aves. Além de sua divisa, pequenas ilhas pareciam flutuar na névoa. O Povo se parecia muito com William e comigo, mas Grace foi rápida em ressaltar uma diferença.

— Não há Sequestrados aqui — ela me disse. — Pertencemos somente a nós mesmos. E uns aos outros.

Suas cabanas eram feitas de junípero, madeira de lei e pinho. Colocaram William em uma reservada aos doentes, trataram suas feridas e me deram unguentos para passar em sua carne machucada. Tive permissão para ficar ao lado dele enquanto ele dormia, mas apenas por breves períodos. No restante do tempo, esperava-se que eu trabalhasse.

Exceto pelos doentes, pelos muito novos e pelos muito velhos, todos no Povo passavam o dia na labuta. Eram treinados para realizar todas as tarefas, desde cuidar de bebês e fazer partos até preparar armadilhas, caçar e cozinhar. Grande energia era dedicada à colheita de cipós e à extração de seus espinhos, à organização do material de acordo com a espessura, para que fossem entregues aos artesãos. Eles criavam cestos, coberturas para telhados de cabanas e cortinas que deixavam passar uma luz difusa e permitiam privacidade. O Povo chegou até mesmo a coser roupas simples com cipós refinados para formarem fios.

As infinitas trepadeiras pendentes, que tornavam improvável a passagem de alguém a pé, a cavalo ou de canoa, protegiam o Povo contra intrusos. Ao mesmo tempo, a flora ameaçava sempre dominar suas casas. Todos levavam uma faca de cabo longo pendurada na cintura, e um grupo de ceifadores passava os dias cortando as gavinhas que tinham crescido à noite. Entre eles havia mulheres com gestação muito mais avançada do que a minha, dando golpes suaves e eficazes com suas lâminas. Hábeis arqueiros protegiam o enclave contra panteras e ursos.

A comida que me serviram no pântano está entre as melhores que já provei, embora meu ventre crescido, com quatro meses de gravidez, talvez tenha tido algo a ver com isso. Durante minha primeira refeição, eu me sentei ao lado de Grace. De início, achei que ela tivesse me colocado ali porque eu era uma convidada de honra. Na verdade, me dei conta, era para me observar de perto. Enquanto comíamos grãos selvagens, verduras ensopadas e peixes grelhados, Grace deixou claro que seu grupo valorizava o sigilo acima de tudo. Rejeitou minhas tentativas de contar nossa jornada e como chegamos ao pântano.

— Um de nossos batedores tinha visto vocês antes — disse ela.

— Isso explica as pegadas que vimos. Por que ele não apagou os rastros?

— Deixamos as pegadas como um aviso. Para desestimular vocês de chegarem perto do acampamento.

— Por quê? Não íamos fazer mal algum.

Grace encheu de novo meu copo com água, que saía de uma jarra de barro.

— Vocês são desconhecidos — ela disse. — Desconhecidos sempre causam mal.

Explicou que poucas eram as pessoas que encontravam a sociedade deles e que o número dos que tinham permissão para sair era ainda menor.

— Mas foram vocês que nos trouxeram.

— Testemunhamos a bravura do seu companheiro. Vimos como ele se sacrificou para salvar seus amigos da morte. Ele pareceu merecer nossa bondade.

A disposição deles para compartilhar alimentos conosco, nos deixar ficar em sua companhia e dividir os frutos de seu trabalho me fortaleceu de modos que continuo a descobrir. À medida que a condição de William melhorava, eu me sentia mais do que preparada para continuar nossa missão. E, no entanto, embora sentisse uma falta imensa de Cato e Pandora, não estava particularmente ansiosa por partir. Em uma noite, enquanto eu passava unguentos nas feridas de William, que apresentavam rápida melhora, falamos da possibilidade de permanecer com o Povo. Eles gostavam de nós, isso era claro. Eu demonstrara disposição para trabalhar pesado, e eles já tinham William em alta conta. Ele estava quase pronto fisicamente para fazer sua parte, e eu tinha certeza de que em pouco tempo se destacaria como um de seus homens mais fortes e corajosos. Juntos seríamos úteis a qualquer grupo.

— Vocês são um "eu" — Grace me disse certa vez. — No Povo só existe "nós".

Eu tinha começado a refletir sobre o significado do *eu* na comparação com *nós*. Quanto de vestígio dos Ladrões havia em mim? Seria possível expurgar isso? Havia um modo de evitar isso completamente além de morar em um pântano? Será que minhas novas experiências me permitiriam viver entre os Ladrões sem me tornar parecida demais com eles?

Essas eram questões sobre as quais eu precisaria pensar em outro lugar, não na sociedade oculta do Povo. Quando sugeri a Grace que ficássemos por mais tempo, ela disse simplesmente:

— O lugar de vocês é Fora.

Embora ela não tenha sorrido, havia bondade em sua voz. Mesmo assim, eu sabia que ela não mudaria de ideia.

No começo de uma noite, uma moça que não tinha mais de dezesseis colheitas apareceu na entrada de nossa cabana. Usava um colar de garras de urso e vinha acompanhada de cinco membros do Povo com arcos e flechas. Algo em sua figura ágil e em sua energia inquieta me fazia lembrar o Pequeno Zander. Não se passava um dia sem que eu pensasse pelo menos uma vez nele.

— Logo o clima vai mudar — disse ela. — Vocês são barulhentos quando se movem e deixam rastros demais. Os Ladrões vão encontrar vocês. É melhor irem já, antes que seja tarde demais. Três membros do Povo vão guiá-los. Temos bons pensamentos para vocês e seu filho.

Os guias nos ofereceram novas bolsas repletas de comida e suprimentos, mas não aceitamos de imediato.

— Estou confuso — disse William.

— Eu também — acrescentei. — Onde está Grace?

— Eu sou Grace — respondeu a jovem.

Relutante, aceitei uma bolsa. William fez o mesmo.

— Mas e a mulher com o cachimbo branco de barro? Onde está ela? — perguntei.

— Ainda está aqui. Ela era Grace. Agora eu sou.

Só então percebi que *Grace* era um título que significava liderança e que nenhum membro do Povo o detinha por muito tempo. Com seus companheiros, ela nos levou da cabana até uma abertura nas árvores que jamais teríamos encontrado por conta própria.

— Vocês não nos viram — instruiu ela. — Vocês não nos conhecem.

Nossos três guias passaram à nossa frente e ficaram prontos. Assentimos para mostrar que tínhamos compreendido. Não haveria abraços nem palavras de agradecimento, nenhum tipo de cerimônia. Nós nos viramos para partir.

— Esperem — Grace nos chamou. Os dois outros membros do Povo que estavam ali deram um passo adiante e entregaram a cada um de nós uma faca de cabo longo. Olhamos para agradecer, mas ela já tinha ido embora.

Era grande a probabilidade de haver muitas armadilhas entre o território do Povo e o lugar para onde precisávamos ir, mas os guias de Grace podiam nos fazer desviar de todas elas. Ficamos sabendo que nosso caminho seria muito mais curto do que aquele que Ransom havia planejado. Eles iam desviar do Cinturão de Murphy, fazendo-nos atravessar o pântano até seu ponto mais remoto antes de nos colocar no caminho de Sigourney. A partir dali estaríamos sozinhos.

Cato

Ransom havia planejado nossa fuga com astúcia. Zander dera a vida no meio do percurso. William se colocou no caminho de um urso furioso. E o que eu havia feito? Apesar do aviso de Ransom, falhei em ficar atento e fui pego de surpresa. Pior, pus Pandora em perigo, assim como fizera com Iris: enquanto o Ladrão a colocava na carroça para levá-la embora, apontando a arma para mim, eu obedeci mansamente. Sentado no chão naquela sala pútrida, vendo o Ladrão maltrapilho rir de mim e olhar cupidamente para a mulher que eu amava, me confrontei com a ideia de que tudo tinha sido em vão.

Furioso comigo mesmo por cometer duas vezes o mesmo erro, jurei por minhas sete palavras que corrigiria aquilo. Eu honraria os sofrimentos de meus camaradas seguindo pelo caminho que havíamos traçado. Chegaria à terra livre com Pandora a meu lado. Um dia eu me tornaria pai de uma criança, e meu filho seria ágil e alegre como Zander. Eu o ergueria alto o bastante para que ele beijasse as estrelas. Mas primeiro eu tinha de matar Christian Quarles.

Encarando minhas mãos, lembrei que elas eram capazes de grande violência. Eu teria poucos segundos para cobrir a distância que havia entre mim e Quarles, mas isso não me preocupava. Eu seria rápido.

Pandora foi mais ligeira e muito mais inteligente. Depois de passarmos silenciosamente pela taverna sem sermos detectados e de enfim sairmos do perímetro do Cinturão de Murphy, agradeci a Pandora por nos salvar de uma morte quase certa.

— Se eu tiver que morrer, vou morrer com você — ela disse —, mas é cedo demais para isso.

A empolgação causada por termos escapado assim por tão pouco nos motivou por um bom tempo. Uns dez quilômetros tinham se passado antes de nosso corpo encharcado nos lembrar que precisávamos de comida e água. Nosso caminhar rápido se reduziu a passos lentos e dolorosos. Viramos a cabeça para o céu e deixamos que a chuva caísse em nossa boca aberta.

Os dez quilômetros seguintes levaram o dobro do tempo. Sigourney parecia se afastar a cada passo que dávamos. Embora estivessem acostumados a ser castigados, nossos ossos e músculos se depararam com novas formas de dor. Era mais fácil nos imaginarmos em terra livre do que conceber uma vida livre de dor. Prometi que jamais voltaria a reclamar de fadiga ou desconforto caso saíssemos vivos da terra dos Ladrões. Meu cansaço e minhas dores seriam só meus.

A essa altura tínhamos nos acostumado aos altos e baixos de nossa determinação. Precisávamos que um incitasse ou acalmasse o outro, a depender de qual fosse a ação necessária para impedir que nossos espíritos desesperados se exaurissem. Apesar desses esforços, Pandora caiu de joelhos no meio do caminho e disse que não tinha como ir em frente.

— São meus pés — explicou. Estavam inchados a ponto de não permitirem mais que ela ficasse em pé.

Murmurando palavras de encorajamento, eu a arrastei para fora da trilha e a levei para um pequeno bosque de salgueiros. O sol logo nasceria, e precisávamos descansar durante o dia. Não ousamos tirar as botas de Pandora por receio de que fosse impossível recolocá-las mais tarde. Tirei as minhas e coletei mais água da chuva. Sentei no chão ao lado de Pandora e convidei-a a beber. Com olhos que tremulavam, fracos, ela mal conseguia erguer a cabeça. Sua voz tinha se reduzido a um suave sussurro.

— Aguente só mais um pouco — pedi.

— Cato, me conte uma história.

— Certo. Vou contar sobre um menino que podia voar.

Dormimos o dia todo e poderíamos ter dormido mais se Isaac não tivesse me sacudido. Usava um chapéu chato, de bico largo, cujo formato me era desconhecido, e um casaco verde adornado com finas listras verticais. Uma larga e brilhante faixa de tecido dourado espiralava em sua garganta.

— Sigam — disse.

Esperou enquanto eu acordava Pandora e nós dois nos púnhamos de pé. Comecei a caminhar na direção dele, mas Isaac fez que não com a cabeça.

— Não a mim — ele disse. — A elas.

Isaac apontou. Eu me virei e voltei a vê-las, as crianças brilhantes, a exata procissão que havia me transformado durante meu sofrimento no pelourinho. Já não eram mais cinza como antes, e, se anteriormente eu via apenas seus contornos, agora eram de carne quase palpável. Imaginei sangue correndo por baixo de tendões elásticos, animando pernas e braços ágeis. Marchavam com a mesma determinação de antes. Outra vez senti a misteriosa energia emitida por seus corpos, semelhante a uma névoa, e enfim percebi a verdade sobre elas. Isaac talvez fosse um Ancestral, mas não era esse o caso dessas crianças. Elas não existiram antes de mim e não estavam deixando este mundo. Estavam por chegar. Eram os dias futuros.

— Precisamos partir — eu disse a Pandora. — Agora.

— Por quê? E de todo modo como você sabe para onde ir?

— Confie em mim.

Eu não me recordo de muitos detalhes da paisagem enquanto caminhávamos. O que me lembro é de sentir que estava vivo novamente, que minha fome e meu cansaço se esvaíam à medida que percorríamos os quilômetros finais. Pandora andava apoiada em mim a maior parte do tempo, mas meu ombro suportava seu peso com tranquilidade. Eu entoava minhas sete palavras baixinho enquanto andávamos, o brilho das crianças iluminando um caminho que só eu podia ver, durante todo o trajeto até o rio em Sigourney.

Nossos acompanhantes juvenis ficavam em número cada vez menor, até que só restou um deles. Permaneceu na soleira de uma cabana até chegarmos, depois foi desaparecendo diante de meus olhos. Dentro da cabana encontramos Cole e sua esposa, Alice, ex-Sequestrados que estavam sempre prontos para visitantes como nós. A casa deles ficava perto do rio, onde Cole trabalhava. Ele e Alice eram almas generosas que nos alimentaram e conversaram conosco antes de permitir que fôssemos descansar até pouco depois da meia-noite. Então Cole nos levou até a beira do rio. Não era uma tarefa fácil, uma vez que os Ladrões protegiam cobiçosamente o terreno entre a cidadezinha e o rio. Capitães do mato faziam rondas a noite toda, e cães rosnavam atrás de cada portão, ansiosos por atacar. Um ou outro barquinho era deixado por vezes sozinho na esperança de atrair Sequestrados foragidos para uma cilada. Cole tinha prática em evitar armadilhas do gênero, e só Char, o barqueiro que Ransom mencionara para nós muito tempo antes, se igualava a ele em habilidade. Char fez pouco mais do que acenar com a cabeça quando Cole nos colocou diante dele, sem jamais tirar os olhos da água.

Entramos no barquinho, mas não sem que antes Pandora olhasse uma última vez para a terra que tanto lutamos para deixar para trás. Aconselhados por Char, ficamos abaixados para o caso de Ladrões, de suas alcovas nas margens do rio, dispararem em nossa direção. Sem que ele soubesse, eu levava conosco a pistola de Quarles. Atirar com uma arma de fogo era algo que estava além da minha experiência, porém eu havia me convencido de que seria capaz de fazê-lo caso as circunstâncias exigissem. Na verdade eu nem sabia se a arma estava carregada. Char nos preocupava, pois sua postura sentada era tão ereta que parecia um convite para uma emboscada, porém nossos temores eram infundados. Além de latidos e de gritos ocasionais, ouvimos poucos sons enquanto a Sete Curvas se tornava uma visão cada vez mais dominante à nossa frente. A mansão, quase tão grande quanto a de Cannonball Greene, ficava em uma colina salpicada de pinheiros. Sua sacada era alta o bastante para permitir que se visse cada curva do rio. Velas brilhavam nas janelas, e eu quase conseguia sentir o calor do fogo que decerto estava aceso na lareira. Por fim, Char nos levou ao cais e nos desejou sorte. Vimos uma lanterna se elevando e baixando no ar enquanto alguém descia a colina na nossa direção. Saltei primeiro, ajudando Pandora a sair do barco.

— Louvados sejam os Ancestrais — disse ela, abraçando o próprio corpo.

Agradeci a Char pela ajuda.

— Bem-vindos. Melhor se apressarem — falou, olhando ao redor. Ele virou o barco com perícia e apontou de novo para Sigourney.

Pandora e eu subimos até chegar a uma área plana, onde encontramos um homem segurando um lampião. Parecia um Ladrão, mas compreendi que não era. De algum modo, duvidei que respondesse se alguém o chamasse de "patrão" ou "sinhô".

— Meu nome é Abel — disse, como se lendo meus pensamentos. — Abel Godbold. Vocês estão em terra livre.

Andando à nossa frente em direção à Sete Curvas, Godbold disse algo sobre comida e descanso. Ele ainda não havia percebido que tínhamos parado no meio do caminho. Pandora e eu olhávamos um para o outro, de mãos dadas, nossas testas gentilmente encostadas.

— Quando acordamos hoje, nós não dissemos nossas sete palavras — falei para ela.

Sem dizer nada, ela me beijou em resposta.

— Acho que isto pode esperar — eu disse. E também a beijei.

Longos meses se passariam antes que eu soubesse algo sobre William e Margaret. Embora temesse que estivessem mortos, eu me forçava a imaginá-los vivos e vivendo seu amor, com novas identidades e uma criança saudável. Quase o mesmo tempo se passaria antes que Pandora e eu aprendêssemos a dormir profundamente em nossa nova casa a quilômetros da fronteira. Embora já não fôssemos Sequestrados, dependíamos da compaixão dos recém-conhecidos e temíamos a presença de caçadores de fugitivos que ficavam à espreita.

Durante aquele primeiro ano de liberdade precária, gradualmente nos acomodamos, a ponto de poder passar de modo apropriado pelo luto da perda de Zander e lembrar os amigos que deixamos para trás. Tirando o conforto das memórias, pouco possuímos além dos trapos que pendiam de nossos ossos. Mas, como Pandora já me havia feito lembrar, tínhamos um ao outro. Era um começo. Era o bastante.

William

Quando acordei, o rosto de Margaret pairava sobre mim. Ela se debruçou, me encarando direto nos olhos.

— Seu filho vai conhecer você — declarou. E então me beijou. Estava bela como eu jamais havia visto, mas de algum modo parecia mudada. Suaves vincos contornavam seus olhos e lábios. Algumas partes do cabelo, visíveis debaixo do lenço que o cobria, exibiam umas poucas e finas faixas prateadas. Entendi que testemunhar minhas recentes provações havia a um só tempo exaurido suas forças e a amadurecido. Essa nova forma de encanto viera a um alto custo e fora totalmente causada por mim. Eu não tinha certeza de como me sentir em relação a isso. Basicamente, decidi, eu estava grato.

Margaret me disse que eu havia dormido por sete dias. O urso havia lacerado minhas costas e dado um golpe destruidor em minhas costelas. Eu tinha conseguido proteger o rosto com os braços, o que resultou em cortes profundos e irregulares que iam dos cotovelos até o dorso das mãos.

— Essas cicatrizes serão apenas uma história que vamos contar para nossos filhos — disse Margaret. — E, não se preocupe, você continua bonito como sempre.

O Povo tinha técnicas curativas avançadas, melhores até que as de Mary Sem Palavras. Eles me preveniram que, pelo resto dos meus dias, meus ossos me alertariam quando a chuva se aproximasse. Em momentos de estresse, disseram, talvez doesse até mesmo para respirar.

Margaret ganhou nosso pão e nosso abrigo — e meus remédios — com o suor de seu rosto. Quando não estava tecendo, lavando roupas ou debulhando, ela sentava ao lado de minha enxerga. Bebi várias poções enquanto lamentamos nossas perdas e discutíamos as tarefas que ainda tínhamos pela frente. Margaret acreditava que o Pequeno Zander havia morrido rápido em decorrência de seu ferimento, mas eu não tinha a mesma certeza. Concordamos que provavelmente ele fora baleado por Norbrook, que depois disso não seguiu mais nosso rastro. Talvez ele não tenha ousado entrar no pântano ou tenha morrido por obra de um urso ou das flechas do Povo. Margaret perguntou aos batedores de Grace sobre Norbrook, mas eles afirmaram não ter conhecimento dele.

Após cinco semanas, o Povo nos informou que tínhamos ficado mais do que era possível. Por sorte, não nos mandaram embora de mãos vazias nem desamparados. Grace nomeou três enviados para nos guiar através de quilômetros de terras pantanosas em direção a Sigourney. Durante a jornada, eu me perguntei se o Povo tinha nos rejeitado por minha causa. Eles haviam me elogiado por minha coragem, mas apenas uns poucos entre eles testemunharam isso. A maior parte de nossos anfitriões se lembraria de mim como um fraco que passava os dias em um sono febril — se é que se lembraria. Longos dias em uma cabana reservada para os doentes haviam me dado mais tempo para pensar do que eu desejava. Eu estava de novo firme o suficiente para andar, mas algumas dúvidas incômodas povoavam minha mente. Na minha cabeça, eu havia lutado contra o urso para salvar as pessoas que amava, incluindo meu filho ainda por nascer. Deveria ter me ocorrido que eu seria bem menos útil morto. Mais do que isso, eu podia ter feito mais mal do que bem ao forçá-los a me ver morrer — e tão pouco tempo depois da morte do Pequeno Zander. Talvez o Povo estivesse sendo apenas gentil ao me elogiar. Talvez os sentimentos deles fossem mais próximos dos de Ransom. Ele me disse certa vez que eu era tão corajoso quanto tolo. Será que o Povo me via como um bravo? Ou será que me consideravam um tolo, que seria melhor me mandar para Fora antes que eu os pusesse em risco? Eu não duvidava que vissem Margaret como digna de permanecer entre eles. Ela era inteligente, forte e determinada e com facilidade se comparava aos melhores entre eles. A luz que havia nela iluminava a escuridão. Resolvi ser sempre digno desse brilho.

Era quase alvorecer quando saímos do pântano e andamos por vários metros na direção de uma pilha esparsa de galhos cercada por vegetação rasteira e lodo. Atrás dessa pilha havia um esconderijo repleto de suprimentos. A mais amistosa entre nossos guias contou que os batedores deles haviam criado aquele abrigo ao explorar uma área ali perto. Éramos bem-vindos ali até o anoitecer, quando poderíamos cobrir com facilidade os dezesseis quilômetros até a cabana de Cole. Antes de partir com seus companheiros, ela nos entregou dois documentos.

— São documentos de liberdade dados por Grace — explicou ela —, para o caso de vocês serem parados.

Estudei o meu enquanto Margaret reforçava nossos agradecimentos. As curvas e os pontos sempre prendiam minha atenção quando eu punha meus olhos neles. Segurando-os em minhas mãos naquele momento, pareceu que se moviam, como se estivessem vivos. De repente compreendi o sentido completo das palavras da enviada.

— Grace sabe escrever? — perguntei. — Ela sabe ler?

— Todos do Povo leem — respondeu ela. — Todos do Povo escrevem.

Vimos os três darem meia-volta e se aproximarem de uma parede de cipós cobertos de espinhos. As trepadeiras eram tão densas que a primeira luz da manhã mal conseguia atravessá-las. Os guias tocaram casualmente nelas, abrindo-as como cortinas. Eles cruzaram para o outro lado, voltando ao pântano, e as plantas voltaram a se cerrar.

O Povo era hábil na construção, assim como em todo o resto. Suas cabanas eram sólidas e também arejadas, construídas para proteger contra a chuva, o vento e o calor excessivo. Dentro delas havia mesas, cadeiras e bancos esculpidos em madeira que podiam ser comparados aos móveis encontrados na sede de qualquer fazenda. Embora não houvesse tais confortos no esconderijo, ele também exibia as marcas de seus projetos cuidadosos. O teto, feito de frondes, era alto o bastante para que eu ficasse de pé sem machucar o pescoço. Potes de barro com água e castanhas estavam facilmente ao alcance. Sacos de grão e peles de animais eram armazenados organizadamente para serem usados como cobertas. Não havia lugar para deitar, mas era possível que três pessoas, o número típico de membros de uma expedição do Povo, sentassem lado a lado com as pernas estendidas. Margaret e eu descansamos desse modo depois de tirar as botas e massagear os pés um do outro com unguento. Entrelaçou seus dedos aos meus e deitou a cabeça no meu ombro. Nosso abrigo era tão bem escondido que pássaros e animais se mexiam ali perto sem dar por nossa presença.

A voz de Margaret tinha se tornado um murmúrio, me embalando no sono.

— Você acha que Cato e Pandora conseguiram? — perguntou ela. — Será que eles estão em terra livre?

— Fico repetindo a mim mesmo que sim. Se eu disser o suficiente, vou acreditar nisso.

Margaret ergueu a cabeça e fingiu me olhar espantada.

— William está confessando acreditar em algo. Lamento ninguém mais estar presente para ouvir isso.

A provocação dela me levou de volta a uma conversa com Cato. Como era seu costume, ele vinha me importunando com o que chamava de assuntos espirituais. Eu tinha acabado de lhe dizer que a ideia de paraíso não fazia sentido para mim.

"Mas você acredita que nós descendemos dos Fortes", ele me disse. "Me diga, então, onde estão os Fortes?"

Pus a mão de Margaret em meus lábios.

— Eu tenho minhas crenças — falei. — Acredito em Cato. Acredito em nós dois.

Eu tinha bem menos fé em uma mistura misteriosa que a primeira Grace entregou a Margaret. Ela mandou espalhar aquilo no corpo antes de partirmos para Sigourney, pois supostamente disfarçaria nosso cheiro a ponto de capitães do mato e cães não conseguirem nos rastrear.

— Até agora eles não erraram em quase nada — disse Margaret enquanto nos preparávamos para partir à noite. Esfregou a substância viscosa atrás de minhas orelhas e no meu rosto. No começo, o cheiro era de terra e folhas, mas logo desapareceu, perdendo completamente a fragrância.

— Verdade — admiti —, mas, se fugir fosse simples como aplicar um unguento, todo Sequestrado estaria livre a essa altura.

Margaret sempre tinha um argumento na ponta da língua.

— Não são muitos os Sequestrados que ouviram falar do Povo nem serão muitos os que vão ouvir.

— Certo — falei. — Nós não conhecemos essas pessoas. Não vimos ninguém. Não que alguém fosse acreditar na nossa história.

Minhas dúvidas ficaram para trás, o unguento pareceu funcionar. Ele, no mínimo, não fez mal enquanto caminhávamos rumo a nosso destino. Ficamos fora da trilha principal, que recebia tráfego mesmo sendo tortuosa e estando encoberta pelas sombras. Nossa única dificuldade ocorreu quando abriram os pontos de uma ferida no meu flanco. Para estancar o sangramento, Margaret pressionou com força o local com um pedaço de pano. Ela me distraiu da dor contando sobre as plantas e os matos que veríamos se fizéssemos o trajeto à luz do dia, tendo agora em sua memória grande parte do conhecimento do Povo sobre a fauna e a flora. Ela aprendeu até mesmo a se mover como eles, fazendo bem menos ruído do que eu e deixando menos rastros. Embora parar de tempos em tempos para tratar de minha ferida tenha reduzido a velocidade de nosso progresso, chegamos a Sigourney antes do amanhecer. Uma Sequestrada com expressão triste nos levou à cabana que procurávamos, mas tememos tê-la entendido mal. Sem ter certeza, nos escondemos atrás de algumas árvores e ficamos à espera de um sinal de que estávamos no lugar certo. Bem quando íamos perdendo a esperança, um homem surgiu. Baixo em estatura, tinha mais fios macios e brancos na barba do que sobre a cabeça. Sentou em uma cadeira de balanço na varanda e acendeu um cachimbo branco de barro. Depois de algumas baforadas, suspirou contente.

— Está tudo bem — disse. — Podem sair. Vocês estão entre amigos.

Constrangidos, nós nos aproximamos.

— Meu nome é Cole. — Apresentou-se com um sorriso. — Se os Ancestrais assim quiserem, os dias em que vocês precisavam se esconder estão acabados.

Cole apresentou sua esposa, Alice, e nos levou à sua cabana pequena e arrumada. A vida deles era simples. Alice, também de baixa estatura, era tão bem-humorada quanto o marido. A tranquilidade com que nos receberam sugeria que haviam abrigado muitos fugitivos antes. Eles se recusaram a dizer quantos, preferindo, no lugar disso, falar dos dias futuros que podíamos esperar.

— Quando estiverem recuperados, tentem ver o rio à luz do dia — sugeriu Cole depois de compartilharmos uma refeição em sua mesa. — Dificilmente vocês vão pôr os olhos em água mais clara e bonita. Nenhuma pedra por perto. Menos de um quilômetro e meio para chegar lá. É algo maravilhoso, não é, atribuir tanto significado a uma criação tão modesta? Basta atravessar e se está em um novo mundo. Um mundo melhor.

Margaret perguntou por que não haviam se mudado para a terra livre. Afinal, eles podiam ir para onde bem desejassem.

— A maioria dos nossos está deste lado — respondeu Alice. — Aos poucos, estamos fazendo com que eles atravessem. Só depois disso.

Perguntei a Cole como ele conseguia guiar tantos foragidos por uma área infestada de capitães do mato e caçadores de foragidos. Alice comentou que o marido sabia se misturar ao ambiente. Foi aí que percebi uma única garra de urso em um cordão de couro no pescoço dele. Fumava um cachimbo branco de barro, assim como a primeira Grace. Seria ele um membro do Povo que voltou para o lado de Fora? Achei melhor não perguntar.

Várias horas depois, quando chegou a hora de partir, Alice embebeu minha ferida em ervas e a envolveu com uma longa tira de pano limpo. Demos um adeus apressado antes de passarmos para os fundos da cabana e seguirmos Cole na direção do rio.

— Nos vemos do outro lado — Margaret prometeu a ela.

Quando chegamos à margem, descobrimos que se misturar ao cenário estava longe de ser a única habilidade de Cole. Ele também sabia exatamente quais agentes da lei e capitães do mato fariam vista grossa em troca de uma moeda. Eu disse que lhe pagaria quando pudesse.

— Não precisa — falou. — Nossa sociedade de vigilância local angaria fundos exatamente para isso.

— Como você pode ter certeza de que aqueles Ladrões não vão denunciar você? — perguntou Margaret.

— Não se pode ter certeza — respondeu Cole —, mas vale a pena correr o risco.

Apontou para Char a distância, sentado em seu barco. Cole pareceu pouco preocupado enquanto nos aproximávamos dele, mas eu sentia olhos ocultos em toda parte nas árvores ao redor. Ajudei Margaret a subir a bordo enquanto Cole falava baixinho com Char. O barqueiro assentiu com a cabeça, olhando para a frente. Depois que Cole e eu apertamos as mãos, entregamos a ele nossas facas de cabo longo.

— Nos vemos do outro lado — repetiu Margaret.

— Na hora certa — disse Cole.

Char moveu a água com seus remos, colocando o barco em movimento.

Margaret começou a cantar baixinho, quase em um sussurro.

— Eu lhe darei uma canoa — ela começou — com um remo bem pequeno. E também uma mula boa com um jeito bem sereno.

— O que é isso? — perguntei.

— Ah, uma música que minha mãe cantava para mim. Vi esse barquinho, e minha cabeça voltou no tempo.

Cole tinha dito que no verão o rio era raso o suficiente para atravessar a pé. Quando fizemos nossa travessia, as águas alcançavam seis metros de profundidade. Char nos aconselhou a ficar abaixados, mas eu queria observar as margens para o caso de caçadores de fugitivos estarem à espreita na mata.

— Está escuro demais para vê-los — advertiu Char. — O máximo que você pode fazer é dizer suas sete palavras. Quando tiver acabado, estaremos quase lá.

— É um bom momento para dizer as sete palavras — disse Margaret, olhando com curiosidade para mim. — William, por que não diz suas sete palavras?

— Eu não acredito em palavras. Eu só faço. É um bom momento para esquecer isso.

— E, no entanto, você diz que tudo depende do modo como conta. Então me conte, William. Deve ter um motivo.

— Eu realmente queria ver se tem capitães do mato.

— Por que então você não diz suas sete palavras?

— Por que não tem nada para ser dito. Nunca sussurraram para mim.

Eu tinha planos de contar para ela, mas nunca havia encontrado o momento certo. Não me parecia a melhor escolha dizer isso a ela enquanto fugíamos para salvar nossa vida sob a proteção da escuridão, mas foi como aconteceu.

— Nunca sussurraram para mim, e parece que todo mundo acha que isso significa que sou amaldiçoado — continuei. — Mas não sou. Tenho você, tenho este coração e estas duas mãos. Não preciso de muito mais. Não tenho sete palavras. E não sinto falta delas.

Ela sorriu para mim, os olhos úmidos.

— Então você vai ter beijos — falou. — Sete beijos toda manhã, sete beijos toda noite.

— Vou ficar feliz de aceitar seus beijos.

— Pois devia mesmo.

Char diminuiu a velocidade do barco ao longo do cais sob a Sete Curvas.

— Melhor se apressarem — instruiu.

Margaret saiu primeiro, depois segurou meu cotovelo enquanto eu pisava com cuidado no cais escorregadio. Char virou a embarcação e partiu sem demora. No topo da colina que levava à mansão, vi uma luz tremulando. "Sigam o lampião", dissera Ransom. Tudo estava em silêncio, então um tiro ressoou, quebrando as tábuas debaixo dos nossos pés. Forcei Margaret a se ajoelhar. Minhas botas perderam atrito, e me senti deslizar para fora do cais e cair nas profundezas.

— William — gritou Margaret —, me diga que sabe nadar!

— Sei! — respondi, agitando os braços impotente.

Eu não sabia. A água entrou no meu nariz e na minha boca, fez arder meus olhos. Afundei lentamente, pesado, como em um sonho. Acima de mim, gritos abafados perturbavam a água. Piscando desesperadamente, vi o braço de Margaret entrar na água. Estendi o braço na direção dela, e ela agarrou minha mão. Depois de um puxão furioso, cheguei ao ar. Escalando o cais, caí de costas. Embora eu estivesse frio e encharcado, meus pulmões pareciam em chamas. Sentei, minhas entranhas convulsionando enquanto eu expelia a água que havia engolido. Achei que meu coração fosse explodir, tamanha era a força de seus batimentos.

— Lembre o que falei — Margaret me disse enquanto tirava o lenço da cabeça e usava para secar meus olhos. — Seu filho vai conhecer você.

— Quero tanto isso — eu disse, ainda recuperando o fôlego. — Mais do que qualquer coisa.

Ajudando um ao outro, ficamos de pé e nos arrastamos até a parte baixa da colina. Não houve mais tiros, mas continuamos cautelosos. Nosso andar se estabilizava à medida que nos aproximávamos da casa. O lampião, balançando ao vento, ressurgiu diante de nós. O homem que o segurava deu um passo à frente.

— Meu nome é Abel Godbold — disse. — Bem-vindos à terra livre.

— Muito obrigado — falei. — Nós somos...

— Eu sei — interrompeu ele, vendo as cicatrizes nos meus braços. — O homem que lutou com um urso e a mulher que se recusou a sair do lado dele. Ouvi muito sobre vocês. Por favor, venham.

Suas palavras me informaram que ele havia conhecido nossos amigos. Cato e Pandora tinham conseguido chegar lá, afinal de contas. Godbold se virou na direção da Sete Curvas.

Eu ia segui-lo, mas Margaret me segurou.

— Escute — disse ela, encontrando minha mão. — Tenho uma coisa para lhe contar.

Ao abaixar a cabeça, senti o hálito dela na minha nuca. Então, baixinho em meu ouvido, ela sussurrou seu novo nome.

Agradecimentos

Quero agradecer a meus Ancestrais, especialmente Iris Bonner Harris e Rebecca Knox. Por causa delas, eu existo. Sou grato também pela cuidadosa orientação e pelo gentil apoio de minha editora, Dawn Davis, e de minha agente, Joy Harris. Tive a sorte de receber ajuda competente de Jordan Cromwell, JennyMae Kho, Diva Anwari, Livia Meneghin, Spencer Johnson, Emily Paramore, Prerna Somani, Angela Siew e Shaylin Hogan. Este livro não existiria se não fosse pelo incentivo amoroso de minha esposa, Liana E. Asim, e das cinco Maravilhas do Mundo: Joseph, G'Ra, Indigo, Jelani e Gyasi. Minha dívida é eterna.

Sobre o autor

Escritor até então inédito no Brasil, o estadunidense Jabari Asim nasceu em St. Louis, Missouri, em 1962. É poeta, dramaturgo e professor de escrita, literatura e produção editorial no Emerson College, em Boston, Massachusetts, onde coordena o programa de mestrado em escrita criativa. Foi editor-chefe da revista *Crisis*, publicada pela NAACP (National Association for the Advancement of Colored People) [Associação Nacional para o Avanço das Pessoas de Cor], fundada pelo historiador e ativista social W. E. B. Du Bois em 1910.

É autor de diversos livros infantis, de obras de não ficção — entre elas *Not Guilty: Twelve Black Men Speak Out on the Law, Justice, and Life* [Inocentes: doze homens negros falam sobre lei, justiça e a vida] (2001), *The N Word: Who Can Say It, Who Shouldn't, and Why* [A palavra que começa com N: quem pode dizê-la, quem não deve e por quê] (2007), *What Obama Means: ... For Our Culture, Our Politics, Our Future* [O que Obama significa: ... para nossa cultura, nossa política, nosso futuro] (2009), e *We Can't Breathe: On Black Lives, White Lies, and the Art of Survival* [Não podemos respirar: sobre vidas negras, mentiras brancas e a arte da sobrevivência] (2018) — de um livro de contos, *A Taste of Honey* [Um gosto de mel] (2009), e de dois romances: *Only the Strong* [Somente os fortes] (2015) e *Em algum lugar lá fora* (2022), que ocupou as principais listas de melhores livros dos Estados Unidos no ano de lançamento, como as do *New York Times*, da National Public Radio (NPR), do *Washington Post* e da *Kirkus Reviews* (categoria Ficção Histórica).

Sobre a concepcão da capa

"Swing Low, Sweet Chariot" é uma canção espiritual afro-americana associada à cultura e à história dos escravizados nos Estados Unidos e dela partiu a inspiração para as cenas ilustradas. A origem precisa da música não é totalmente conhecida, mas acredita-se que tenha sido composta no contexto das plantações de algodão no sul dos Estados Unidos entre os séculos XVIII e XIX. Ao longo dos anos foi reinterpretada por diversos artistas. A gravação de Etta James é uma preciosidade!

A letra faz referência a uma carruagem celestial que se aproxima para levar os crentes à liberdade. Na nossa capa, a doce carruagem é representada pelas nuvens que acompanham os personagens no caminho em busca da salvação. No verso "*Swing Low, Sweet Chariot, coming for to carry me home*", a palavra *home* [casa] pode ser lida como uma referência ao céu ou à liberdade espiritual. E o trecho que diz "*I looked over Jordan, and what did I see? A band of angels coming after me*" pode ser entendido como uma visão de transcendência da vida terrena para a vida após a morte.

Na parte interna da capa, a ilustração mostra um dos personagens se transformando em um Buba Yali.